KB139944

귄터 그라스의 「양철북」

- 독일 소시민사회의 해부 -

귄터 그라스의 「양철북」

- 독일 소시민사회의 해부 -

조 영 준 著

 한국학술정보[주]

책 머리에

권터 그라스의 소설 『양철북』은 나치시대를 전후한 독일 소시민 계급의 삶을 다루고 있다. 그라스는 독일 소시민계급이 나치즘의 생장의 주된 토양이었다고 보고, 이들 소시민들의 세부적 일상과 그들의 태도, 사고방식을 미시적으로 관찰하여 그 역사적·사회적 의미 연관관계를 드러내고자 한다.

이 소설의 서술자이자 주인공인 오스카는 세살짜리 아이의 '아래로부터의 시점'을 통해서 사물의 본질을 폭로하고 소시민 세계의 본질을 드러낸다. 오스카는 이른바 '믿을 수 없는 서술자'로서 1인칭과 3인칭을 번갈아 가면서 서술한다든지, 앞의 진술을 보충해서 설명하거나 수정한다든지 함으로써 독자들로 하여금 저절로 이러한 서술에 대해서 반어적인 거리를 취하도록 만들고 있다. 따라서 이소설의 모든 사건과 인물, 그리고 주인공 오스카의 언행은 알레고리적인 의미에서 해석될 수 있다.

가공인물로서 오스카의 존재는 세 살에 멈춘 성장과 북을 치는 행위 그리고 유리를 파괴하는 괴성으로 특징지을 수 있다. 오스카는 고의적으로 성장을 멈추어 소시민이 되는 것을 거부한다. 그의 성장의 멈춤은 독일 소시민계급의 유아기적 상태, 즉 시대의 정체상태에 대한 알레고리라고 할 수 있다. 오스카의 동반자이자 존재의 일부인 양철북은 기억의 매개체이자 심리적 표현 수단으로서 기능하고 있다. 양철북보다 더욱 적극적인 방어와 공격의 수단인 유리를 파괴하는 괴성은 성인세계에 대한 거부와 반항의 수단이지만 한편 소시민 세계의 부도덕과 부조리를 드러내기도 한다.

이 소설에서는 정치적·사회적인 인과관계가 분석되거나 국가적 폭력이나 전시상황이 묘사되는 일은 드물다. 다만 나치시대 소시민들의 일상이 곰팡이냄새 나는 답답한 분위기로 묘사되고 있다. 이 소설에 등장하는 소시민들의 인물구도는 이러한 소시민 세계의 답답한 분위기를 잘 보여주고 있다. 아그네스와 마체라트 그리고 얀이 형성하고 있는 삼각관계는 소시민 세계의 정신적 부패상태를 보여주고 있으며, 그 밖의 주변인물들의 설정은 이 소설의 정치적·이데올로기적 배경을 형성하고 있다. 이들 등장인물들의 공통적 성향은 도피의 모티프로써 설명될 수 있다. 먼저 외면적인 도피는 자아의 개성을 포기하고 대중이라는 힘과 질서 속으로의 편입이라는 형태를 취하고 있다. 이와는 반대로 내면으로의 도피는 종교나 예술 혹은 현실과 유리된 로만티시즘에 침잠하는 형태를 취하고 있다. 여기에서 소시민 세계의 목가적 전경은 나치즘이라는 야만성으로 치환되고 있다. 서술자는 아낙네들의 카펫 두들기는 소리나 트루친스키의 죽음을 통해서 나치즘의 전조를 보여주고 있다. 전쟁과 파괴의 시대사는 사소한 일상사의 묘사에 의해 가려지거나 지루한 뉴스처럼 서술되고, 때로는 비극적 역사의 장면이 서술자의 지극히 유미주의적인 관점에서 묘사되기도 한다. 이와 같이 그라스는 사소한 디테일에서 의미심장한 본질을 찾고자 한다. 그는 과거가 역사 속에 박제화되는 것을 결코 원치 않는다. 과거를 생생하게 살아있게 하는 것이 그라스의 문학적 강령인 것이다.

『양철북』의 제3부에서는 전후 서독사회에서의 극복되지 못한 과거의 문제가 다루어지고 있다. 오스카는 제3제국의 종말과 함께 다시 성장하기 시작하지만 육체적인 불구자가 되고 만다. 이는 전후 독일인들의 민주주의적 미성숙함에 대한 알레고리로서 해석될 수 있다. 경제성장과 네오비더마이어의 상징으로서의 배경도시 뒤셀도르프에서 살아가는 서독인들은 여전히 카멜레온적인 태도를 고수하고 있으며, 그들에게는 과거 자신들의 죄 문제에 대한 어떠한 성찰도 결여되어 있다. '양파주점'의 장(章)은 이와 같은 과거기피적 태도가 어떻게 사회병리적 현상으로 나타나는 지를 잘 보여주는 에피소드이다. 또한 작가는 서독사회의 네오비더마이어적 경향을 생생하게 묘사하면서 전후 서독인들의 정치의식의 부재를 비판하고 있다.

이 소설에서는 서독의 과거극복의 문제가 경제성장의 이데올로기를 앞세운 복고주의 세력에 의해 경제발전의 뒷전으로 밀려나고, 이에 따른 자본주의의 열광 속에서 비극적 과거가 상품화되는 현실이 묘사되고 있다. 오스카는 현실과 예술의 갈림길에서 갈등하다가 '빵을 갈망하는 예술'에 몸을 던져 결국 예술가로서 성공한다. 그러나 그의 성공 뒤에는 콘서트 중개회사의 스타만들기와 신화창조의 상업적 전략이 기능하고 있다. 이러한 성공이 오스카에게 만족을 가져다 줄 수는 없다. 또한 '검은 마녀'가 출몰하여 그를 괴롭힌다. 이 '검은 마녀'는 한편으로는 오스카의 죄 문제로 인한 존재적 불안의 투사(投射)로서, 다른 한편으로는 서독사회의 '극복되지 못한 과거'의 체현으로서 해석될 수 있다. 이러한 현실로부터 오스카는 정신병원으로의 도피를 결심한다. 이 도피는 현실로부터의 자기유폐이며, 전후 서독사회의 사회문제들을 외면하고 절대적 예술영역으로 도피해 버리는 서독 예술가들의 도피주의에 대한 알레고리로 해석될 수 있다.

『양철북』은 20세기 전반기의 독일역사를 형상화한 일종의 허구적 자서전으로서 나치즘의 온상이 된 독일 소시민계급의 기회주의적 태도와 전후 서독에서의 극복되지 못한 과거, 그리고 그 사회의 복고적 경향에 대한 '비탄의 노래'라고 할 수 있다.

목 차

서 론

권터 그라스(Günter Grass)의 『양철북 Die Blechtrommel』(1959)은
『고양이와 생쥐 Katz und Maus』(1961), 『개들의 시절 Hundejahre』
(1963)과 함께 소위 "단치히 3부작 Danziger Trilogie"으로 불리며,
작가 자신이 유년기와 청년기를 보낸 단치히[1]를 무대로 삼아 나치시대
를 전후한 그곳 소시민들의 삶을 다루고 있다. 그라스는 독일 소시민계
급이 나치즘의 생성과 성장의 주된 토양이었다고 보고, 이러한 소시민
성을 소설 『양철북』속에 생생하게 드러내어 철저히 해부하고자 하였다.
따라서 이 소설에서는 소시민들의 세부적 일상의 현실과 그들의 태도,
사고방식들이 마치 현미경을 들여다보는 것처럼 미시적으로 관찰되고
있다. 이때 오스카를 비롯한 인물들의 성격과 행동은 그 자체의 작품
내재적 해석을 넘어 역사적이고 사회적인 의미의 추출(抽出)을 요구
하고 있다. 소시민의 일상이라는 '미시 영역'에서 사회와 역사라는
'거대 영역'이 아울러 다루어지고 있기 때문이다. 따라서 이 책은 나
치시대 비판의 핵심을 이루는 소시민계급 비판을 중심으로 소설 『양
철북』을 분석하고, 작가의 역사의식과 작품 속에 구현된 사회비판적
메시지들 간의 상관관계를 규명하는 데에 중점을 두고자 한다.

---

1) 현재 폴란드의 그다니스크(Gdańsk). 2차대전 이전에는 폴란드와 독일의
   경계도시로서 독일인, 폴란드인, 카슈바이인 등 다민족적인 혼합, 신교와
   구교의 병존, 이교적인 요소, 항구도시적인 분위기 등에서 우러나오는 그
   라스의 문학적 고향이다. 이 지명은 조이스에게서의 더블린과 카프카에
   게서의 프라하와 같은 역할을 하고 있다.

1. 수용사

소설 『양철북』은 24개 국어로 번역되었고 최근까지 3백만 부 이상의 발행부수를 기록하고 있다[2]. 1959년 출판되자마자 화제의 대상이 되었던 이 작품에 대해서 초기에는 서로 견해가 엇갈렸다. '47그룹' 작가들과 많은 비평가들이 극찬을 아끼지 않은 반면, 기독교계와 보수적 문인들은 혹평을 서슴지 않았던 것이다. "위대한 작품 großer Wurf"[3], "천재의 필치 Geniestreich"[4] 등의 찬사가 쏟아져 나왔는가 하면, "비인간적인 작품 unmenschliches Werk"[5], "가장 지독한 외설물 allerübelste Pornographie"[6], "소름끼치는 신성모독 haarsträubende Blasphemie"[7]이라는 비난이 잇달았다. 이러한 상황에서 엔첸스베르거의 「빌헬름 마이스터, 양철북을 두드리다」[8]라는 짧은 글은 향후 이

---

2) Vgl.. Heinz Ludwig Arnold (Hrsg.): Blech getrommelt. Günter Grass in der Kritik, Göttingen 1997, S. 11.

3) Zit. nach: Franz Josef Görtz (Hrsg.): *Die Blechtrommel.* Attraktion und Ärgernis. Ein Kapitel deutscher Literaturkritik, Darmstadt und Neuwied 1984, S. 77.

4) Kurt Lothar Tank: Der Blechtrommler schrieb Memoiren (Welt am Sonntag, 4. 10. 1959), in: F. J. Görtz (Hrsg.): a. a. O., S. 39-42, hier: S. 39.

5) Walter Widmer: Geniale Verruchtheit (Basler Nachrichten, 18. 12. 1959), in: Gert Loschütz: Von Buch zu Buch-Günter Grass in der Kritik. Eine Dokumentation, Neuwied und Berlin 1968, S. 18-21, hier: S. 18.

6) Zit. nach: F. J. Görtz: a. a. O., S. 143.

7) Anneliese Dempf: Zwischen Faszination und Horror. Die Furche, Wien, 21. 5. 1960.

8) Hans Magnus Enzensberger: Wilhelm Meister, auf Blech getrommelt, in: G. Loschütz (Hrsg.): a. a. O., S. 8-12 (Erste Veröffentlichung:

작품의 문학적 평가와 비평의 출발점이 되었다고 말할 수 있다. 그는 그라스를 가리켜 "평화를 교란시키는 자, 정어리 떼 속의 상어, 잘 길들여진 우리의 문학 속을 마구 헤엄쳐 다니는 야생의 외톨이"9)라고 하였으며, 또 "그의 책은 되블린의 『베를린 알렉산더 광장』이나 브레히트의 『바알』과도 같이 소화하기 어려운 빵 덩어리이고, 이 빵 덩어리가 필독도서 명부에 올라가거나, 문학사의 시체공시소에 안치될 정도가 될 때까지 최소한 10년은 평론가들과 문학자들에게 목에 걸린 가시가 될 것이다"10)라고 예견하였다.

이와는 대조적으로 라이히 라니츠키(Marcel Reich-Ranicki)는 그라스를 "효과 있는 연주로 관중에게 최면을 걸 줄 아는, 집시 바이올린 연주가와도 같은 부류"11)라고 폄하하였다. 그러나 후일(1963년) 자신의 비판을 다시 비판하면서 "주인공의 형상에 대해, 그리고 이에 따라 소설의 전체 구상에 대해 이러한 비평을 한 것은 옳지 못했다"12)고 고백한다. 그는 주인공 오스카가 자신을 희화화하여 동

Süddeutscher Rundfunk, 18. 11. 1959).

9) H. M. Enzensberger: a. a. O., S. 8: "[…] ein Störenfried, ein Hai im Sardinentümpel, ein wilder Einzelgänger in unsrer domestizierten Literatur."

10) Ebd.: "[…] sein Buch ist ein Brocken wie Döblins Berlin Alexanderplatz, wie Brechts Baal, ein Brocken, an dem Rezensenten und Philologen mindestens ein Jahrzehnt lang zu würgen haben, bis es reif zur Kanonisation oder zur Aufbahrung im Schauhaus der Literaturgeschichte ist."

11) Vgl. Marcel Reich-Ranicki: Auf gut Glück getrommelt (Die Zeit, 1. 1. 1960): "[…] von der Sorte jener geigenden Zigeunervirtuosen, deren effektvolles Spiel das Publikum zu hypnotisieren vermag."

12) Vgl. Marcel Reich-Ranicki: Selbstkritik eines Kritikers (Westdeutscher Rundfunk, 22. 5. 1963): "[…] bin ich der Gestalt des Helden und somit der Konzeption des Romans Die Blechtrommel mit diesen Bemerkungen

시대 인간들의 죄악상을 지적하고, 성장을 멈춤으로써 절대적인 비인간성을 구현하고 있다는 사실을 높이 평가했다. 그 밖의 다른 초기 비평들13)은 이 작품이 갖고 있는 다양한 문제성에 대해 해석을 시도하고 있으나 대부분이 도덕적, 사회적, 정치적 문제에 치중한 것이라고 볼 수 있다. 비평가들의 이러한 상반된 반응은 일반독자들의 관심을 더욱 부채질하여 이 작품이 베스트셀러로서 성공을 거두게 되는 하나의 이유가 되었다.

또한 이러한 성공은 슐렌도르프(Volker Schlendorff) 감독에 의해 작품이 영화화되면서 새로운 국면을 맞게 된다. 영화 "양철북"은 1979년 서독에서 개봉된 이후 칸느영화제에서 금상을 수상하고 독일 영화로는 최초로 오스카상을 수상하였으며 전후 독일에서 가장 많은 관객을 동원하였다. 이러한 대중적 인기와 관심에 힘입어 그라스는 독일에서뿐만 아니라 세계적인 명성을 얻게 되었으며 "공화국의 문학적 상징인물 das literarische Wappentier der Republik"14)이라는 명성을 얻기까지 작가로서 확고한 위치를 굳히게 되었다.

이러한 문학적 대성공의 정점은 뒤늦은 감이 있지만 1999년 노벨문학상 수상이라고 할 수 있는데, 스웨덴 한림원은 때늦은 수상선정에도 불구하고 이에 절대적으로 기여한 이 작품은 "20세기 독일 소설의 재탄생 die Wiedergeburt des deutschen Romans des zwanzigsten Jahrhunderts"15)을 의미한다고 평가하면서 "그라스는 독일의 과거를

---

nicht gerecht geworden."

13) 1959년과 60년 사이에 총 50여 편의 서평 및 비평이 독일어권의 각종 신문, 잡지에 실렸으며, 이 숫자는 이후 1978년까지 나온 비평 및 연구서의 반 이상을 차지한다.

14) F. J. Görtz (Hrsg.): a. a. O., S. 17.

15) Vgl. Horace Engdahl: Laudatio auf den Literaturnobelpreisträger Günter

뒤덮고 있는 마술적 저주를 퇴치하고 독일적 섬세함, 즉 어둡게 타오
르는 운명적인 몰락의 장엄함에 도취하는 것을 저지하였다. 이는 나
치즘에 대한 어떤 이데올로기적 비판보다도 훨씬 더 근본적인 업적이
었다"16)라고 치사하고 있다. 폴란드의 한 신문(Gazeta Wyborcza)은
"그라스가 없었다면 독인인들은 (지금과는) 다른 민족이 되었을 것이
다. 또 어떤 의미에서는 우리 폴란드인들도 다른 민족이 되었을 것이
다"17)라고 독일 작가 그라스의 존재 의미를 강조한다. 그러나 노벨문
학상 수상으로 그에 대한 평가가 완결되었다고 보기는 어렵다. 세계
문학의 반열에 오른 이 작품은 앞으로도 끊임없이 세계의 독자들과
연구자들에 의해 수용되고 새롭게 연구될 것으로 보인다.

2. 연구현황

『양철북』이 본격적으로 학문적인 조명을 받기 시작한 것은 1970
년대 이후라고 볼 수 있다. 개별적인 연구들이 다음에 제시하는 유형
들을 어느 정도 공유하고 있어서 갈래를 나누기에는 다소 무리가 있

Grass, in: Günter Grass und Gerhard Steidl: Stockholm. Der
Literaturnobelpreis für Günter Grass. Ein Tagebuch mit Fotos von
Gerhard Steidl, Göttingen 2000, S. 83-86, hier: S. 83.

16) Ebd., S. 84: "Grass brach den über die deutsche Vergangenheit verhängten
Bann und sabotierte das Deutsch-Sublime, das Schwelgen in der dunkel
lodernden Herrlichkeit eines schicksalhaften Untergangs. Dies war eine
Leistung, die weit radikaler war als jede ideologische Kritik am
Nazismus."

17) Zit. nach: Sabime Moser: Günter Grass. Romane und Erzählungen,
Berlin 2000, S. 186: "Ohne Grass wären die Deutschen eine andere
Nation. In gewisser Weise auch wir Polen eine andere Nation."

을 수 있음에도 불구하고 연구 경향을 대별해보자면 4가지 유형으로
정리할 수 있다. 즉, 1) 소설 전통과의 관계에서 '소설 유형학'적으로
접근한 연구, 2) '서술구조와 서술시각, 서술자의 역할'을 중심으로
한 '서술유형론적 연구', 3) '시대 비판 소설'로서『양철북』을 분석하
여 시대사적 연관과 과거극복의 문제 그리고 소시민계급 비판을 다
룬 '시대비판적 연구', 4) '정신분석학적, 신화비평적 입장'에서 분석
한 연구 등으로 대별해 볼 수 있겠다.

먼저 소설 유형학적 연구는 소설의 전통적 유형들과 관련되어 고
찰된다. 엔첸스베르거가『양철북』을 20세기의 역사소설로 보고, 발
전소설, 교양소설의 모범과 전통적인 덕목들을 사용하고 있다[18]고
보았던 것처럼 그라스 연구자들은 먼저『양철북』이 소설의 전통과
어떻게 연결되고 있느냐에 주목하였다. 홀투젠[19]과 플라르트[20]는
이 소설을 전형적인 악한소설로 간주한다. 홀투젠은 전통적 형태의
악한소설로의 회귀라는 측면에서 이를 관찰하고, 플라르트는 풍자
적 요소와 일련의 서사 기법을 다루면서 그라스에게 있어서 바로크
의 양식요소가 발견되며, 주인공 오스카를 그림멜스하우젠의 짐플
리치시무스와 비교할 수 있다고 본다. 이들에 뒤이어 판 데어 빌은
1967년의 저서[21]에서 오스카를 현대의 악한(Pikaro)으로 보고 전통

---

18) Vgl. H. M. Enzensberger: Wilhelm Meister, auf Blech getrommelt, S.
    68: "Grass bedient sich also eines traditionellen Romanmusters und übt
    einige traditionelle Tugenden des Romanciers."

19) Vgl. Hans-Egon Holthusen: Avantgardismus und die Zukunft der
    modernen Kunst. Essay, Müchen 1964.

20) Henri Plard: Über *die Blechtrommel*, in: Heinz Luwig Arnold (Hrsg.):
    Text + Kritik. Günter Grass, München 1978, S. 40-50.

21) Wilfried van der Will: Pikaro heute. Metamorphosen des Schelms bei
    Thomas Mann, Döblin, Brecht, Grass, Stuttgart 1967.

적 악한과 현대의 악한을 성격과 사회 비판적 기능의 측면에서 비교하여 다루었다. 그러나 다음과 같은 그라스의 말은 이러한 관점에 혼란을 야기하고 있다.

확실히 '새로운 악한소설'과 같은 고정관념들은 더 이상 전혀 도움이 되지 못합니다. 이제 『양철북』에 대해서만 말하자면, 이 책은 독일의 교양소설과 반어적 거리를 둔 관계에 있습니다.

Ganz gewiß helfen Kästchenvorstellungen wie der 'neue Schelmenroman' überhaupt nicht weiter. Das Buch, wenn wir jetzt nur von der Blechtrommel reden, befindet sich in einem ironisch-distanzierten Verhältnis zum deutschen Bildungsroman.[22]

그리고 자기 소설의 계보가 유럽 소설의 전통으로부터 유래한다고 덧붙이고 있다. 이러한 그라스의 입장표명에서 출발하여 노이하우스는 『양철북』을 교양소설의 전통에 뿌리를 둔 예술가 소설로 보고 있다. 또 그는 오스카를 예술가로, 그가 양철북을 치는 것을 예술 행위로 파악하고, "따라서 『양철북』은 교양소설의 별종인 예술가 소설의 오랜 전통에 편입된다"[23]라고 주장한다.

---

22) Heinz Ludwig Arnold: Gespräche mit Günter Grass, in: Ders (Hrsg.), Text+Kritik, Göttingen 1978, S. 1-39, hier: S. 6.
23) Volker Neuhaus: Günter Grass. *Die Blechtrommel.* Interpretation, Oldenbourg 1982, S. 35: "Damit ordnet sich die Blechtrommel in die lange Linie des Künstlerromans als Sonderfall des Bildungsromans ein."

『양철북』을 역사소설(Geschichteroman)로 보는 견해는 브로데의
연구24)를 중심으로 한다. 그는 『양철북』에서 묘사되는 소시민계급
이 독일 파시즘의 대중적 기반을 형성한다고 분석하고, 주인공 오
스카를 나치시대의 알레고리와 히틀러의 희화로서 해석한다. 또한
이 소설 속에 전개되는 에피소드들은 시대사와 상응하고 있음을 구
체적으로 보여주고 있다.

한편 리히터는 『양철북』을 무엇보다도 리얼리즘적 소설로 규정한
다. 그는 『양철북』의 리얼리즘적 특징에 대해서 "그라스가 리얼리즘
개념에 있어서 분명히 형식적인 척도들이 아니라, 내용상의 척도들을
적용하고 있다"25)라고 보고 있다. 그라스 자신도 한 인터뷰에서 "양
철북은 무엇보다도 리얼리즘적 소설이다. 풍자, 전설, 비유담, 유령이
야기, 요컨대 오늘날 우둔하면서도 단순하게 초현실주의라고 낙인찍
힌 것들이 이러한 사실성에 기여하고 또 사실성에 어울리는 것이
다"26)라고 말한 바 있다. 그라스의 작품 근저에 놓여있는 풍자와 패
러디, 그로테스크 등의 기법을 사용한 '낯설게하기 Verfremdung'의

---

24) Vgl. Hanspeter Brode: Die Zeitgeschichte in der Blechtrommel von
Günter Grass. Entwurf eines textinternen Kommunikationsmodells, in:
Rolf Geißler (Hrsg.), Günter Grass. Materialienbuch, Darmstadt und
Neuwied 1980, S. 86-114.

25) Frank Raymund Richter: Günter Grass. Die Vergangenheitsbe- wältigung
in der Danziger-Trilogie, Bonn 1979, S. 17: "Grass legt an den
Realismusbegriff offenbar keine formalen, sondern inhaltliche
Maßstäbe an."

26) Vgl. Kurt Lothar Tank: Günter Grass, Berlin 1965, S. 46: "Die
Blechtrommel ist zu allererst ein realistischer Roman. Die Satire, die
Legende, die Parabel, die Gespenstergeschichte, kurz, alles was
heutzutage dumm-vereinfacht als Surrealismus abgestempelt wird,
dienen und gehören dieser Realität."

구조가 현실과의 신중한 관계를 매개하고 있다고 볼 때, 이러한 주장은 타당성을 갖고 있다.

서술유형론적 연구는 이 소설의 특이한 서술자와 서술시점에 대한 세부적인 분석에 기초하고 있다. 만프레트 두르착은 『양철북』의 주인공과 서술자가 일치하고 있다는 점에 착안하여, 오스카가 그 자신이 구심점에 위치하는 사건들을 그의 특정한 시각을 통해 보고하고 있으며, 이러한 사실에서 어떤 일관된 이야기 방식이 관찰된다고 보고, 그런 점에서 이 소설은 "직선적 구조 strukturelle Gradlinigkeit"[27]를 지니고 있다고 주장한다. 또한 세살짜리 오스카의 지성은 이미 성장한 어른의 그것과 동일한 것이며 신체적인 불구로 인해 외적 현실로부터 유리되어 있지만 내적으로는 그 현실로부터 자유로운 "자기 자신의 껍질 속에 숨어있는 개별자 der in sich verkapselte einzelne"[28]라고 보고 있다.

게오르크 유스트는 소위 "객관적 상관개념들 objektive Korrelate"[29]의 분석을 통해서 그라스의 산문 전반에 나타나는 구상성을 이해하는 데 새로운 지평을 열었다. 그는 "비도덕적이고, 비정치적이며, 유미주의적인 amoralisch, apolitisch, ästhetizistisch"[30] 시각을 지닌 서술자

---

27) Manfred Durzak: Der deutsche Roman der Gegenwart, Stuttgart 1971, S. 119.

28) Ebd., S. 123.

29) 이 개념은 엘리엇(T. S. Eliot)이 『햄릿』에 관한 논문에서 처음 사용했다. 엘리엇에 따르면 감정의 경험을 예술적으로 형상화하는 유일한 길은 일련의 대상과 상황, 그리고 사건의 연결고리의 발견, 즉 '객관적 상관개념들'에서 존재한다는 것이다. 유스트는 『양철북』 해석에 이 개념을 적용하여 쥬스용 분말과 야자섬유 카펫, 뱀장어 에피소드 등을 분석하고 있다. Vgl. Georg Just: Darstellung und Appell in der Blechtrommel, Frankfurt am Main 1972, S. 111.

30) Ebd., S. 84.

오스카는 독자들에게 어떤 '동일시의 가능성 Identifikationsmöglichkeit' 도 제공하지 않는다고 본다. 따라서 오스카는 텍스트의 이해를 돕는데 아무런 열쇠도 제공하지 않는 소위 '믿을 수 없는 서술자'라는 것이다.

현재 그라스 연구의 가장 중요한 연구자인 노이하우스는 80년대에 들어와서 그 동안 20여 년에 걸친 『양철북』연구를 집대성하여 『권터 그라스의 양철북 해설』31)을 집필하였으며 다시 90년대에 들어와 『양철북』에서 『무당개구리의 울음 Unkenrufe』(1992)에 이르기까지 그라스의 전 작품을 종합 연구하였다.32) 그는 『양철북』의 서술기법을 '허구적 자서전'의 형식으로 규정하고, 두 줄거리차원(Handlungsebene) 은 두 서술차원(Erzählebene)으로 엄격히 구분되어 각 서술입장 (Erzählposition)에서의 두 가치체계가 서로 충돌한다고 보았다. 시각의 문제에 대해서 그는 다음과 같이 말한다.

> 오스카는 실제로 아래로부터 그것을(세계를) 본다. 사람들이 그의 작은 키 때문에 그를 간과하거나 어린 나이 때문에 신경 쓰지 않지만, 오스카는 증인으로서 세계를 이루고 있는 모든 거짓을 듣고 모든 비열함을 본다.

> Oskar sieht sie wirklich von unten: Als Zeuge, den man wegen seiner Größe übersieht oder wegen seines Alters nicht beachtet, hört er alle Lüge und sieht alle Gemeinheit, aus denen die Welt besteht.33)

---

31) V. Neuhaus: Günter Grass. *Die Blechtrommel*. Interpretation, München 1982.

32) Vgl. Volker Neuhaus: Günter Grass, Stuttgart 1992.

그는 이러한 '아래로부터의 시각 Blick von unten' 혹은 '개구리 시점 Froschperspektive'이 악한소설 고유의 시각으로부터 물려받은 중요한 유산이라고 보고 있다.

시대비판적 연구는 시대사적 연관에서 소시민계급 비판과 전후 과거극복의 문제를 포괄해서 다루고 있다. 1977년에 코프만은 그라스의 『양철북』을 전후 독일 파시즘에 대한 문학적 대응으로 파악하고 있다. 그는 하인리히 만과 같은 망명작가들이 나치즘을 악마적인 것으로 묘사했다면 그라스는 나치즘을 순박한 "소시민 의식 die Klein-Leute-Mentalität"[34) 속에서 동조되고 순응되었던 것으로 나타나고 있음을 지적한다. 또한 이 작품이 오늘날에도 나치즘이 극복되지 못하고, 지속적으로 영향을 미치고 있음을 강조하고 있다는 점을 환기시킨다.

체플 카우프만은 자신의 1975년 그라스 연구서에서 문학과 정치의 관점에서 8개의 테제를 제시하면서 문학작품과 작가의 정치·사회적 자기이해와의 연관성 문제를 다루고 있다. 여기에서 그는 무엇보다도 그라스가 몸소 경험한 과거로 회귀한 점을 비판적으로 규명하면서 이 작품의 서술을 "회상의 과정 Erinnerungsprozeß"[35)으로 부각시키고 "오스카의 실존적 불가피성에 의한 과거로의 도피는 동시에 현재의 숙명에 대한 증거이다"[36)라고 말한다.

---

33) V. Neuhaus: Günter Grass, S. 31.

34) Helmut Koopmann: Der Faschismus als Kleinbürgertum und was daraus wurde, S. 108, in: Franz Josef Görtz (Hrsg.): Günter Grass: Auskunft für Leser, Darmstadt und Neuwied 1984, S. 95-123.

35) Gertrude Cepl-Kaufmann: Günter Grass. Eine Analyse des Gesamtwerkes unter dem Aspekt von Literatur und Politik, Kronberg 1975, S. 17.

이들 외에도 프라이젠단츠37)와 힐만38) 그리고 아커39)의 논문과
저서들이 이러한 주제로 『양철북』을 다루고 있다.

마지막으로 아직은 충분한 연구가 이루어지지 않은 분야로서 정신
분석학적, 신화비평적 연구를 들 수 있다. 로버츠는 오스카의 상징적
역할에 관한 연구를 통해 그의 내면세계와 외부 세계 사이의 관계를
토대로 융(Carl Gustav Jung)의 연구에서 제시된 상징과 인격화
(Personifikation)의 관계를 관찰하고, 신화 속의 인물들과 비교하여
오스카를 "리비도의 인격화 Personications of the libido"40)로 그리
고 그의 북치는 행위를 억압된 리비도적 발현의 표현으로 보고 있다.
이와 맥락을 같이하는 논문으로는 플란츠의 저서41) 등이 있다.

필자는 이상과 같은 『양철북』의 문학학적 연구성과를 바탕으로

---

36) Ebd., S. 20: "Oskars existenznotwendige Flucht in die Vergangenheit ist
    zugleich der Beweis für das Fatale der Gegenwart."
37) Wolfgang Preisendanz: Zum Vorgang des Komischen bei der
    Darstellung von Geschichtserfahrung in deutschen Romanen unserer
    Zeit, in: W. Preisendanz und Rainer Warning (Hrsg.), Poetik und
    Hermeneutik Ⅶ. Das Komische, München 1976, S. 153-164.
38) Heinz Hillmann: Günter Grass' Blechtrommel. Beispiel und
    Überlegungen zum Verfahren der Konfrontation von Literatur und
    Sozialwissenschaften, in: Manfred Brauneck (Hrsg.), Der deutsche
    Roman im 20. Jahrhundert, Band Ⅱ, Bamberg 1976, S. 7-30.
39) Dieter Arker: Nichts ist vorbei, alles kommt wieder. Untersu- chungen zu
    Günter Grass' Die Blechtrommel, Heidelberg 1989.
40) David Roberts: Aspects of Psychology and Mythology in Die
    Blechtrommel. A Study of the Symbolic Function of the "hero"
    Oskar, S. 47, in: Manfred Jurgensen (Hrsg.): Grass. Kritik · Thesen ·
    Analysen, Bern 1973.
41) Elisabeth Pflanz: Sexualität und Sexualideologie des Ich-Erzählers in
    Günter Grass' Roman Die Blechtrommel, München 1975.

독일 소시민계급 비판의 논제를 시대비판적 연구의 핵심 주제로 설정하고, 사회학적 파시즘이론과 사회심리학적 파시즘이론의 소시민계급 분석을 연구의 준거틀로써 활용하고자 한다. 따라서 이 책은 텍스트 내재적 분석에 기초를 두는 한편, 문학사회학적 연구방법을 병행하고 있다.

이 책의 구성은 제1장에서 파시즘이론을 개괄적으로 고찰한 후 소시민계급의 역사적·사회적 평가와 파시즘에 대한 문학의 대응을 살펴보고, 제2장에서는 이 작품의 서술형식상 특징을 다루면서 그 비판적 기능을 규명해보고자 한다. 제3장에서는 소시민들의 일상과 시대사적 폭력이 이 작품에 어떻게 반영되어 있는지를 고찰하고, 마지막으로 제4장에서는『양철북』제3부를 중심으로 전후 서독사회의 극복되지 못한 과거와 여전히 존재하는 파시즘적 요소를 살펴보고자 한다.

I. 파시즘과 독일 소시민계급

1. 파시즘 이론

"파시즘 Faschismus"[42]은 20세기의 전반 유럽뿐만 아니라 전 세계를 반인류적 죄악에 휩싸이게 했던 극단적인 정치운동이었다. 이 운동은 이탈리아의 파시즘, 독일의 나치즘[43](Nationalsozialismus), 스페인의 팔랑헤(Falange) 그리고 루마니아의 강철근위대(Iron Guard) 등 국가주의적 전체주의 정치형태들을 포괄하는 개념으로 발전하였으며, 특히 1930년대 이후에 독일과 이탈리아에서 그 정점을 이룬다. 제2차 대전의 종전과 함께 파시즘은 역사의 무대에서 사실상 사라진 듯하지만 오늘날도 이 용어는 독재체제를 공격하는 수단으로 혹은 최악의 정치체제를 경멸하는 말로 통용되고 있다. 그러나 이 경우에는 우선 파시즘과 나치즘 개념의 혼동이 문제가 된다. 파시즘은 이탈리아 파시즘에 국한되지 않고 그 개념이 지속적으로 확장되어 왔다. 특히 사회주의자들과 공산주의자들은 유럽의 다른 국가들의 "반혁명적" 운동이나 정권들을 "파시스트적"이라고 규정하면서 파시즘의 개념을 보편화하는

---

42) 파시즘이라는 용어는 이탈리아어의 "fascio"에서 유래한다. 이 단어는 고대 로마에서의 느릅나무나 자작나무 가지 묶음이란 의미에서 "단체" 또는 "연맹"의 의미로 발전하였고 무솔리니(Benito Mussolini)의 "국가 파시스트당 Partito Nazionale Fascista"에서 구체화되었다.

43) 'Nationalsozialismus'를 번역할 때 국내에서는 '국가사회주의'로 번역하는 것이 일반적이나 독일어의 'Nation'이 광의의 함축적 의미를 지니고 있음에도 불구하고 '국가'보다는 '민족'에 가까우며 따라서 '민족사회주의'로 번역하는 것이 옳을 듯하나, 아직 일반화되지 않은 용어를 사용하는 것을 피하고자 여기서는 '나치즘'이라는 용어를 사용하고자 한다.

데 일조하게 된다.44) 이와는 달리 보르케나우(Franz Borkenau)나 브라
허(Karl Dietrich Bracher)와 같은 학자들은 의회 민주주의를 정치적
자유의 유일한 척도로 보고, 이러한 자유가 실현되지 못하는 국가들
을 파시스트적 국가로 분류한다.45) 여기에서 파시즘은 전체주의와 거
의 동일시되고 있다. 이렇게 확장된 파시즘의 개념에 대해서 나치즘
이란 독일에 국한된 특수한 개념으로 정의되고 있다고 할 때 나치즘
을 일단 독일의 파시즘이라 부를 수 있을 것이다. 이렇게 개념이 내포
하는 바가 명료하지 못함에도 불구하고, 파시즘의 가장 극악한 형태
가 독일의 나치즘이었다는 점에 대해서는 이견의 여지가 없다.

이 글에서는 보편적 개념으로 접근하고자할 때에는 '파시즘'이라
는 용어를 사용하며 독일의 특수한 상황에 국한된 협의의 개념으로
접근할 경우에는 '나치즘'이라는 용어를 사용하기로 하겠다.

그러면 이제, 파시즘의 발생원인과 그 지배체제의 특징을 그 사
상적 배경과 관련해서 살펴보기로 한다. 마르크스주의적 관점, 자유
주의・보수주의적 관점, 사회학적 관점 그리고 사회심리학적 관점
에 따라 서로 다른 파시즘 이론이 나타나기 때문이다.

'마르크스주의적 파시즘이론 marxistische Faschismustheorie'은 국
제 공산당 연맹인 코민테른(Comintern)46)의 이론과 트로츠키(Leon

---

44) 1924년 코민테른 제5차 회의에서는 파시즘을 "프롤레타리아에 대항하는
   대(大) 부르주아지의 투쟁도구"로 규정함으로써 파시즘은 친(親)자본주
   의적이고 반(反)공산주의적인 개념으로 자리 잡게 된다. 김수용 외: 유럽
   의 파시즘. 이데올로기와 문화, 서울대출판부 2001, 4쪽 참조.

45) 김수용: 같은 책, 6쪽 참조.

46) 코민테른(Komintern, Kommunistische Internationale)은 공산주의 인터
   내셔널 혹은 제3 인터내셔널이라고도 불리는 국제 공산당 연맹이었다.
   제1인터내셔널(1864-1876)은 1864년 런던에서 국제 노동자 연맹이 결성

Trotsky), 탈하이머(August Thalheimer) 등의 발언 및 저술들로 대표
된다. 이들은 이탈리아와 독일에서 파시스트 운동이 발흥하고 파쇼체
제가 확립되는 상황에 직면해서 어떠한 경제적 사회적 상황이 파시즘
을 야기시켰는가, 그리고 무엇이 파시즘의 득세와 노동계급 운동의
파괴를 가능하게 했는가 하는 문제를 규명하고자 했다. 즉 이들은 파
시즘 발생의 사회적 원인과 메커니즘에 주목하여, 이 운동을 극단적
이고 위험한 국제적 현상이자 제국주의의 마지막 몸부림으로 파악하
고 이에 효과적으로 대처할 수 있는 반파시즘 전략을 세우고자 시도
하였다.

　먼저 이탈리아 파시즘의 발흥과 더불어 제3 코민테른은 파시즘이
자본의 도구이면서 동시에 뿌리 깊은 대중적 기반을 가지고 있음을
지적한다. 독일공산당(KPD, Kommunistische Partei Deutschlands)의
체트킨(Clara Zetkin)은 1923년 제3차 코민테른 총회에서 "파시즘의
담지자는 소규모 카스트가 아니라 폭넓은 사회적 계층, 즉 프롤레타
리 계급에까지 이르는 거대한 대중"47)이며 따라서 "우리[공산주의자

되면서 시작되었으나 처음부터 마르크스주의, 푸루동주의, 블랑키주의,
바쿠닌식의 무정부주의 등 여러 사회주의 사상의 유파들로 대립 분열되
었다. 제2 인터내셔널(1889-1914)은 파리에서 열린 국제 노동자 회의에
서 설립되었다. 본질적으로 마르크스주의에 기반을 둔 유럽의 노동운동
이었고 당과 노동조합의 방만한 연맹이었으나 제1차 세계대전의 발발과
함께 해체되었다. 제3 인터내셔널, 즉 코민테른(1919-1943)은 1917년 러
시아 10월 혁명의 성공이후 고양된 혁명의 열기 속에 1919년 3월 모스
크바에 세워졌다. 공식 목적은 세계 혁명의 달성이었지만 주로 공산주의
운동에 대한 소련의 통제 기관으로서의 역할을 담당했다.

47) Clara Zetkin: Der Kampf gegen den Faschismus, in: Ernst Nolte
(Hrsg.): Theorien über den Faschismus, Köln 1976, S. 88-111, hier: S.
88f.: "der Träger des Faschismus ist nicht eine kleine Kaste, sondern
es sind breite, soziale Schichten, große Massen, die selbst bis in das
Proletariat hineinreichen."

들]는 최선의 힘을 다해 파시즘에 경도된 프롤레타리아의 영혼뿐만
아니라 소시민과 중간계층 시민, 소농과 지식인들의 영혼을 위한 투
쟁을 택해야 한다"48)고 역설한다. 이러한 자아비판적 해석과는 달리
1923년의 제5차 코민테른에서는 파시즘을 자본주의, 심지어 사회민주
주의(Sozialdemokratie)와도 동일시하는 경향이 강화된다. 즉 파시즘
과 사회민주주의는 자본주의라는 동전의 양면으로 여겨졌고, 스탈린
도 사회민주주의를 "파시즘의 온건파 der gemäßigte Flügel des
Faschismus"49)로 규정하였다. 이들의 파시즘 비판이 점점 체제비판
적 성격으로 변모해 간 것이다. 이는 1935년 제7차 코민테른에서 채
택된 '디미트로프50) 테제'에서 그 절정을 이룬다. "권력을 쥔 파시즘
은 금융자본의 가장 반동적이고 쇼비니즘적이며 제국주의적 요소들의
공공연한 테러 독재"51)라고 주장하는 '디미트로프 테제'는 구소련과

---

48) C. Zetkin: Der Kampf gegen den Faschismus, S, 105.: "Wir müssen
    mit größter Energie den Kampf aufnehmen nicht nur um die Seelen
    der Proletarier, die dem Faszismus verfallen sind, sondern auch um die
    Seelen der Klein- und Mittelbürger, der Kleinbauer, Intellektuellen."

49) W. Wippermann: Faschismustheorien, S. 17.

50) 디미트로프(Georgi Mikhailovich Dimitrov, 1882-1949): 불가리아의 총
    리. 인쇄공이자 노동조합 지도자였던 그는 1919년 불가리아 공산당 창설
    과정에서 주요 역할을 담당했으며 1921년 소련에서 코민테른 집행위원
    회 위원으로 선출되었다. 1923년 불가리아에서 공산주의 반란을 선동하
    여 사형을 선고받고 망명길에 올라, 1929년 이후 베를린에 체류하면서
    코민테른 중부유럽국장으로 일했다. 독일 제국의회 방화사건이 일어나자
    체포되었으나 공판과정을 통해 나치의 기소에 대한 항변으로 나치 검찰
    당국의 기소를 압도하여 면소 판결을 얻어냈고, 이로 인해 세계적인 명성
    을 얻었다. 1935-43년 코민테른 집행위원회 총서기로 모스크바에 머물면
    서 대(對) 독일 인민전선을 형성하는 데 주력했으며, 1944년 불가리아 추
    축국 위성정부에 대항하여 지하운동을 지휘했고 이듬해 총리에 취임했
    다. 그는 공산주의 세력을 규합하여 1946년 불가리아 인민공화국 수립에
    결정적인 영향력을 행사했다.

51) Georgi Dimitroff: Arbeiterklasse gegen Faschismus (1935), in. Reinhard

구동독 등의 공산국가들에 의해 계승되어 사회주의적 파시즘 해석의 토대와 지침이 되었다.

코민테른의 해석과는 달리 탈하이머(August Thalheimer)와 트로츠키(Leon Trotsky)는 소위 비정통 마르크스주의적 이론을 대표하고 있다. 탈하이머는 마르크스의 보나파르티즘(Bonapartismus)[52] 분석을 파시즘에 적용시켜서, 이 두 체제의 유사성을 근거로 파시즘 현상을 분석한다. 코민테른이 파시즘을 자본주의의 위기에 따른 노동자 계급의 혁명적 봉기에 대응하는 부르조아지의 반혁명적 운동으로 규정하는 것과는 달리, 탈하이머는 자본주의의 위기를 이용할 수 없었던 노동운동의 패배의 결과로 야기된 부르조아지의 공격단계에 해당하는 반혁명적 운동으로 파악한다. 트로츠키의 파시즘 이론은 그의 "영구혁명론 die permanente Revolution"[53]을 배경으로 하는데, 그에 따르면 파시즘은 자본주의 말기의 심각한 구조적 위기를 표현한 것이고, 파

Kühnl (Hrsg.): Texte zur Faschismusdiskussion I. Positionen und Kontroversen, Hamburg 1983, S. 57-75, hier: S. 58: "Der Faschismus an der Macht ist die offene terroristische Diktatur der am meisten reaktionären, chauvinistischen und imperialistischen Elemente des Finanzkapitals."

52) 보나파르티즘은 한 개인의 지배 하에서 국가 행정력이 국가의 다른 모든 부분들과 사회전체에 대해 독재 권력을 행사하는, 자본주의 사회에서의 한 형태를 나타내는 정치체제를 의미한다. 이 용어는 나폴레옹 3세인 루이 보나파르트의 쿠데타에 관한 마르크스의 저작 『브뤼메르 18일』에서 유래한다.

53) 영구혁명론에 따르면 한 국가의 경제체제는 단일국의 경제로서가 아니라 세계체제의 관점에서 역사적으로 파악되어야 한다는 것이다. 비록 각국의 경제발전 속도는 그 나라의 위치, 인구, 가용자원, 주변국과의 정치·외교적 역학관계 등에 영향을 받지만, 궁극적으로 모든 국가의 경제발전은 세계시장의 법칙에 의해 결정되기 때문에 러시아 혁명이 영구적으로 성공하려면 다른 국가, 특히 서유럽 국가들의 혁명에 의지해야 한다는 것이다. 이러한 주장은 1924년 스탈린이 제시한 '일국 사회주의론'을 반박하기 위한 것이다.

시스트 대중운동의 사회적 기반은 소시민과 중산계급에 있다는 것이다.
그는 독일에서 파시스트의 부상을 저지할 수 있는 노동계급의 효과적 정
치전략에 최우선적 관심을 두어야하며 이를 위해 독일 공산당과 독일 사
민당(SPD, Sozialdemokratische Partei Deutschlands)이 혁명적인 연합
노선을 이루어야 한다고 주장하였다.

이러한 마르크스주의적 파시즘이론, 특히 코민테른의 파시즘해석
이 지니고 있는 한계는 교조주의적 경향이 관찰된다는 점, 그리고
자본과 파시즘의 유착만을 강조하고, 파시즘의 기반이 되는 대중에
대해서는 단지 그들이 선전선동에 기만당했다고 설명하는데 그치고
있다는 점이다. 또한 비정통 마르크스주의적 이론들도 파시즘의 성
격과 특징을 드러내기보다는 권력투쟁의 내부에서 비롯된 투쟁노선
의 강화와 자기 세력의 결집을 위한 반파시스트 운동으로의 전개를
목표로 하고 있다는 점이 비판될 수 있다.

'보수주의적 · 자유주의적 파시즘이론 konservativ-liberale
Faschismustheorie'은 이탈리아 파시즘시대의 논자들54)과 프로이센의
보수주의자들,   그리고   아렌트(Hannah   Arendt),   프리드리히(Carl-
Joachim Friedrich), 브르체친스키(Zbigniew Brzezinski)에 의해서 대
표된다. 이탈리아의 보수주의적이고 자유주의적인 파시즘이론은 어떤
일관된 주장을 펼치고 있지는 않았다. 한편으로는 파시즘에 협력하거
나 이를 전승시키는 역할을 하는가 하면,55) 또 다른 한편으로는 비판
적인 자세를 취하며, 무엇보다도 파시즘의 집권방법에 있어서 공포정

---

54) 철학자 젠틸레(Giovanni Gentile)와 자유주의적 경향의 사상가들 미시롤
    리(Mario Missiroli), 살바토렐리(Luigi Salvatorelli) 그리고 이탈리아의
    총리를 지낸 니티(Francesco Nitti), 카톨릭 민중당의 대표 스투르초
    (Luigi Sturzo) 등 이탈리아 파시즘 동시대인들의 파시즘 논의를 말한다.
55) 젠틸레(Giovani Gentile)의 경우.

치적이고 반민주적인 행태를 비판하고,56) 또 한편에서는 볼세비즘을 비판하면서 자유주의적 체제와 민주주의의 적으로 규정하고 있다.57) 독일에서도 이와 비슷한 경향들이 발견된다. 많은 자유주의자들과 보수주의자들이 히틀러와 제3제국을 지지하였으나, 프로이센의 몇몇 보수주의자들58)은 파시즘이 로마카톨릭적인 국가에서 권력을 잡은 것이기에 프로이센적이고 프로테스탄트적인 독일에서는 낯선 것이라고 본다. 따라서 히틀러는 "독일의 대재앙 ein deutsches Verhängnis"59)이고, 무엇보다도 독일의 민족정신인 "프로이센 정신 Preußentum"을 이어받아야 한다고 이들은 역설한다.

이러한 견해들은 점차 전체주의에 대한 비판으로 귀결된다. 이미 패망한 제3제국뿐만 아니라 종전이후의 냉전체제에서 소련과 그의 위성국가들은 이러한 전체주의적 면모를 드러내기 시작한 것이다. 따라서 전체주의 연구는 주로 파시즘과 볼셰비즘 사이에 존재하는 공통점을 규명하기 위한 노력을 경주하였던 것이다.

현대 전체주의 이론의 대표자 격인 한나 아렌트는 『전체주의적 지배의 요인과 기원 Elemente und Ursprünge totaler Herrschaft』(1951)에서 유대인배척주의(Antisemitismus)와 19세기 제국주의를 전후 전체주의의 중요한 전제조건이라고 말하고 있다. 그녀에 따르면 전체주의는 자유를 제한할 뿐만 아니라 완전히 말살하기 때문에 지금까지의 권위주의적 독재와는 본질적으로 구분된다. 또한 근대 산업사회에서의 인간의 원자화와 몰개성화를 통해서 초래된 정신적, 사회적 위기에

---

56) 고베티(Piero Gobetti)의 경우.
57) 네티(Francesco Nitti)의 경우.
58) 예를 들면 니키쉬(Ernst Niekisch)와 힌체(Otto Hinze)의 경우.
59) Ernst Niekisch: Hitler. Ein deutsches Verhängnis, Berlin 1932. Zit. nach W. Wippermann: Faschismustheorien, S. 53.

대한 처방으로 전체주의가 단순하고도 급진적인 강령을 채택함으로
써, 특정한 인종(유대인)과 특정한 계급(부르조아지나 쿨라크60))에 책
임을 전가시키고 이들을 처단해야 한다고 주장하게 되었다는 것이다.
따라서 그녀는 이데올로기와 테러는 현대 전체주의 국가들의 주요 특
징이라고 본다. 이러한 의미에서 아렌트는 소련과 제3제국을 전체주의
적이라고 표현하였던 반면, 이탈리아는 단지 권위주의적인 수준에 머
무른 것으로 평가하였다.

아렌트의 전체주의 이론에 대한 기술과는 달리 프리드리히(Carl-
Joachim Friedrich)와 브르체친스키(Zbigniew Brzezinski)는 보다 일
반적인 이론으로서 전체주의의 전형적 모델을 설정한다. 그들의 견해
에 따르면 전체주의적 단계에 오른 국가들은 다음과 같은 특징을 지
니고 있다는 것이다. 즉, 이 국가들은 인간적인 삶의 모든 영역을 포
괄하고, 인간성의 최종상태를 선언하며, 기존 사회를 급진적으로 비판
하는 공적인 이데올로기를 지니고 있고, 독재자에 의해 지도되는 위
계적 단일 정당을 지니고 있으며, 테러조직의 수립, 무기의 독점, 보도
의 독점, 중앙 통제적 경제 등을 특징으로 하고 있다.61)

---

60) 제정 러시아의 부농 혹은 대농을 말한다.
61) Vgl. W. Wippermann: a. a. O., S. 56: "[Staaten könnten] dann als
   totalitär eingestuft werden, wenn sie die folgenden Merkamle
   aufwiesen: Es müsse (1) eine Ideologie vorhanden sein, die alle
   Bereiche des menschlichen Lebens umfaßt, einen Endzustand der
   Menschheit proklamiert und die bestehende Gesellschaft radikal
   verwirft. Das betreffende Land müsse (2) von einer hierarchisch
   aufgebauten und von einem Mann geführten Partei regiert werden, der
   etwa 10% der Gesamtbevölkerung angehören und die der Bürokratie
   übergeordnet oder mit ihr verflochten ist. Die Staats-und Parteiführung
   müsse (3) ein Terrorsystem errichtet haben, das sich sowohl gegen
   potentielle wie gegen völlig willkürlich ausgewählte 'feindliche'
   Klassen oder Rassen richtet. Sie müsse (4) über ein Waffenmonopol,

'사회학적 파시즘이론 soziologische Faschismustheorie'은 가이거 (Theodor Geiger)와 립셋(Seymour Martin Lipset)으로 대표된다. 소위 이들의 '중간계층이론'은 마르크스주의적 파시즘이론에서 규명하지 못한 파시즘의 기반 계층에 대한 설명으로서 '중간계층'[62]의 운동에 이론적 비중을 두고, 전체 사회 속에서의 그들의 실존적 상황, 그들의 이데올로기와 정치적 태도 사이에 존재하는 연관관계를 설명하고자 한다. 미국의 사회학자 립셋은 중간계층이 극단적으로 행동하게 되는 원인에 대해서 설명한다. 과거 사회형태(산업화전단계와 자본주의전단계의 소규모 상업과 농업의 형태)에 대한 동경, 그들을 위협하고 있는 노동운동과 거대 자본에 대한 반감, 그리고 위협받고 있는 자신들의 사회적 지위를 다시 보장해 줄 강력한 국가와 지도자에 대한 소망이 이들 중간계층 내부에서 증대되고 있었으며, 이러한 상황에서 등장한 파시즘이 자신들의 경제적 안전과 높은 사회적 지위를 다시 획득하게 해줄 뿐만 아니라, 거대자본과 노동조합의 권력과 지위도 다시 무력화시킬 수 있을 것이라고 그들은 기대했던 것이다.[63] 또한 경제발전 과정에서 초래된 이른바 경

---

(5) über ein Nachrichtenmonopol verfügen und müsse schließlich (6) die Wirtschaft einer zentralen Kontrolle unterworfen haben."

62) 봉건제 사회 안에서 만들어진 도시의 소규모 생산자나 소상인, 농촌의 소농민들을 중간계층이라고 한다. 이들은 자본주의 사회의 경쟁에서 프롤레타리아로 몰락하거나, 소수의 경우 자본가 계급으로 상승하기도 한다. 넓게는 숙련 기술자로부터 직업군인, 대학관계자까지도 포함하지만 좁게는 수공업자와 소상인, 하급관리 및 사무직원 등이 해당된다. 이 계급의 중간적이고 이중적인 성격 때문에 이들은 폭발적인 모험주의적 행동에 빠지거나, 좌우의 기회주의로 전락하는 경향을 갖고 있다.

63) Vgl. Zit. nach Reinhard Kühnl: Faschismustheorien. Texte zur Faschismusdiskussion 2, Hamburg 1979, S. 93: "Der Faschismus verspricht, dafür zu sorgen, daß nicht nur der alte Mittelstand seine wirtschaftliche Sicherheit und seine hohen gesellschaftlichen Status

영합리화는 이들 계층을 프롤레타리아로 전락시킬 위험, 즉 '계급의 추락'에 직면하게 했던 것이다. 이렇게 잠재적 저항이 형성된 상황에서 찾아 온 경제 위기가 그들의 불안감을 증폭시켰고, 결국 그들을 파시즘운동에 적극 가담하게 만들었다는 것이다.

독일의 사회학자 가이거는 중간계층에 포함된 관리들과 사무직 종사자들의 행동요인과 그들을 위기의식으로 몰아갔던 사회적 조건들을 관찰한다. 이 두 계급은 그들이 처한 사회적 상황에서 자신들의 특권을 수호하여 적어도 노동자 계급과는 구별되어지기를 원했으며, 이러한 절망적 방어심리로부터 결국 파시즘의 이데올로기에 경도되었다는 것이다. 또한 기존의 중간계층으로 간주되는 농민들과 수공업자, 소규모 상인들은 과거의 산업화 이전시대의 입장을 취함으로써 '시대에 맞지 않는 이데올로기'를 추종하였고, 신진 중간계층에 속하는 사무직과 하급관리들은 그들의 의식과 정치적 행동에 있어서 부르조아지 계층의 입장을 취했기 때문에 '위상에 맞지 않는 이데올로기'에 경도되었다는 것이다.

'사회심리학적 파시즘이론 sozialpschychologische Faschismustheorie'은 라이히(Wilhelm Reich)와 프롬(Erich Fromm)에 의해서 대표된다. 이 이론은 특정한 사회 계층과 단체가 어찌하여 파시즘으로 경도되고 그 정책을 지지하게 되었는지에 대해서 사회학적 이론에 의미 있는 보충 설명을 제공하고 있다. "라이히와 프롬에 따르면 사회적 그룹과 계층의 사고형태와 행동방식은 그들의 사회적 상황과 환경, 또한 그들이 살고 있는 사회로부터 이해되어져야 한다는 것이다. 이들 두 사람은 프로이트의 정신분석과 마르크스의 사회이론을 서로 결합하고자

---

wiedererhält, sondern daß auch Macht und Status des Großkapitals und der Gewerkschaften zurückgehen."

시도하여 새로운 비판적 사회심리학이 생겨났다."64) 라이히는 "유물
변증법적 심리학은 다름 아닌 역사의 주관적인 요소에 대한, 즉 한 시
대적 인간의 이데올로기적 구조와 그들이 형성하는 사회의 이데올로
기적 구조에 대한 연구이다"65)라고 정의하고 "인간이라는 사회적인
존재가 심리적인 구조로, 또 마찬가지로 이데올로기로 전환되는 도구
와 메커니즘을 확정해야 한다"66)라고 보았다. 그는 또한 가정과 교육
에서의 권위주의적인 성격에서 비롯된 피동적이고 예속적인 소시민들
의 태도가 권위주의적 지도자를 추종하게 되었고, 따라서 가족은 "반동
적 사고유형의 최초이자 가장 본질적인 재생산소 die erste und
wesentlichste Reproduktionsstätte jeder Art reaktionären Denken
s"67)라고 말한다. 그는 종교와 교회 역시 마찬가지 방향에서 보고 있

---

64) R. Kühnl: Faschismustheorien, S. 111: "Nach Reich und Fromm
müssen Denkformen und Verhaltensweisen sozialer Gruppen und
Schichten aus iher sozialen Lage und Umwelt verständlich gemacht
werden, also von der Gesellschaft her, in der sie leben. Beide
versuchen, die Psychoanalyse Sigmund Freuds und die
Gesellschaftstheorie von Karl Marx so zusammenzubringen, daß eine
neue kritische Sozialpsychologie entsteht."

65) Wilhelm Reich: Massenpsychologie des Faschismus, S. 37, in: R.
Kühnl (Hrsg.): Texte zur Faschismusdiskussion I, Hamburg 1983, S.
37: "Die dialektisch-materialistische Psychologie kann nichts anderes
sein als die Forschung nach diesem subjektiven Faktor der Geschichte,
nach der ideologischen Struktur der Menschen einer Epoche und der
ideologischen Struktur der Gesellschaft, die sie bilden."

66) Wilhelm Reich: Charakteranalyse, Köln 1970, S. 15. Zit. nach R.
Kühnl: Faschismustheorien, S. 111: "Die Psychologie hat die Mittel
und Mechanismen festzustellen, mittels derer sich das gesellschaftliche
Sein der Menschen in psychische Struktur und derart auch in Ideologie
umsetzt."

67) W. Reich: Massenpsychologie des Faschismus, S. 82. Zit. nach R.
Kühnl: Faschismustheorien, S. 112.

다. 여기에서 강요되는 비합리적 이데올로기와 욕구의 억압은 소시
민적 인격 형성에 기본토양을 제공하고, 이러한 심리적 기제는 인간
을 피동적이고 비정치적으로 만들어 대체만족의 출구로 몰고 간다는
것이다.

라이히의 뒤를 이어 프롬은 심리학은 파시즘과 같은 경제적, 정
치적 현상을 설명할 수 없다는 견해와 파시즘은 전적으로 하나의
심리학적 문제라는 견해 가운데 중도적 입장을 취한다. 그는 『자유
로부터의 도피 Escape from Freedom』에서 "나치즘은 심리적인 문
제이기는 하나, 심리적 요인들은 사회경제적 요인으로부터 이해되
어야만 한다. 또 나치즘은 경제적, 정치적 문제이지만 그것이 모든
사람들을 사로잡게 된 것은 심리학적 근거들로 해명되어야 한다"[68)
고 말한다. 그렇다면 개인의 관찰을 통해서 얻은 발견은 어떻게 집
단의 심리학적 이해에 적용될 수 있느냐의 문제에 대해 그는 다음
과 같이 진술하고 있다.

> 어떤 집단이든 모두 개인으로, 다름 아닌 개인으로
> 이루어진 것이다. 그러므로 집단 속에서 작용하고
> 있는 심리적 메커니즘에 있어서 중요한 것은 세부
> 적으로 작용하고 있는 메커니즘이다. 사회심리학을
> 이해하기 위한 토대로서 개인심리학을 연구하는 일

---

68) Erich Fromm (übersetzt von Liselotte Mickel und Ernst Mickel): Die
Furcht vor der Freiheit, München 1997 (zuerst New York 1947), S.
152f.: "Der Nazismus ist ein psychologisches Problem, aber man muß
die psychologischen Faktoren aus den sozio-ökonomischen Faktoren
heraus verstehen; der Nazismus ist ein ökonomisches und politisches
Problem, aber daß er ein ganzes Volk erfaßt hat, ist mit
psychologischen Gründen zu erklären."

은 현미경으로 어떤 대상을 연구하는 것에 비할 수
있을 것이다. 그리하여 사회과정 속에서 대규모로
작용하고 있는 심리적 메커니즘의 세부사항을 발견
할 가능성이 존재한다. 만일 우리의 사회 심리적
현상의 분석이 개인적 행동의 상세한 연구에 기초
를 두지 않는다면, 이 연구의 경험적 특성과 이로
인한 타당성은 소멸하게 될 것이다.

Jede Gruppe besteht ja aus Individuen und aus nichts
anderem als Individuen. Daher kann es sich bei den
psychologischen Mechanismen. die wir bei einer Gruppe
am Werk sehen, nur um Mechanismen handeln, die auch
beim einzelnen am Werk sind. Wenn wir uns mit der
Individualpsychologie als der Grundlage für das
Verständnis der Sozialpsychologie beschäftigen, so tun
wir etwas, was mit der Untersuchung eines Objektes
unter dem Mikroskop vergleichbar ist. Es gibt uns die
Möglichkeit, eben die Einzelheiten der psychologischen
Mechanismen zu entdecken, die im großen Maßstab im
Gesellschaftsprozeß am Werk sind. Wenn unsere Analyse
der sozio-psychologischen Phänomene sich nicht auf die
detaillierte Untersuchung individuellen Verhaltens
gründete, so würde ihr der empirische Charakter und
daher die Gültigkeit abgehen.[69]

프롬은 나치 정권에 대해 소시민계급이 기꺼이 복종한 것은 주로
'내적인 피로감'과 '체념'에 기인하며 강자에 대한 사랑, 약자에 대한

---

69) E. Fromm: Die Furcht vor der Freiheit, S. 103f.

혐오, 금욕주의적 성격70) 등을 특징으로 갖고 있는 하층 중간계층은 현존하는 권위에 복종하고 충성함으로써 그들의 '매저키즘적 열망'을 군주정치의 권위 하에서 해소해 왔으나, 제1차대전 패전이후 군주제의 붕괴는 이들 소시민의 존재 기반을 흔들어 놓았다는 것이다. 또한 이들이 경제적, 사회적 운명을 인식하는 대신에 자신의 운명을 의식적으로 국가와 연결해서 생각하게 되었고, 그들의 사회적 불이익을 국가적 불이익에 투영하게 되었다. 따라서 전쟁 전 독일제국주의의 '유선형적 변형 Stromlinienform'71)이라 할 수 있는 나치체제가 그 자리를 대신하면서, 소시민계급의 감정적 에네르기를 경제적이고 정치적인 목적을 위한 투쟁에 동원하였다는 것이다.

지금까지 여러 이론들과 정치적 강령들이 파시즘을 어떻게 분석하고 있는지 살펴보았다. 이를 정리하자면 마르크스주의와 전체주의적 파시즘이론이 정치적 성격의 거대담론적 성격을 띤다면, 사회학적, 사회심리학적 파시즘이론은 파시즘의 대두에 원인을 제공한 소시민계급과 그 구성원 개인의 심리적 메커니즘을 미시적으로 연구했다고 말할 수 있다. 이제는 이상과 같은 파시즘 논의의 중심에 자리하고 있는 소시민계급의 역사적 궤적을 추적해보는 것이 필요할 것이다.

---

70) Vgl. E. From: a. a. O., S. 155: "Es gibt gewisse Charakterzüge, die für diesen Teil des Mittelstandes von jeher kennzeichnend waren: seine Vorliebe für die Starken und sein Haß auf die Schwachen, seine Kleinlichkeit, seine feindselige Haltung, seine übertriebene Sparsamkeit sowohl in bezug auf seine Gefühle wie auch in bezug auf das Geld, und ganz besonders seine asketische Einstellung."

71) 나치 조직은 독일 군주제가 붕괴된 그 자리에 대신 들어섬으로써 독일 제국주의의 연장선상에 존재하는, 그 변형된 체제라는 의미이다. Vgl. E. Fromm: a. a. O., S. 160.

2. 독일 소시민계급의 역사적 고찰

소시민계급이 독일의 근·현대사에서 어떻게 형성되어 왔으며, 파시즘의 생성과 어떤 연관을 갖고 있는지 알아보기 위해서는 먼저 더 포괄적인 의미를 지니고 있는 '중간계층'72)의 개념에서부터 출발하여야 한다. 근대 시민사회의 형성기에 '중간계층'이란, 상층 봉건귀족과 농민을 포함한 하층민 사이에 놓인 도시의 주민, 즉, 시민계급과 동일시된 개념으로 사용되었다. 이후 19세기 후반까지는 귀족과 민중, 지배층과 하층민 가운데에 놓여 있는 넓은 의미의 시민계층을 포괄하는 개념으로 사용되었으나, 유럽에서 발생한 사회적 구조의 변동에 의해서 점차 부유하고 영향력 있는 자본가, 기업주, 즉 부르조아지를 중간계층의 일부로서 포괄하기가 어려운 상황이 야기되었다. 이러한 사회적 변동의 결과, 중간계층이라는 개념은 지배 계급과 결속한 부르조아지와 형성과정에 있는 프롤레타리아 사이에 존재하는 사회계층을 지칭하는 용어로 발전하였다. 20세기에 들어서서 경제 규모와 국가적 간섭영역이 확대됨에 따라 관료들과 사무직 그리고 봉급생활자 등의 새로운 중간계층이 수적으로 팽창하면서 수공업자와 소상점주 등 과거의 중간계층들과 함께 신흥 사회계층까지 포괄하기에 이른다. 따라서 중간계층은 '기존의 중간계

---

72) 중간계층을 표현하는 독일어의 'Mittelstand'라는 용어에는 낡은 '신분제 Stand'에서 유래하는 용어가 적용되어 있는 반면, 프랑스의 'Classes moyennes'는 반 신분적인 '계급 class'이라는 용어가 사용되고 있다. 이는 양국간의 시민사회 발전단계에서 발생한 차이를 반영하고 있다. 또한 영국에서의 'middle class'라는 개념은 귀족과 육체노동에 종사하는 주민 사이에 있는 전체 시민집단을 포괄하고 있어서 날카로운 사회적 긴장이나 계급적 대립을 내포하지는 않는다. 이민호: 근대독일사회와 소시민층, 일조각 1992, 18쪽 참조.

층'과 '신진 중간계층'으로 구분이 불가피하게 되었다.

한편 이러한 중간계층이라는 용어와 더불어서 소시민계급 (Kleinbürgertum, petite bourgeoisie)이라는 용어가 일반화되어 사용되기 시작한 것은 마르크스와 엥엘스에 의해서이다. 그들은 부르조아지와 노동계급 사이의 계급을 지칭하는 용어로서 중간계층과의 체계적인 구분 없이 이 용어를 사용하였다. 소시민계급을 근대 부르조아지적 생산양식과 결부되어 정의한다면, 스스로의 생산수단을 소유하고 생산을 위해 자본을 투자하고, 스스로의 노동을 생산에 첨가하는 사회계층이라 할 수 있다. 따라서 이들은 스스로의 자본과 생산수단을 소유하였다는 점에서 노동자와 구분되고, 타인의 노동에 의지하지 않고 스스로 노동에 종사한다는 점에서 자본가와도 구분된다. 그렇다면 '중간계층과 소시민계급은 어떻게 구별될 수 있는가?', 또 '이러한 구별은 의미 있는 것인가?' 하는 문제가 대두되게 된다. 소시민계급은 마르크스주의적 계급의 의미가 강하고 언어 자체에서도 시민계급, 즉 부르조아지에의 종속성이 나타난다. 한편 중간계층은 신분적 층위에서의 중간 부분을 의미하며 역사적 국면에 따라 달리 해석되고, 달리 규정될 수 있으나 현대에 와서는 소시민계급과의 엄격한 구분이 어려워졌다고 말할 수 있다. 따라서 소시민계급을 중간계층과 구분하는 것은 파시즘과 연관하여 그라스의 『양철북』을 분석하는 데 있어서는 큰 의미를 지니지 않는다고 볼 수 있다. 따라서 이 책에서 다루고자 하는 소시민계급은 상층 지배계급과 엘리트 그룹 그리고 하층 노동자를 제외한 봉급생활자와 중·하급관리, 중소규모의 자영업자, 소규모 상인 등 광범위한 중간층을 포괄하는 계급을 의미한다.

중요한 것은 이들 소시민계급이 우경화되는 과정이다. 계속되는 산업화 과정에서 기업과 자본의 집중이 심화되고 자본과 노동의 대립이 첨예화되었는데, 이렇게 사회·경제적 불평등과 예속이 심화되는 과정에서 상층 부르조아지에 속하지 못하고, 하층 프롤레타리아로 전락하지도 않은 이들 소시민계급이 우경화의 추세를 드러낸 것은 1848년 혁명과정에서부터이다. 이 '3월 혁명'의 과정에서 수공업자들이 중심이 된 소시민계급은 자유주의적 경제가 소규모 생산자에게 파괴적인 요인으로 작용한다고 보고 반근대화의 성향을 표출하였다. 그들은 대규모 경영에 대항하여 수공업 형태의 소규모 경영을 구출하고자 하였으며, 과거 길드(Zunft)의 특권을 토대로 수공업 전통의 부활을 주장하는 보수적 입장을 드러내었다. 또한 그들은 계급적 결속이 증대하는 노동계급의 위협에 직면하여 그들의 재산을 방어하려는 목적으로 급진주의에서 이탈, 우선회하게 되는 경우가 있었다. 마이어(Arno Mayer)에 따르면 1848년의 혁명에서 바로 소시민계급이 진보와 보수라는 두 역사적 국면에 동시에 대응하였고, 그 뒤 1871년 이후에는 역사 발전에 역행하는 사회세력이 되었다.[73] 또한 1929년부터의 세계 경제공황의 사회적 혼란 속에서 신·구 중간계층의 방어적 태도와 의식이 날카롭게 표출되고 궁핍과 생존의 불안에 직면하여 그들의 태도는 과격화되어 갔다. 이들 대부분은 약간의 예외가 있었으나 전체적으로 보아 사회주의나 공산주의와 같은 좌파 운동에는 가담하지는 않았다. 이들은 결국 제3의 길을 택할 수밖에 없었는데 이것이 곧 파시즘의 길이다. 그들에게는 파시즘 운동과 그 이데올로기가 그들 소시민계급을 실망시킨 대자본과 프롤레타리아의 위협에 대해 그들을 보호해 줄듯이 보였기 때문이다. 따라서 독일에서 나치즘의 승리는 소시민계급의 맹목적 추종에 의한 결과이며, 위기의 상황에서 우연히 이루어진 것이 아니라 이미 소시민의 일상에서 이러한 경향이 뿌리깊이 내재

---

73) 이민호: 같은 책, 15쪽 참조.

하고 있었다는 것을 역사는 보여주고 있다.

이상의 글에서 파시즘과 소시민계급의 역사적 고찰을 시도하였다. 이제 초점을 문학으로 돌려서 파시즘에 대한 문학의 대응을 문학사적으로 살펴보고자 한다.

3. 파시즘에 대한 문학의 대응

문학의 영역에서는 파시즘으로 인한 문학적 전통의 단절을 우려하면서 전통과의 연관관계 속에서 직·간접적으로 파시즘에 대한 비판을 수행하려 하였다.

파시즘에 대한 문학적 대응은 벤(Gottfried Benn)과 윙어(Ernst Jünger), 비헤르트(Ernst Wiechert) 등 국내 망명작가들의 경우와 토마스 만과 브레히트 등 국외 망명작가들의 경우, 그리고 보르헤르트 (Wolfgang Borchert), 뵐(Heinrich Böll), 그라스 등 전후 귀향병으로 사회에 복귀한 젊은 세대 작가들의 경우가 각각 다른 양상으로 나타났다.

먼저 국내 망명작가들의 경우는 국가의 통제를 피하면서도 나치체제를 비판하고자 한 저항문학이 존재하였지만, 실제로는 '서랍 속의 문학'에 머물거나, 자아 세계나 자연으로 후퇴하여 저항의 태도를 보이는 것이 아니라 오히려 현실로부터 문학의 영역 안으로 물러서는 개인주의적 형식이 지배했다.74)

---

74) Vgl. Wolfgang Beutin (Mitverf.): Deutsche Literaturgeschichte von Anfängen bis zur Gegenwart, Stuttgart 1989, S. 396: "Der Rückzug der Autoren auf sich selbst und die Natur war [···] keine

국외 망명작가들의 경우 역사소설이 주류를 이루면서 나치즘의 만행을 경고하고 동시대인들의 사회적 시야를 넓혀주고자 하였다. 이 역사소설들이 과연 파시즘에 대한 대응이자 비판일 수 있는지는 지속적인 논란이 되어왔다. 바이스코프(Franz Carl Weiskopf)와 같은 비평가는 독일 망명작가들이 역사적 소재를 선정한 것은 현재의 문제들로부터의 회피나 도피를 의미한다고 평가절하한 반면75), 아부쉬 (Alexander Abusch)는 역사소설을 파시스트 폭정에 맞선 실제적 선전포고이며 투쟁을 교시하는 것이라고 극찬하기도 하였다.76) 어쨌든 이들 망명작가들의 역사소설들이 역사 속에서 마련된 서사적 공간을 활용하여 역사적인 대응상을 찾고, 역사를 재구성하고, 재조명함으로써 당시 유럽에서 벌어지고 있는 비극적 현실을 비유적으로 재생시켜서 이에 대한 명확한 인식을 통해 파시즘 극복의 길을 제시하고자 했던 것만은 부인할 수 없다.

브레히트의 경우 소설 『율리우스 시이저씨의 사업 Die Geschäfte des Herrn Julius Cäsar』(1937~39)를 통해서 "시이저의 로마에서 일어나고 있는 경제활동과 나치 독재자의 출현간의 무서운 친화성"77)을

Widerstandshandlung, sondern eine individualistische Form des Rückzugs aus der Gegenwart in das Reich der Poesie."

75) Vgl. zit. nach W. Beutin: a. a. O., S. 411: "Die Wahl eines historischen Stoffes bedeutet für einen emigrierten deutschen Schriftsteller in der Regel Ausweichen oder Flucht vor den Problemen der Gegenwart."

76) Vgl. zit. nach W. Beutin: a. a. O., S. 412: "eine aktuelle Kampfansage, ja teilweise als eine direkte Anleitung zum Kampf gegen die faschistische Tyrannei"

77) Helmut Koopmann: Der Faschismus als Kleinbürgertum und was daraus wurde, in: Josef Görtz (Hrsg.): Günter Grass, Darmstadt 1984, S. 95-123, hier: S. 96: "die grausame Wahlverwandtschaft zwischen

드러내려 했다. 브레히트는 『제3제국의 공포와 참상 Furcht und Elend des Dritten Reiches』(1935~38), 『갈릴레이의 생애 Das Leben des Galilei』(1938), 『저지가능했던 아르투로 우이의 득세 Der aufhaltsame Aufstieg des Arturo Ui』(1941) 등과 같은 극작품들과 「파시즘에 관한 논문들 Aufsätze über den Faschismus』(1933~39)에서 반파시즘 투쟁을 위한 전망을 제시하고자 하였다. 루카치(Georg Lukács)가 역사소설의 성공적인 본보기라고 칭송했던 하인리히 만(Heinrich Mann)의 『앙리 4세 Henri Quatre』(1933~1938)에서 서술된 내용도 그 당시 사람들이 실제로 괴벨스와 같은 나치 선동가들의 구호를 재생한 것이었다.78) 토마스 만의 『요셉 소설 Joseph-Romanen』에서도 신화(Mythos)와 성경의 이야기가 나치의 망령을 묘사하기 위해서 동원된다.

역사소설뿐만 아니라 사회소설과 시대소설에서도 반파시즘적 경향들이 더욱 발전된 형태로 등장한다. 대표적인 작품인 아나 제거스(Anna Seghers)의 『제7의 십자가 Das siebte Kreuz』(1942)는 제3제국 시대 독일의 현실을 묘사하여 파시즘에 대한 저항의 가능성을 보여주기에 충분하였다. 또한 되블린(Alfred Döblin)의 『용서받지 못한다 Pardon wird nicht gegeben』(1935)에서는 파시즘과의 대결이 역사적인 경험을 성찰하는 믿을만한 방식으로 전개되고 있다.79)

---

dem wirtschaftlichen Treiben im Rom Cäsars und der Heraufkunft des braunen Diktators"

78) Vgl. H. Koopmann: a. a. O., S. 97: "Denn es ist ja nur die Wiedergabe dessen, was man damals tatsächlich aus dem Munde der national-sozialistischen Propagandisten allenthalben und jederzeit hören konnte."

79) Vgl. W. Beutin: a. a. O., S. 415: "die Auseinandersetzung mit dem Faschismus [würde] in authentischer, die persönlichen und historischen

그러나 전쟁이 끝나고 나치의 "마력의 베일 der magische Schleier"[80)]
이 갑자기 벗겨진 이후 나치즘에 대한 문학적 대응은 침묵의 시기를 갖
게 된다. 일종의 정치적·문화적 진공상태를 거친 후 비로소 자기 비판
적 소리를 낸 것은 1946년 야스퍼스(Karl Jaspers)의 『책임의 문제
Schuldfrage』와 마이네케(Friedrich Meinecke)의 『독일의 파국 Die
deutsche Katastophe』 등 과거 죄악의 책임 문제를 다룬 글들이었다. 이
에 뒤이어 반파시즘 투쟁에 기여했던 글들이 모음집의 형태로 출판되
었다.[81)] 이후 점차 회고록들과 일기, 제3제국에 대항한 문학적 증언들
이 활발히 출판되기 시작했다. 소위 '젊은 세대 Junge Generation'[82)]
의 작가들은 '폐허문학 Trümmer- literatur'이라는 형태로 그들의 체
험과 당면한 문제들을 표현할 수 있는 가능성을 찾고자 하였다. 그러
나 보르헤르트의 『문 밖에서 Draußen vor der Tür』(1947) 등의 성공

Erfahrungen scharfsinnig reflektierender Weise geführt."
80) H. Koopmann: Der Faschismus als Kleinbürgertum und was daraus
   wurde, S. 102.
81) 여기에 속하는 모음집으로는 페텔(Karl O. Paetel)의 『독일의 반나치 증
   거들 Anti-nationalsozialistische Zeugnisse aus Deutschland』(1946)와
   드레브스(Richard Drews)와 칸토로비치(Alfred Kantorowicz)의 『금서와
   분서 verboten und verbrannt』(1947) 등이 있다.
82) 슈넬(Ralf Schnell)은 '젊은 세대'라는 개념이 하나의 정치·사회적으로
   규정된 그룹의 정체성을 표현하고 있다고 말한다. 그에 따르면 이 개념은
   파시즘이 권력을 잡도록 돕고 이를 지지했던 부모세대의 사상과 행동에
   대한 거리를 표현하고 있으며, 자신들의 의지와는 무관하게 전쟁에 참여
   했던 세대의 공감대를 부각시키고 있다는 것이다. 이 세대에 속하는 작가
   와 지식인으로는 만첸(Walter Mannzen), 콜벤호프(Walter Kolbenhoff),
   안더쉬(Alfred Andersch), 리히터(Hans Werner Richter) 그리고 보르헤
   르트 등이다. 이들은 1905년과 1915년 사이에 태어난 세대들로서 기성
   세대에 기만당하여 인생의 황금기를 파시스트 치하에서 고통 받았고, 전
   쟁에 동원되었으며, 전후 폐허의 한 복판에서 새로운 자기 이해를 찾고
   자 하였다. Vgl. Ralf Schnell: Geschichter der deutschsprachigen
   Literatur seit 1945, Stuttgart 1993, S. 70.

에도 불구하고 폐허문학은 이미 궤도에 들어선 서독의 사회적인 변화와
복고주의 추세를 문학적인 실체와 대비시킬 수 있는 문학적 전통을 수
립하기에는 아직은 역부족이었다.[83] 바이젠보른(Günther Weisenborn)
의 『회고록 Memorial』(1948)에서와 같이 유대인 강제 수용소의 잔인
한 현실묘사가 우위를 차지하고, 헤세(Hermann Hesse)나 비헤르트와
같은 작가들에 의해 현실 속에서 잊혀져버린 치료된 세계가 묘사되거
나, 자아세계로의 은둔이 호응하고 있는 것처럼 나치시대를 다루는
것은 금기처럼 보였다. 이러한 파시스트적 과거와 자본주의적 현재,
도피와 반항, 주관성과 정체성 상실 사이의 긴장영역에서 새로운 젊
은 작가들이 문학적 새 출발을 시도하였다. 뵐과 쾨펜(Wolfgang
Koeppen), 발저(Martin Walser), 안더쉬(Alfred Andersch)와 프리쉬
(Max Frisch)로 대표되는 이들 새로운 젊은 작가들은 사회비판적·리
얼리즘적 서술전통에 입각하여 전쟁과 파시즘의 문제, 전후시대와 현
재의 갈등을 묘사하였다.

이러한 소설적 전통에 뒤이어 등장한 권터 그라스의 『양철북』은
'47 그룹 Gruppe 47'의 한 독회[84]에서 처음 낭독되었을 때 청중들
을 사로잡았을 뿐 아니라 세계문학으로의 도약이 예견되었다. 파시
즘에 대한 그라스의 문학적 대응은 과거 망명작가들이나 전후의 젊
은 작가들과는 다른 양식으로 나타난다. 그는 망명문학가들처럼 나
치즘의 생성과정과 원인에 대한 분석에 집착하지 않는다. 그는 바

---

83) Vgl. W. Beutin: Deutsche Literaturgeschichte. 541: "Was sie nicht zu
leisten vermochte: eine Literaturtradition auszubilden, welche den sich
anbahnenden gesellschaftlichen Veränderungen, den restaurativen
Tendenzen in der Bundesrepublik poetische Substanz hätte
entgegensetzen können."

84) 1958년 11월 47그룹 제20회 독회가 알고이의 '아들러 여관 Gasthof
Adler'에서 열렸다.

로크적 전통의 악한소설(Schelmenroman)이라는 형태를 통해서 파시즘의 본모습이 풍자적이고 파로디화된 방식으로 드러나도록 만든다. 하인리히만이 나치즘의 악마적 면모를 묘사했다면, 그라스에게 있어서 나치즘은 소시민적 정신에 가려진 채 나타나고, 나치의 웅변과 깃발을 뒤따라 다니는 이들 소시민들의 순박한 부화뇌동에 가려진 채 나타난다.85) 즉 독일 나치즘이 독일 특유의 정신적 기반과 몇몇 선동가들의 선동 이전에 이미 소시민의 세계에서 그 맹아(萌芽)가 자라고 있었음을 보여주고 있는 것이다. 엔첸스베르거는 다음과 같이 그라스의 『양철북』을 평가하고 있다.

그라스가 마치 부수적인 것같이, 최소한 반파시스트 운운하며 야단법석을 떨지 않고도 함축성이나 설득력에 있어서 『양철북』에서 제시하고 있는 것과 비교될 수 있을 만한 히틀러 체제에 대한 어떤 서사적 묘사도 나는 알지 못한다. [⋯] 그는 모든 이데올로기적인 것에 대한 그의 무관심으로 인해 그토록 많은 작가들이 현혹된바 소위 나치를 악마화하려는 유혹에도 빠지지 않는다.

Ich kenne keine epische Darstellung des Hitlerregimes, die sich an Prägnanz und Triftigkeit mit der vergleichen ließe, welche Grass, gleichsam nebenbei und ohne das mindeste antifaschistische

---

85) Vgl. H. Koopmann: Der Faschismus als Kleinbürgertum, S. 115: "Bei Günter Grass [⋯] [wird] es immer wieder überdeckt von der Kleinbürgermentalität und einem geradezu naiven Mitlaufen und Nachlaufen hinter den großen Worten und Fahnen her."

Aufheben zu machen, in der Blechtrommel liefert.
[…] Seine Blindheit gegen alles Ideologische feit
ihn vor einer Versuchung, der so viele
Schriftsteller erliegen, der nämlich, die Nazis zu
dämonisieren.[86]

엔첸스베르거의 지적대로 사실 그라스는 나치를 악마화(Däm-
onisierung)하거나 히틀러를 악의 화신으로 묘사하지 않는다. 그는 다
만 파시즘의 온상이 된 소시민적 삶의 역겨움을 사실적으로 드러내고
있을 뿐이다.[87] 그라스는 파시즘을 과거 일상의 삶 속에 존재했었던 바
대로 "곰팡내 나는 것과 인색한 것과 야비한 것의 화신 Inkarnation des
Muffigen, des Mickrigen und des Schofeln"[88]으로 서술하고 있다.

그라스는 파시즘의 근원을 독일사에서 찾거나 독일 정신사적 전통
에 혐의를 두기보다는 독일 소시민계급에 그 역사적 책임을 묻고자
한다. 독일 소시민들은 기회주의적 사고방식과 행동으로 나치 이데올
로기를 추종하고 나치의 야만적 폭력에 무비판적이었던 것이다. 그라
스는 나치체제에 대한 역사적 단죄와 같은 거창한 작업이 아니라 소
시민 세계의 세부적인 묘사로부터 보다 큰 연계성을 도출하고자 하며,

---

86) Hans Magnus Enzensberger: Wilhelm Meister, auf Blech getrommelt, in
  Gert Loschütz (Hrsg.): Von Buch zu Buch. Günter Grass in der Kritik.
  Eine Dokumentation, Neuwied und Berlin 1968, S. 10.
87) Vgl. Günter Grass: In einem Interview (Der Spiegel, vom 11. 8. 1969),
  S. 94: "Meine Kritik galt zuallererst der Dämonisierung des
  Nationalsozialismus, und wenn es mir gelungen sein sollte […] die
  Dämonisierung einzudämmen und das kleinbürgerliche Detail
  aufzuwerten, bin ich schon zufrieden."
88) H. M. Enzensberger: Wilhelm Meister, auf Blech getrommelt, S. 10.

단치히 소시민들의 구체적인 일상의 모습에서 나치즘의 원인을 규명하려 한다. 따라서 그는 소시민 사회의 일상을 지루할 정도로 세밀하게 묘사하고 있는데, 독자는 이러한 과정에서 나치즘의 원인에 대한 종합적인 조망에 이르게 된다. 즉 그라스는 원인에 대한 설명보다도 현실의 '현상 형태 Erscheinungsform'의 묘사에 몰두한다. 그는 역사적 상응도 심리 분석적인 설명도 하지 않을 뿐만 아니라, 그 원인과 결과에 대해서 묻지 않는다. 다만 시대사의 서술 그 자체만 배경장식처럼 등장하고 있을 뿐이다. 물론 여기서 당시의 나치즘운동이 소시민들에게 어떻게 점차 확산되고 세력을 얻게 되었는지가 서술되고 있는 것으로 보아, 나치즘의 발생사로부터 어떤 것을 불가피하게 모방했다고 짐작할 수도 있다. 하지만 본질적으로 비중을 두고 다루고 있는 것은 당시 소시민계급이 처한 일상의 현실과 그들의 심리적 메커니즘이다. 이렇듯 그라스에게 있어서 파시즘 분석의 가장 큰 틀은 소시민계급에 대한 비판이다. 다음에서는 『양철북』에 대한 구체적 분석의 시작으로서 서술형식을 고찰해보고자 한다.

Ⅱ. 서술형식의 비판적 기능

1. '믿을 수 없는 서술자'

『양철북』에는 두 개의 시간적 차원이 존재한다. 첫 번째 차원은 전후 시대인 현재, 정신병원에 수감되어 과거를 회고하고 있는 서술자 오스카의 시간이며, 두 번째 차원은 오스카가 태어나기 훨씬 전인 카슈바이의 감자밭에서부터 시작하여 그가 30세에 이르기까지 진행되는 피서술의 시간차원이다. 이러한 분리된 두 차원에서의 묘사에서 서술자는 소설 진행의 외부에 존재하나 결과적으로 소설진행과 연관되는 입장을 택하고, 현재의 입장에서 크게 벗어나 자신의 출생의 이야기를 연대기적으로 서술하기 시작하여 결국 처음의 출발점에 되돌아오게 되는 '순환적 구조'를 지니고 있다. 『양철북』의 첫 문장은 정신병원에 수용되어 있는 서술자 오스카의 고백으로부터 시작된다.

> 내가 어떤 병원, 또는 감호기관의 수감자라는 점은 인정해야겠다. 내 간호인이 나를 관찰하고 있으며, 줄곧 눈을 떼지 않고 나를 지켜보고 있으니까 말이다. 즉 문에 안을 엿보는 구멍이 있는 것을 봐도 그렇다. 그런데 내 간호인의 눈은 갈색이어서 파란 눈을 하고 있는 나를 꿰뚫어 볼 수는 없을 것이다.

> Zugegeben: ich bin Insasse einer Heil- und Pflegeanstalt, mein Pfleger beobachtet mich, läßt

mich kaum aus dem Auge; denn in der Tür ist ein
Guckloch, und meines Pflegers Auge ist von jenem
Braun, welches mich, den Blauäugigen, nicht
durchschauen kann.(Bt. 6)[89]

위의 문장은 일인칭 서술자 오스카의 서술시점(Erzählperspektive)
을 결정하는 모든 요소를 함축적으로 지니고 있다. "…라는 점은 인정
해야겠다 zugegeben"는 말에는 서술자의 주장이 옳지 않을 수도 있으
며, 그의 말의 정당성이 제한적임을 나타내고 있다. 전후시대의 정신
병원이라는 이 공간은 회고되고 있는 사건과는 상당한 시간적, 공간
적 거리가 존재하는 까닭에 서술의 객관성과 정확성을 담보하지는 못
하고 있으나, 한편으로는 피서술 사건에 대해 필요한 거리를 유지시
켜 주는 것이다.

한편 서술자로서의 오스카의 입장을 살펴보자면, 정신병원의 수
감자로서의 그는 지속적인 관찰의 대상이며, 수감자라는 제한적 상
황에서 과거를 회고하고 있음을 알 수 있다. 처음부터 곧바로 자신
을 '정신병원의 수감자'라는 충격적인 고백을 하는 이 서술자는 전
통적인 소설의 서술자와는 매우 다른 서술자이다. 독자는 예상 밖
에도 정신병원의 한 수감자가 서술하는 이야기를 읽고 있는 자신을
발견하고 이 소설의 서술을 모두 사실로서 받아들일 수는 없음을
느끼게 된다. 여기서 생기는 불신 때문에 독자는 앞으로의 독서과

---

89) 'Bt.'는 "Günter Grass: Die Blechtrommel, in: ders.: Werkausgabe in
zehn Bänden, hrsg. v. Volker Neuhaus, Darmstadt und Neuwied 1987,
Bd Ⅱ"의 약칭이며, 그 뒤에 나오는 숫자는 쪽번호이다. 그 외 이 전집의
인용은 'WA'와, 로마숫자로써 그 권수를 병기하고, 글의 제목은 괄호 안
에 표시하기로 한다.

정에서 한시도 주의를 늦출 수 없다. 이 '믿을 수 없는 서술자'90)는
독자로 하여금 이 소설의 서술에 대해서 거리를 두고, 이를 보다
냉정하고 객관적으로 관찰케 하고, 더 나아가 이야기의 해석에 능
동적으로 참여하도록 한다. 독자가 서술자를 믿을 수 없는 중요한
이유 중의 하나는 서술자인 '나'조차도 '서술자 오스카'의 서술내용
을 완전히 믿고 있지 않기 때문이다.

> 방금 나는 마지막으로 쓴 문단을 다시 한 번 죽 읽
> 어보았다. 내가 이 문단에 설령 만족을 느끼지 못
> 한다 해도 그럴수록 이것은 오스카의 펜이 남긴 글
> 로 남아야 할 것이다. 왜냐하면, 오스카의 펜은, 간
> 명하게 요약을 해 가면서 이따금 의식적으로 요약
> 할 줄 아는 그런 논문에서처럼 거짓말은 아니라 할
> 지라도 적어도 과장하는 데에는 성공하고 있었기
> 때문이었다. 그럼에도 불구하고 나는 진실에 머물
> 고 싶다. 그래서 나는 오스카의 펜을 그 등뒤에서
> 부터 공격하여 여기에 다음과 같은 점을 바르게 고
> 쳐놓고 싶다.

**Soeben las ich den zuletzt geschriebenen Absatz
noch einmal durch. Wenn ich auch nicht zufrieden**

---

90) 한 소설작품을 해석하는 데에 있어서 대단히 중요한 서술자의 신빙성
(Verläßlichkeit)의 문제에 관해서는 부우드(Wayne C. Booth)가 그의 책
『소설의 수사학 The Rhetoric of Fiction, Chicago 1961)에서 처음으로
상세히 논구하고 있다. 이 책의 제 7, 8, 11, 12장에서 그는 특히 '신빙성
없는 unreliable' 또는 '틀릴지도 모르는 fallible' 서술자의 여러 가지 특
이한 등장방식들을 구별해서 논하고 있다. Vgl. Franz K. Stanzel:
Typische Formen des Romans, Göttingen 1981, S. 75.

bin, sollte es um so mehr Oskars Feder sein, denn
ihr ist es gelungen, knapp, zusammenfassend, dann
und wann im Sinne einer bewußt knapp
zusamenfanssenden Abhandlung zu übertreiben,
wenn nicht zu lügen. Ich möchte jedoch bei der
Wahrheit bleiben, Oskars Feder in den Rücken
fallen und hier berichtigen, daß erstens Jans letztes
Spiel, das er leider nicht zu Ende spielen und
gewinnen konnte, kein Grandhand, sondern ein
Karo ohne Zwein war, daß […]. (Bt. 298)

위의 예에서 보다시피 '나'는 '오스카의 펜'이 '거짓말'은 아니라
할지라도 '과장'은 했다고 여기고 있으며, '내'가 결국 '오스카'의
진술내용을 '올바르게 고치'기도 하는 것이다. 이처럼 진술이 오락
가락하는 것은 마체라트(Matzerath)를 묘지에 매장하면서 성장을 결
심하는 장면에서도 나타나고 있다. 서술자 '나'는 성장을 결심하고
관 위에 북을 던졌을 때 성장이 시작되었다고 서술한 바 있다.

자스페 묘지에 마체라트를 매장할 때 돌이 내 뒤통
수에 명중하고서부터 비로소 나는 성장하기 시작했다.
오스카는 돌이라고 말했다. 그래서 나는 묘지에서
의 그 사건에 대한 보고를 보충하기로 결심했다.

Erst als mich der Stein bei Matzeraths Begräbnis
auf dem Friedhof Saspe am Hinterkopf traf,
begann ich zu wachsen.

Oskar sagt Stein. Ich entschließe mich also, den
Bericht über die Ereignisse auf dem Friedhof zu
ergänzen. (Bt. 503)

여기서도 '내'가 '오스카'의 보고를 다시 '보충'한다. 이와 같이
서술자 스스로가 똑같은 사건을 재진술하는 입장이 되어 독자로 하
여금 그의 관찰방식을 근본적으로 의심하게 만들고 있다.

또한 오스카 외에 설정된 두 명의 서술자 브루노(Bruno)와 비틀
라(Vittlar)의 진술 역시 독자로부터 신뢰성을 기대하기 어렵기는 마
찬가지이다. 오스카는 브루노에게 서술을 맡기면서 이야기를 "제대
로 경청할 의지와 능력이 있는지"[91], "화물열차에서의 여행에 대해
서 들은 것을 그가 제대로 재구성하게 될 것인지"[92] 의심하고 있
다. 비틀라의 진술은 무명지 사건에 대한 법정에서의 진술의 형태
를 취하고 있다. 그러나 비틀라의 진술은 오스카의 진술과 모순 되
는 부분이 존재함으로써 오스카나 비틀라 중 한 사람의 진술이 불
신될 수밖에 없다. 서술자에 대한 이와 같은 근본적인 불신은 독자
가 작가와 서술자를 동일시할 가능성을 근본적으로 차단하고 있다.
이러한 서술자의 설정은 이 소설의 서술원리로서의 알레고리구조를
위한 기반을 형성하고 있다고 볼 수 있다. 독자가 '믿을 수 없는
서술자'의 배후에 존재하는 작가의 의도를 제대로 파악하기 위해서
는 '서술된 것'을 끊임없이 의심하고 텍스트를 다르게 읽으려는 노
력을 기울여야 하는 것이다.

---

91) Bt. 516: "Ob Bruno auch gut zuhören will und kann?"
92) Vgl. Bt. 516: "Wird seine Nacherzählung auch jener Reise im
    Güterwagen gerecht werden […]?"

한편 서술자는 보고자의 역할을 수행하는 동시에 자기 스스로를
반어적 서술대상으로 삼아 관찰하기도 한다. 일인칭 서술자가 때로
는 자신을 대상화하여 '오스카 Oskar', 또는 3인칭(er)으로 묘사하
는 경우가 자주 있는 것도 이 때문이다. 다음에서는 일인칭이 삼인
칭으로 전환되는 상황을 보여주고 있다.

> 나는 비둘기들의 부산한 움직임에 화가 났다. 나는
> 그쪽을 보는 것조차도 아까워서 시선을 거두어 버리
> 고, 화가 난 것을 가라앉히기 위해 진지하게 두 북채
> 를 지렛대로 사용하였다. 그랬더니 문이 움직였다.
> 그리고 완전히 열리기 전에 오스카는 이미 탑 안에
> 있었다 […]. 그는 탑을 건축하는 것이 무의미하고 건
> 축해 봤자 아무 소용이 없다는 것을 깨달았다.

> Mich ärgert das Geschäft der Tauben. Mein Blick
> war mir zu schade, ich nahm ihn zurück und
> benuzte ernsthaft, auch um meinem Ärger
> loszuwerden, beide Trommelstöcke als Hebel: die
> Tür gab nach und Oskar war, ehe er sie ganz
> aufgestoßen hatte, schon drinnen im Turm […]. Er
> erfaßte den Unsinn und die Ohnmacht des
> Turmbaues. (Bt. 117)

"화가 난" 주체가 일인칭으로 묘사되다가, 탑으로 올라가는 오스카
의 행동과 그의 주관적 사고의 묘사는 삼인칭으로 전환되어 나타난다.
정신병원에 있는 서술자가 자신과 세살짜리 아이 오스카와의 동일성
을 유보해야 할 필요가 있을 때에는 인칭의 전환이 발생하는 것이다.

시이저가 역사서술에서 자기 자신을 "시이저"라고 대상화해서 기술한 것과 마찬가지로[93] 서술자 오스카도 필요에 따라 종종 자신을 "오스카"라고 대상화하여 부르는 것이다. 일인칭과 삼인칭을 이렇게 번갈아 사용하는 것[94]은 서술자의 정체성과 관련하여 중요한 의미를 지닌다. 『양철북』의 서술자는 심리적 자기분열상을 문법적으로 반영하고 있는 것이다. 회고의 과정에서 느끼게 되는 이러한 자기분열은 일인칭과 삼인칭의 교차적 사용을 통해 '자기소외 Selbstentfremdung'를 유발시키고, 독자로 하여금 서술자 오스카의 "정체성의 부재 Identitätslosigkeit"를 짐작하게 한다.[95]

---

93) Vgl. Hans Mayer: Felix Krull und Oskar Matzerath, in: ders.: Das Geschehen und das Schweigen: Aspekte der Literatur, Frankfurt am Main 1969, S. 35-67, hier: S. 39: "Er sieht sich zumeist genau so verdinglicht und objekthaft wie alle übrigen. Immer wieder wechselt er beim Erzählen der Ich-Erzählung zum 'Bericht über Oskar'. Er schildert Oskars Geschichte als scheinbar unparteiischer Historiker, so wie Julius Cäsar über sich selbst Cäsar zu schreiben pflegte."

94) 일인칭과 삼인칭의 교체적 사용은 막스 프리쉬(M. Frisch)의 소설 『내 이름을 간텐바인이라고 하자 Mein Name sei Gantenbein』(1964)에서도 발견된다. 이 소설에서 프리쉬는 허구적 인물을 통해 정체성을 찾는 실험을 하게 한다. 이 소설에서는 가정파탄 후 쓰러져 병원에 입원해 있는 인물 "나"가 서술자로 등장하며 가설적인 서술방식으로 상상을 통해 이야기를 전개해 나간다. 이 경우 이야기의 서술자가 스스로를 "나"로 부르든 "그"로 부르든, 아니면 엔더린이란 인물로 가정하든, 간텐바인이란 인물로 가정하든, 실은 모두 서술자 자신일 뿐이다. 정항균: 서사문학의 유형론에 관한 고찰, 실린 곳: 「독일문학」(한국독어독문학회) 73 (2000), 221쪽 참조.

95) 오스카가 자신의 정체성을 의심하는 예는 작품 곳곳에서 찾을 수 있다. 추정상의 아버지들인 알프레트와 얀 사이에서 자신이 누구의 아들인지 모른다는 사실과 "[이 아기 예수는] 나의 쌍둥이 형제일 수도 있었다. Der hätte mein Zwillingsbruder sein können."(Bt. 166)라고 생각하는 사실 등에서 그의 정체성의 상실을 엿볼 수 있다. 윤인섭: 귄터 그라스의 『양철북』에 나타난 악한소설 요소 연구, 문학박사학위논문, 서울대학원

오스카는 괴테의 『파우스트』에 등장하는 인조인간 호문쿨루스 (Homunkulus)에 비견되는 '가공인물 Kunstfigur'[96], 또는 작가가 인위적으로 만든 하나의 도구, 즉 허구적 서술자인 것이다. 그에게 는 심리학적인 개연성이 문제가 되는 것이 아니라 서술자로서의 기 능성이 문제가 되는 것이다. 그의 서술자로서의 기능이 독일 소시 민계급의 부조리성을 특히 잘 드러낼 수 있는 것은 아마도 그의 '아래로부터의 시점'이라 할 수 있다.

2. 난쟁이 시점

그라스가 주인공 오스카 마체라트의 시점을 처음 구상한 것은 난쟁 이의 아래로부터의 시점과는 반대되는 "기둥 위의 성자 Säulenheiliger" 의 위로부터의 시점이었다. 1952년경 그는 한 작품의 주인공을 다음 인용에서와 같이 구상했던 것이다.

> [그는] 시쳇말로 하자면 실존주의자인 젊은이였고, 직업은 미장이였다. 그는 우리 시대에 살고 있었다. [···] 번영의 시대가 오기도 전에 이미 번영에 염증을 내고 있었던 그는 그야말로 자신의 구토증에 도취해 있었다. 그리하여 그는 자기가 살던 소도시(그 이름 은 모른다) 의 한복판에 하나의 기둥을 세웠고, 사 슬로 자신을 묶은 채 그 기둥 위에 자리를 잡았다.

1996, 41쪽 참조.

96) Vgl. M. Durzak: der deutsche Roman der Gegenwart, S. 124.

[⋯] 그의 기둥 주위를 그 소도시의 행인들이 둘러쌌
고, 친구와 적들이 몰려들어 마침내 그를 올려다보
는 한 무리가 생겨났다. <기둥 위의 성자>인 그는
모든 것에서 해방되어 아래쪽을 내려다보았고, [⋯]
자신만의 시점을 발견했다. 그래서 그의 행동에는
은유적 해석의 여지가 많았다.

Ein junger Mann, Existentialist, wie es die Zeitmode
vorschrieb. Von Beruf Maurer. Er lebte in unserer
Zeit. [⋯] Noch bevor der Wohlstand ausbrach, war
er des Wohlstandes überdrüssig: schier verliebt in
seinen Ekel. Deshalb mauerte er inmitten seiner
Kleinstadt (die namenlos blieb) eine Säule, auf der
er angekettet Stellung bezog. [⋯] Um seine Säule
kreiste der Kleinstadtverkehr, versammelten sich
Freunde und Gegner, schließlich eine aufblickende
Gemeinde. Er, der Säulenheilige, allem enthoben,
schaute herab, [⋯] hatte seine Perspektive gefunden
und reagierte metapherngeladen.[97]

　　그러나 '기둥 위의 성자'의 시점은 고정적이고 정적이라는 한계
를 지니고 있어서 역동적인 사건들을 묘사하기에는 적합하지 못했
다. 그래서 거리를 두고 보려는 이러한 시점을 모색하던 그라스는
결국 우연한 기회에 난쟁이의 시점을 발견하게 된다.

---

97) WA. Ⅸ, S. 626 (Rückblick auf die Blechtrommel oder der Autor als
　　fragwürdiger Zeuge. Ein Versuch in eigener Sache).

별다른 일도 없던 오후에 나는 커피를 마시고 있는
어른들 사이에서, 양철북을 매달고 있는 세살짜리
아이를 발견했던 것이다. 자기 자신이 양철북을 매
달고 있다는 사실을 의식하지 못하고 있는 세살짜
리 아이의 몰아의 경지가-그 아이는 오후에 모여
앉아 커피를 마시며 수다를 떨고 있는 어른들의 세
계도 동시에 무시하고 있었다-내 눈에 띄었고 내
의식에 오래 남아 있었다.

Bei banaler Gelegenheit, nachmittags, sah ich
zwischen Kaffe trinkenden Erwachsenen einen
dreijährigen Jungen, dem eine Blechtrommel
anhing. Mir fiel auf und blieb bewußt: die
selbstvergessene Verlorenheit des Dreijährigen an
sein Instrument, auch wie er gleichzeitig die
Erwachsenenwelt (nachmittäglich plaudernde
Kaffeetrinker) ignorierte.[98]

그라스는 '기둥 위의 성자'의 정적인 '조감도 시점 Vogelsperspektive'
을 뒤집어서 보다 역동적인 '개구리시점 Froschperspektive'에 착안한다.
즉 그는 세살짜리 아이에게서 유동성과 거리 두기를 동시에 달성할
수 있는 새로운 시점을 발견한 것이다. 그러나 이 시점의 획득을 위해
서는 서술자 오스카의 신체가 세살짜리 아이의 수준에 그대도 머물러
있어야만 한다. 따라서 작가는 "정신적 성장은 이미 날 때부터 완료되
어 있는"[99] 더 이상의 신체적 성장을 거부하는 한 가공인물을 만들어
내기에 이른다. 이렇게 오스카는 마치 소인국의 인물처럼 성장을 멈

---

98) Ebd., S. 627.
99) Bt. 46: "geistige Entwicklung ist schon bei der Geburt abgeschlossen."

춘 난쟁이로 남는다. 그는 세살짜리 아이이면서 "세 배나 더 영리한 아이 der Dreimalkluge"[100]로 세상과 만난다. 여기서 오스카의 서술 가능성이 폭넓게 열리고 있다. 그가 지닌 신체적, 물리적 조건에서 파생되는 구도는 단순히 어린아이의 시선으로 어른 세계를 관찰하는 것에 머무르지 않고, 은폐된 부분과 부조리한 국면을 폭로할 수 있게 한다. 이러한 '아래로부터의 시점'은 세계에 대한 거부적 태도를 자체 내에서 이미 지니고 있다. 따라서 그에게 보여지는 세계는 정상적인 시점으로써는 포착되기 어려운 아래로부터 본 세계와 사물의 뒷면, 그리고 어린아이의 판단능력을 간과한 어른들의 부도덕한 모습들이다. 식탁 밑에서 행해지는 어머니와 삼촌과의 불륜을 목격할 수 있는 것도 이러한 '아래로부터의 시점' 때문이다.

> 나는 식탁 밑으로 드리워진 식탁보의 그늘 아래에 있으면 기분이 좋았다. 북을 가볍게 두드리면서, 나는 머리 위에서 카드를 돌리는 손놀림을 느꼈다. […] 얀 브론스키가 잃고 있었다. 그는 좋은 카드를 가졌음에도 불구하고 잃고 있었는데, 그것이 이상할 것도 없는 것이 주의를 기울이지 않고 있었기 때문이었다. […] 게임이 시작되자 [그는] […] 왼발의 검은 단화를 벗고, 회색 양말을 신은 왼발로 내 머리를 지나쳐서 어머니의 무릎을 […] 더듬어 찾아냈다. 어머니는 그의 발이 닿자마자 테이블 쪽으로 몸을 바싹 당겨서 얀이 […] 발끝으로 그녀의 옷자락을 우선 살짝 걷어 올려서 […] 그녀의 넓적다리 사이를 편력할 수 있도록 했던 것이다. 테이블 밑

---

100) Bt. 64.

에서 모직양말의 방해를 받고 있었음에도 불구하고
어머니는 빳빳한 식탁보 위에서는 놀랍게도 극히
대담하게 게임을 이끌어 [···] 승리를 거두었다. 반
면 얀은 [···] 밑에서는 점점 더 활기를 띠었지만
위에서는 잃고 있었다.

Ich fühlte mich wohl unter der Tischplatte, im
Windschatten des herabhängenden Tischtuches.
Leichthin trommelnd begegnete ich den über mir
Karten dreschenden Fäusten [···] Jan Bronski verlor.
Er hatte gute Karten, verlor aber trotzdem. Kein
Wunder, da er nicht aufpaßte. [···] [Er hatte] sich
gleich zu Anfang des Spiels [···] den schwarzen
Halbschuh vom linken Fuß gestreift und mit
graubesocktem linken Fuß an meinem Kopf vorbei
das Knie meiner Mama [···] gesucht und auch
gefunden. Kaum berührt, rückte Mama näher an
den Tisch heran, so daß Jan [···] den Saum ihres
Kleides lüpfend erst mit der Fußspitze [···]
zwischen ihren Schenkeln wandern konnte. Alle
Bewunderung für meine Mama, die trotz dieser
wollenen Belästigung unter der Tischplatte oben
auf strammem Tischtuch die gewagtesten Spiele
[···] gewann, während Jan mehrere Spiele [···] unten
immer forscher werdend, oben verlor. (Bt. 75)

"오스카는 세계를 정말 아래로부터 본다. 사람들이 그의 작은 키
때문에 간과하는 증인으로서, 그리고 사람들이 그의 어린 나이로 인

해 주의를 기울이지 않는 증인으로서, 그는 모든 거짓말을 듣고, 세
계를 구성하고 있는 모든 비열한 짓들을 보는 것이다."101) 이러한
아래로부터의 시점과 마찬가지로 뒤로부터의 시점 또한 사물의 참
모습을 드러내는 데에 쓰이고 있다. 나치 집회가 열리는 "오월의 초
원 Maiwiese"에서 오스카의 시선은 군중들 가운데 머무르거나 연단
앞으로 나아가지 않고 대중이 가는 큰 거리를 우회하여 시민집회가
열리고 있는 연단의 이면을 바라본다.

> 여러분은 연단을 뒤에서부터 본 적이 있는지? 한
> 가지 제안을 해 보자면, 모든 사람들을 연단 앞에
> 모으기 전에, 그들에게 연단을 한번 뒤에서부터 바
> 라보도록 해야 할 것이다. 연단을 한번이라도 뒤에
> 서부터 본 사람, 즉 제대로 본 사람은 그 순간부터
> 어떤 표징(表徵)을 갖게 됨으로써, 연단 위에서 갖
> 가지 형태로 벌어지는 그 어떤 마술에도 넘어가지
> 않게 될 테니까 말이다.

> **Haben Sie schon einmal eine Tribüne von hinten
> gesehen? Alle Menschen sollte man-nur um einen
> Vorschlag zu machen-mit der Hinteransicht einer
> Tribüne vertraut machen, bevor man sie vor
> Tribünen versammelt. Wer jemals eine Tribüne von
> hinten anschaute, recht anschaute, wird von Stund
> an gezeichnet und somit gegen jegliche Zauberei,**

---

101) Volker Neuhaus: Günter Grass, Stuttgart 1993, S. 31: "Oskar sieht
sie[die Welt] wirklich von unten: Als Zeuge, den man wegen seiner
Größe übersieht oder wegen seines Alters nicht beachtet, hört er alle
Lüge und sieht alle Gemeinheit, aus denen die Welt besteht."

die in dieser oder jener Form auf Tribünen
zelebriert wird, gefeit sein. (Bt. 138f.)

"뒤에서부터 세상을 본 사람은 세상의 얼굴을 본 사람이다"102)라
는 케스트너(Erich Kästner)의 시구처럼 오스카는 '무대 뒤 보기
Hinter-die-Kulissen-Schauen'를 통해 시대사의 일면을 보여주고자
한다. 서술자 오스카는 광신적 열정을 부추기는 연단영웅주의
(Tribühneheldentum)의 허상을 보여줌으로써, 이 연단 앞에서 광신
적으로 되는 군중의 집단적 폭력성을 드러내고 있다.

그러나 그의 시선은 꼭 아래로부터의 시선과 뒤로부터의 시선에 고
정되어 있는 것은 아니다. 그의 시선은 '슈토크 탑 Stockturm'을 오름
으로써 더 큰 조망을 얻기도 한다. 이렇게 '위로부터의 시점'까지 도
입하는 것은 시점상으로 오스카에게 운신의 폭을 넓혀서 아래로부터
의 시점과 뒤로부터의 시점을 어느 정도 보충하고자 한 것으로 볼 수
있다. 이것은 또한, 이 탑 위에서 유리를 파괴하는 괴성을 지름으로써
커피분쇄기(Kaffemühle)같이 생긴 시립극장(Stadttheater)103)을 공격할
수 있는 적절한 위치를 확보하기 위한 것이기도 하다. 오스카는 또한
이와 비슷한 조망을 자신이 살고 있는 건물의 다락방에서도 발견한다.

---

102) Erich Kästner: Zit. nach V. Neuhaus: a. a. O., S. 31: "Und wer die
    von hinten sah, der sah ihr ins Gesicht."
103) 오스카가 북과는 관계없이 유리를 파괴하는 괴성을 질러서 시민교양문
    화의 전당인 시립극장의 현관유리와 창유리를 파괴한 것은 추악한 소시
    민성을 덮고 있는 교양이라는 허울에 대한 가차 없는 공격 내지는 비판
    으로 여겨진다. 한편 유미주의적 관점에서 볼 때에는 오스카가 자신의
    파괴 예술을 대중 앞에서 실현한 것이라고 볼 수 있다.

오스카에겐 안뜰이 위험으로 가득 차 있었던 반면,
다락방은 안전했다. 나중에 악셀 미쉬케와 그의 부
하들이 그를 그곳으로부터도 쫓아내었지만 말이다.
[…] 다락방으로부터는 이 미로를 잘 내려다볼 수
있었다. 라베스베크 거리와 그 거리를 비스듬히 가
로지르고 있는 두 거리, 즉 헤르타 거리와 루이제
거리, 그리고 약간 떨어진 곳에서 마주 보고 있는
마리아 거리의 집들이 안뜰들에 의해 이루어진 큼
직한 4각지대를 에워싸고 있으며, 거기에는 목캔디
공장과 몇 개의 약초가공 공장도 있었다. 안뜰의
여기저기엔 수목과 관목들이 빽빽하게 차 있어 계
절을 나타내고 있었다. 안뜰의 크기는 각각 달랐으
나 토끼를 사육하고 있고 카펫 건조대들이 놓여 있
다는 점에서는 판에 박은 듯이 같았다.

Während der Hof für Oskar voller Gefahren war, bot
ihm der Dachboden Sicherheit, bis Axel Mischke und
sein Volk ihn auch dort vertrieben. […] Vom
Dachboden aus ließ sich dieses Labyrinth gut
überschauen: Die Häuser des Labesweges, der beiden
Querstraßen Hertastraße und Luisenstraße und der
entfernt gegenüberliegenden Marienstraße schlossen
ein aus Höfen bestehendes beträchtliches viereck ein,
in dem sich auch eine Hustenbonbonfabrik und
mehrere Krauterwerkstätten befanden. Hier und da
drängten Bäume und Büsche aus den Höfen und
zeigten die Jahreszeit an. Sonst waren die Höfe zwar
in der Größe unterschiedlich, was aber die Kaninchen
und Teppichklopfstangen anging, von einem Wurf.
(Bt. 109f.)

여기서 서술자 오스카는 미로들이나 주거지의 안뜰을 포함하는 도시
전체의 조망을 얻고 있다. 그의 이러한 아래, 뒤 그리고 위로부터의 시
점을 아커(D. Arker)는 '탈이데올로기적 관찰방식 entideologisierte
Sehweise'이라 부르고 있다.

> 일반 사람들에게는 숨겨진 사물의 뒷모습을 관찰하
> 면서 사물의 정체를 파악하려는 것은 단지 시점의
> 문제가 아니라 […] 인식상의 관심의 문제이다. 즉,
> 오스카는 이미 여기서 그의 탈이데올로기적 관찰방
> 식을 지향하고 있는 것이다. 세살짜리의 "아래로부
> 터의" 시선은 호기심 많은 자의 "위로부터의" 시선
> 과 마찬가지로 사물의 근본을 규명하여 이를 통찰
> 할 수 있는 가능성과 결부되어 있다. "뒤에서의"
> 시선은 대상과 상황의 그릇된 전면을 뚫고 들어가
> 서 이것이 "실제로는" 어떤 모습인지 파악한다. 여
> 기서 서술시점은 우선적으로 반이데올로기적 의도
> 와 밀접하게 결부된다.

> Den Dingen auf die Spur zu kommen, indem ihre
> dem "man" verborgene Hinteransicht betrachtet wird,
> ist keine bloße Frage der Perspektive […], sondern
> eine des Erkenntnisinteresse: Oskar zielt nämlich
> schon hier auf seine "entideologisierte" Sehweise. Der
> Blickwinkel des Dreijährigen "von unten" wie des
> Neugierigen "von oben" ist gebunden an die
> Möglichkeit, den Dingen auf den Grund zu gehen, sie
> zu durchschauen. Der Blick "hinter" durchdringt die
> falsche Fassade der Gegenstände und Verhältnisse

und erfaßt, wie sie "in Wirklichkeit" sind. Hier verklammert sich die Erzählperspektive mit einer primär anti-ideologischen Intention.[104)

어떠한 이데올로기에도 경도되지 않고 어떠한 선입관이나 사물의 전면의 모습에 현혹당하지 않고자 하는 서술자의 시점은 오스카의 탈사회적 특성을 뒷받침해주고 있다. 따라서 이러한 오스카의 탈사회적 특성을 통해서 작가는 성인 사회의 내면에 신랄한 시선을 던지는 한편 소시민 사회의 이면을 적나라하게 보여주고 있는 것이다.

3. 형상화 원리로서의 알레고리

이하에서는 『양철북』에서 소시민계급과 나치즘과의 연관성을 비판적으로 드러내는 형상화의 원리로서의 알레고리[105)의 기능을 고찰해보고자 한다. 위에서도 설명한 바와 같이 서술자와 독자간의 의사소통 과정에서 발생하는 서술자에 대한 불신과 이에 따른 거리두기의 불가피성, 그리고 '아래로부터의 시점'의 폭로적 기능은 알

---

104) D. Arker: Nichts ist vorbei, alles kommt wieder, S. 96.

105) 알레고리(Allegorie) 또는 우의(寓意)는 'allo agoreuein 뭔가 다른 말을 하다'라는 그리스어에서 유래된 개념으로서, 추상적인 개념이나 복잡한 관념을 형상적 이미지로 표현하는 비유법을 말한다. 알레고리는 기본적으로 두 가지 기능을 갖는다. 첫째, 독자적으로 존재하는 한 텍스트에 어떤 다른 의미를 부여하는 해석의 방법으로서의 기능이다. 둘째, 원래부터 알레고리로 창작된 텍스트의 경우에서처럼 시적 묘사의 수단으로서의 기능이다. 이런 알레고리는 메타포와는 달리 의도적으로 성찰을 자극한다. 김병옥 외(엮음): 도이치문학 용어사전, 서울대출판부 2001, 571쪽 참조.

레고리 구조의 전제조건이 되고 있다. 즉, 『양철북』의 서술자가 말
하고 행동하는 것은 작가의 의도와는 다를 수 있다는 의심의 토대
위에 놓여있다. 따라서 '어떠한 것을 다르게 비유적으로 말하는' 알
레고리의 원칙을 작품 해석의 밑그림으로 제시할 때, 이 소설의 비
판적 의도를 보다 심층적으로 탐색해 들어갈 통로가 열리는 것이
다. 김누리는 다음과 같이 『양철북』의 형상화 원리로서 알레고리를
제시하고 있다.

> 『양철북』은 철저히 알레고리적인 소설이다. 소설 속
> 의 거의 모든 인물과 사건, 주인공 오스카의 말과 행
> 동 하나하나, 심지어 그의 육체적 성장, 그리고 교양
> 소설이라는 소설유형까지도 시대사와 연관된 알레고
> 리적 의미를 지니고 있다. [⋯] 따라서 예술적으로 지
> 극히 정교한 이 소설의 알레고리적 측면을 고려하지
> 않고서는 이 소설의 진정한 의미구조와 그에 따르는
> 이 소설의 사회비판적 차원을 파악하기 어렵다.

> Die Blechtrommel ist ein durchwegs allegorischer
> Roman. Fast jede Person, jedes Geschehen im Roman,
> jedes Wort und jede Handlung des 'Helden' Oskar
> Matzerath, sogar sein körperliches Wachstum,
> ebenso der Romantypus des Bildungsromans haben
> einen auf Zeitgeschichte bezogenen allegorischen Sinn.
> [⋯] Ohne Berücksichtigung des allegorischen
> Aspekts dieses künstlerisch höchst raffinierten Romans
> sind daher seine wahre Sinnstruktur und damit seine
> gesellschaftskritische Dimension nicht wahrnehmbar.[106]

이러한 알레고리적 관점의 도입은 『양철북』의 해석에 있어서 중요한 시사점을 던져준 것으로 보인다.

알레고리적 구조에서는 작가의 의도가 전면에 드러나는 경우는 드물다. 그것은 '암호화'되어 있으며, 알레고리적 구조 속에 '감추어져' 있다. 따라서 독자는 이러한 감추어진 의미구조를 발견하는 과업을 요구받게 된다. 알레고리는 또한 서술자의 특이한 역할과 상호작용을 하고 있는데, 서술자는 진술을 낯설게 하고 때로는 실체를 폭로하거나 위장함으로써 알레고리적 서술전략과 상호 호응할 때가 많다.

오스카는 이 소설에서 가장 알레고리적인 인물이다. 그가 말하고, 행동하고, 목격하는 거의 모든 것이 표면적 의미와는 다른 무엇인가를 의미할 수 있다. 그래서 그의 존재는 특정 관념의 의인화로 해석될 수 있다. 김누리는 오스카를 독일에서 나치즘의 등장을 직접적 혹은 간접적으로 가능하게 했고 전후 서독사회에서 나치의 극복을 어렵게 만든 사회사적, 문화사적 요인들에 대한 다층적 알레고리로 해석하고 있다.107) 오스카는 소시민계급의 알레고리로서, 또는 예술가의 알레고리로서도 해석될 수 있다. 나치즘의 온상이 된 소시민계급을 대표하는 인물로서의 오스카는 이들 계급의 의식과 행동을 희화화된 형태로 보여주고 있는 한편, 예술가로서의 오스카는 독일의 정신사적 전통이 독일 현대사에 미친 부정적 영향을 찾아볼 수 있는 인물로 나타나고 있다.

---

106) Nury Kim: Allegorie oder Authetizität. Zwei ästhetische Modelle der Aufarbeitung der Vergangenheit: Günter Grass' *Die Blechtrommel* und Christa Wolfs *Kindheitsmuster*, Frankfurt am Main 1995, S. 18f.

107) 김누리: 알레고리와 역사. 『양철북』의 오스카르 마체라트의 시대사적 함의에 대하여, 실린 곳: 「독일학 연구」, 39 (1998), 193쪽 참조.

알레고리적 형상화 원리는 『양철북』뿐만 아니라 그라스의 다른
작품에서도 확인된다. 『넙치 Der Butt』(1977)나 『텔그테에서의 만
남 Das Treffen in Telgte』(1979)과 같은 작품들은 일반적으로 알
레고리적 소설로서 이해된다. 이는 그라스의 세부적이며 감각적인
글쓰기와 밀접한 관계를 가지고 있다. 즉, 어떤 복잡한 의미연관관
계나 사고체계에 대해서 비유적인 형상을 먼저 구상한 다음, 이를
그림이나 글로써 혹은 조각이나 테라코타 등의 조형예술로써 먼저
표현해 보는 것이 그의 예술적 성향이다. 또한 "세부적인 것으로부
터 보다 큰 연계성을 입증하는 것"108)에서 그는 문학의 가능성을
찾고 있다. 말하자면 보고, 냄새 맡고, 맛으로 느끼는 감각적 신경
이 시대를 더듬어 그 실체를 파악하는 것이다. 그라스는 소설 『텔
그테에서의 만남』을 형상화한 그래픽에서 돌더미를 뚫고 불쑥 솟은
'깃털 펜을 든 작가의 손'을 통해서 황폐한 시대에도 꺼지지 않은
시인·작가들의 글쓰기 투혼을 강한 이미지로 '보여주고' 있다. 『양
철북』에서 오스카의 입학식 날 느끼게 되는 경직된 학교교육의 분
위기도, 카톨릭 교회의 엄숙함도, 나치 집회에 참석한 군중들도 모
두 '냄새'로 파악된다. 또한, 소설 『넙치』에 등장하는 요리와 식사
의 모티프들은 독자들을 우선 풍부한 '맛'의 세계로 인도한다. 이렇
게 사물에 구체적이고도 세부적으로 접근하는 그라스의 서술태도는
"진술과 이미지가 이데올로기적 덧칠과 날조에서 벗어나게 하려
는"109) 의도에서 나온 것이라고 볼 수 있다.

---

108) H. L. Arnold (Hrsg.): Gespräch mit Günter Grass, S. 4: "vom Detail
her größere Zusammenhänge zu belegen."

109) Vgl. Rolf Geißler: Günter Grass. Materialienbuch, Darmstadt und
Neuwied 1980, S. 174: "Theorieskepsis, Konkretion, dinghafte
Vereinzelung sollen bei ihm eine Sache im Sinnlichen festmachen,
damit die Aussagen und Bilder der ideologischen Überformung und

이상에서는 『양철북』의 형상화 원리로서의 알레고리를 고찰해보
고, 이를 독일 소시민계급의 파시즘적 경향과 전후 서독사회의 부조
리를 표현하고자 하는 수단으로 살펴보았다. 이 소설의 묘사 과정에
서 사용되는 메타포와 풍자, 패러디 등 많은 수사학적 수단들은 결
국 이 알레고리적 구조를 만들기 위해 동원된다고 하겠다.

Verfälschung entgehen."

Ⅲ. 독일 소시민계급의
파시즘적 경향

제2차세계대전이 끝난 후 전쟁의 체험이 독일문학의 중심 주제를 형성하게 되었다. 전후문학은 전쟁과 파괴를 체험한 동시대인들의 공감대를 바탕으로 광범위한 독자층을 형성하게 된다. 그 대표적 작가인 뵐의 경우 『기차는 정확하였다 Der Zug war pünktlich』(1949), 『아담, 그대는 어디에 있었는가? wo warst du, Adam?』(1951) 등과 같은 산문작품을 통해 전쟁의 참상과 무의미함을 고발하고 있다. 그의 작품들은 "과거의 시간들에 다시 생명을 불어넣는 vergangenen Zeiten wieder aufleben"[110] 작업으로서 전후 귀향자 세대의 실존적 체험을 형상화하고 있다.

뵐보다 11살이 어린 그라스는 17세 되던 해에 전차병(Panzer-schützer)으로 참전하여 전쟁을 경험한다.

> 1944년 여름에 16살 나이로 나는 군인이 되었다. 짧은 바지에 판지(板紙)가방을 메고 훈련소를 향해 떠났다. 교육이 끝나고 이제 17살이 되어 동부전선에 배치된다. 며칠간의 무의미하게 여겨지는 우왕좌왕 끝에, 결국 퇴각이 있었고 그 후에 전 중대는 포화 속에 빠져들었다 […]. 소련군의 포격은 3분 정도 계속되었을 것이다. 그 후에 중대의 반이 넘

---

110) Heinrich Böll, Werke. Essayistische Schriften und Reden, Bd. 2, Köln 1978, S. 281.

는 수가 죽고, 갈기갈기 찢겨지고, 사지가 떨어져
나갔다. 이들 죽은 자와 찢겨진 자와 사지가 떨어
져 나간 자들 대부분은 나와 같은 17살이었다.

Im Sommer 1944 wurde ich, sechzehn Jahre alt,
Soldat. In kurzen Hosen mit meinem Pappkoffer
reiste ich an. Als die Ausbilung abgeschlossen war,
kam ich-jetzt siebzehn Jahre alt-zum Einsatz an der
Ostfront. Nach mehrtägigem, sinnlos anmutendem Hin
und Her, schließlich nach Absetzbewegungen, geriet
die gesamte Kompanie unter Beschuß [⋯]. Der
sowjetische Beschuß mag drei Minuten lang
gedauert haben. Danach war über die Hälfte der
Kompanie tot, zerfetzt, verstümmelt. Die meisten
Toten, die Zerfetzten, Verstümmelten waren wie
ich siebzehn Jahre alt.[111]

그라스도 부상으로 인해 군 병원에 입원하였다가 '무조건 항복'
이 선언 된 후 18세의 나이로 미군 포로수용소에서 풀려 나왔고,
당시만 하더라도 나치가 강요했던 표상들이 머리 속에 맴돌았다고
한다. 그 후 그의 삶에 있어서 "공백 Zäsur"으로 "새겨진"[112] 전후
의 '영의 시점 Stundenull'을 지나면서 비로소 그는 올바른 자기인

---

111) Günter Grass: WA. IX (Essays. Reden. Briefe. Kommentare), S. 877.
112) Vgl. WA. IX, S. 891: "Solchen Erwartungen, sollte es sie geben, kann
   ich nicht genügen, kerbte sich doch der 8. Mai 1945 in meinen
   Lebenslauf als Zäsur; diese Kerbe ist seitdem eher tiefer geworden,
   zumal sie meinem siebzehn Jahre alten Unverstand nur ungenau
   bewußt wurde."

식에 도달하게 된다.

> 그때서야 비로소 나는 성장하였다. 그때서야 비로
> 소, 아니 오히려 그 후 시간이 지남에 따라 사람들
> 이 [⋯] 나 같은 청소년을 데리고 무슨 짓을 저질
> 렀는지를 나는 분명히 알게 되었다. 그때서야 비로
> 소, 그리고 해가 지날수록 점점 더 충격적으로 미
> 래라는 이름으로 나의 세대에게 그 어떤 이해할 수
> 없는 범죄가 저질러졌는지를 나는 알게 되었다.

> Jetzt erst war ich erwachsen. Jetzt erst, nein, viel
> mehr nach und nach wurde mir deutlich, was man
> [⋯] mit meiner Jugend angestellt hatte. Jetzt erst,
> und Jahre später in immer erschreckenderem Maße,
> begriff ich, welch unfaßliche Verbrechen im Namen
> der Zukunft meiner Generation begangen worden
> waren.[113]

어린 나이에 전쟁에 강제 투입되어 희생을 강요당한 세대에 속하
고, 그래서 수많은 동년배들이 죽어 가는 비극적 역사 속에서 "우
연히 살아남은 자"[114]로서 그라스는 살아남지 못한 수많은 사람들
을 대신하여 글을 쓴다는 의식을 평생 견지하였다.

---

113) WA Ⅸ, S. 163.
114) Vgl. WA. Ⅸ, S. 891: "Ich kannte die Angst in- und auswendig und
    wußte, daß ich nur zufällig am Leben geblieben war [⋯]."

1920년대에 태어나서 전쟁이 끝났을 때 나처럼 우
연히 살아남은 자, 비록 나이는 어렸었다고 해도
그 엄청난 범죄에 대한 공동 책임이 없다고 변명할
수 없는 자, 그리고 현재가 아무리 즐거워도 과거
를 적당히 얼버무릴 수 없다는 것을 독일인의 경험
으로부터 아는 자-그에겐 이야기의 실마리가 미리
엮여져 있는 것이며, 그는 소재의 선택에 있어서
자유롭지 못하며, 그가 글을 쓸 때에는 너무나 많
은 죽은 사람들이 그를 지켜보고 있는 것이다.

Wer in den zwanziger Jahren dieses Jahrhunderts
geboren wurde, wer, wie ich, das Kriegsende nur
zufällig überlebt hat, wem die Mitschuld-bei all
seiner Jugend-an dem übergroßen Verbrechen nicht
auszureden ist, wer aus deutscher Erfahrung weiß,
daß keine noch so unterhaltsame Gegenwart die
Vergangenheit wegschwätzen kann, dem ist der
Erzählfaden vorgesponnen, der ist nicht frei in der
Wahl seines Stoffes, dem sehen beim Schreiben zu
viele Tote zu.[115]

그러나 『양철북』에서는 거시적인 국가적 폭력이 묘사되거나 형상
화되지는 않는다. 다만 거시적 폭력에 자리를 양보하였던 미시적
폭력에 대한 증거들이 세부적 묘사를 통해서 드러난다. 이들은 알
레고리의 형상화 원리에 기초한 사물의 묘사 배후에서 풍자적 · 반

---

115) Zit. nach: Volker Neuhaus: Schreiben gegen die verstreichende Zeit.
Zu Leben und Werk von Günter Grass, München 1997, S. 37.

어적 형태로 등장한다. 이를 통해서 우리는 당시 소시민들의 일상
이 곧 파시즘의 온상이자 폭력의 근거지였다고 진단해 볼 수 있을
것이다. 서술자는 파괴와 폭력이 지배했던 한 시대의 구체적 삶 속
으로 찾아 들어가 상흔을 더듬어가며 이야기하고 있는 것이다. 그
렇다고 해서 오스카가 비판적인 분석가로서 서술하고 있는 것은 아
니다. 그는 다만 소시민의 일상적 부조리함에 경악을 금치 못하는
관찰자로서 이야기를 서술하고 있다.116) 따라서 서술자 오스카는
자기 안에서 완결된 자로서 세계와 소통이 차단된 "창문 없는 개별
자"이며, "사회를 단지 대상으로서 관찰하는 자구책을 찾아야하는
인간"이다.117)

1. 오스카의 존재양상

오스카는 출생 때에 "나방과 전구사이의 대화 das Zwiegespräch
zwischen Falter und Glühbirne"(Bt. 47)를 관찰하면서 "태아의 머리
위치로 되돌아가고 싶은 소망 Wunsch nach Rückkehr in meine
embryonale Kopflage"(Bt. 49)을 가졌다고 서술한다. 그는 출생에서

---

116) Vgl. Marcel Reich-Raniski: Günter Grass. Aufsätze, Frankfurt am
Main 1999, S. 37: "Er ist nicht ein kritischer Analytiker, sondern ein
staunender Beobachter und ein neugieriger Kundschafter, ein
urwüchsiger Gaukler, den das Spiel mit Motiven und mit Worten
erregt."

117) Vgl. Hans Mayer: Felix Krull und Oskar Matzerath, in: Ders.: Das
Geschehen und das Schweigen. Aspekte der Literatur, Frankfurt am
Main 1970, S. 35-67, hier: S. 40: "Oskar Matzerath als fensterlose
Monade. Als Selbsthelfer, der die Gesellschaft bloß als Objekt
betrachtet."

부터 세계를 거부하거나 이에 대해서 방어적 자세를 유지하는 심리적
메커니즘을 지니고 있다. 일단 세상에 태어난 그에게 있어서 이러한
원초적 동경을 충족시켜주는 것은 할머니 안나 콜야이체크의 네겹치
마 밑이다.

> 오늘 누가 나를 치마 밑에다 넣어 주겠는가? 누가 나
> 를 햇빛과 램프 빛으로부터 막아 주겠는가? 누가 나
> 에게 노랗게 녹아 약간 고약한 그 버터 냄새를 맡게
> 해주겠는가? 그 버터를 할머니는 나를 위해서 치마
> 밑에 묵혀두고, 재워두고, 익혀두었다가 내게 살이
> 되고, 내가 입맛을 찾도록 예전에 나에게 주시곤 했
> 던 것이었다. 나는 네겹치마 밑에서 잠들었다. 나는
> 나의 불쌍한 어머니의 출생지 바로 곁에 있었던 것
> 이다 […].

> Wer nimmt mich heut' unter die Röcke? Wer stellt
> mir das Tageslicht und das Lampenlicht ab? Wer
> gibt mir den Geruch jener geblich zerfließenden,
> leicht ranzigen Butter, die meine Großmutter mir
> zur Kost unter den Röcken stapelte, beherbergte,
> ablagerte und mir einst zuteilte, damit sie mir
> anschlug, damit ich Geschmack fand. Ich schlief
> ein unter den vier Röcken, war den Anfängen
> meiner armen Mama ganz nahe […]. (Bt. 201)

이 소설의 첫 부분을 장식하고 있으면서 오스카의 원초적 소망이
깃들여 있는 곳이 바로 할머니의 네겹치마 밑이다. "궁극적 열반 das

endliche Nirwana"(Bt. 147)과도 같은 이곳을 향한 "퇴행적 동경 regressive Sehnsucht"118)이 하나의 모티프를 이루고 있다. 그러나 그가 성장하는 한 여기에 머물 수 없고, 자신의 가업을 물려주겠다고 벼르는 부친의 희망을 강하게 거부하기 위해서 성장을 멈추기로 결심한다. 하지만 어머니가 약속한 북이 있었기에 세 살까지는 성장하는 것이다. 결국 그는 세 살 되는 생일날에 고의적으로 성장을 거부하여 '세살짜리 아이의 상태 Dreijährigkeit'에 영원히 머물고 있다. 오스카라는 인물을 해석하는데 있어서 가장 중요한 근거가 되는 것은 바로 이러한 '성장의 멈춤 Infantilismus'이다. 이것이 우선적으로 오스카의 존재양상을 규정짓고 있기 때문이다. 보통사람과는 다른 그의 특이성과 희귀한 능력, 즉 '북 치는 행위 Trommeln'와 '유리를 파괴하는 괴성 Glaszersingen'은 어른들의 세계에 맞서서 그 세계와 거리를 유지할 수 있는 도구가 된다.

> 어린아이의 양철북을 쳐서 나와 어른들과의 사이에 필요한 거리를 만들어 낼 수 있는 능력은 지하실 층계에서 추락한 후 곧 완성되었으며 거의 동시에 소리를 고음으로 유지하고 떨게 하면서, 노래하고 외칠 수 있는, 혹은 외치면서 노래할 수 있는 일이 가능하게 되었다. 그래서 귀를 무기력하게 만드는 나의 북을 아무도 감히 빼앗으려고 하지 않았다. 북을 빼앗기면 큰소리를 지르고, 큰소리를 지르면 아무리 비싼 것이라도 박살나버렸기 때문이다.

---

118) Ute Liewerscheidt: Günter Grass. *Die Blechtrommel*. Kommentare, Diskussionsaspekte und Anregungen für produktionsorientiertes Lesen, Hollfeld 1996, S. 41.

Die Fähigkeit, mittels einer Kinderblechtrommel
zwischen mir und den Erwachsenen eine
notwendige Distanz ertrommeln zu können, zeitigte
sich kurz nach dem Sturz von der Kellertreppe fast
gleichzeitig mit dem Lautwerden einer Stimme, die
es mir ermöglichte, in derart hoher Lage anhaltend
und vibrierend zu singen, zu schreien oder
schreiend zu singen, daß niemand es wagte, mir
meine Trommel, die ihm die Ohren welk werden
ließ, wegzunehmen; denn wenn mir die Trommel
genommen wurde, schrie ich, und wenn ich schrie,
zersprang Kostbarstes. (Bt. 68)

기능에 있어서는 방어적이지만 효과에 있어서는 공격적인 그의
두 가지 특이한 능력을 오스카는 어른들의 세계에 맞서 '양철북을
치는 자 Blechtrommler'로서의 정체성을 견지하기 위해 사용한
다.119) 그리고 이러한 두 가지 능력은 '세 살에 멈춘 성장'이라는
특성에 종속되어 있다. 이렇게 세 가지 오스카의 인물적 특징은 세
계를 대면하고 있는 오스카의 존재양상이자 정체성이라고 말할 수
있다.

---

119) Vgl. D. Arker: a. a. O., S. 162: "Aggressiv in der Wirkung, defensiv
in der Funktion benutzt Oskar seine Fähigkeiten, um seine Identität
als 'Blechtrommler' gegen alle Anfeindungen der Erwachsenen
aufrecht zu erhalten."

1) 세살에 멈춘 성장

오스카는 세 살이 되던 날에 고의적으로 지하실 계단에 추락하여 성장을 멈춘다. 이는 식료품점을 오스카에게 물려주고자 하는 아버지의 희망에 대한 거부였다. 그러나 정신적으로는 이미 성숙한 자로서 "세 배나 더 현명한 아이"로 자처한다.

> 그 무렵 나는 말했고 또한 결심했다. 어떠한 경우에도 정치가는 되지 않겠다, 더구나 식료품상은 되지 않겠다, 오히려 여기서 마침표를 찍고 이대로 머무르겠다고 결심했다. 그리하여 나는 그대로 머물렀고, 오랜 세월동안 이 크기와 이 옷차림을 고수하였다. […] 나는 언제까지나 세살짜리 아이이고 난쟁이이며 치즈를 세 개 올려놓은 크기에서 더 크지 않는 엄지동자이다. […] 현금을 짤랑거리는 장사꾼이 되지 않기 위해서 나는 북에 매달려서 세 살 생일날 이후 단 1센티미터도 성장하지 않았다. 나는 세살짜리 어린이 그대로였으나 세 배나 더 현명한 아이였다.

> Da sagte, da entschloß ich mich, da beschloß ich, auf keinen Fall Politiker und schon gar nicht Kolonialwarenhändler zu werden, vielmehr einen Punkt zu machen, so zu verbleiben-und ich blieb so, hielt mich in dieser Größe, in dieser Ausstatuttung viele Jahre lang. […] Ich blieb der Dreijährige, der Gnom, der Däumling, der nicht aufzustocken de Dreikäsehoch blieb ich, […]. Um

nicht mit einer Kasse klappern zu müssen, hielt ich
mich an die Trommel und wuchs seit meinem
dritten Geburtstag keinen Fingerbreit mehr, blieb
der Dreijährige, aber auch Dreimalkluge. (Bt. 64)

오스카는 아버지의 식료품점을 물려받음으로써 소시민의 편협한
세계에 머무르는 것을 단호히 거부하고 있으며, 이것이 그가 성장을
멈춘 중요한 이유이다. 그의 이러한 거부는 소시민 세계에 대한 거부
로서 해석될 수 있다. 그러나 그는 그의 지적인 능력과 성적인 잠재
력을 여전히 소유하면서, 세살짜리 아이라는 가면을 쓰고 세상과 대
면하고 있다. 사람들은 그저 그의 가면만을 보고 그의 지적 능력과
성적 능력을 무시하게 된다. 그렇기 때문에 오스카는 '5월의 초원'에
서 행해진 나치당의 대중집회를 혼란에 빠뜨리고도 사람들로부터 아
무런 의심도 받지 않을 수 있는 것이다.

그때 휘파람을 불면서 세살짜리 어린아이처럼 '5월
의 초원' 가장자리에서 체육관 쪽으로 뚜벅뚜벅 걸
어가는 조그만 아이를 누가 주의 깊게 보기나 했겠
는가?

Wer achtete schon auf den kleinen Jungen, der da
pfeifend und dreijährig langsam am Rand der
Maiwiese in Richtung Sporthalle stiefelte? (Bt.
143)

또한, 그가 어두운 거리에서 진열장 유리의 일부분을 깨뜨려서
많은 사람들이 그 안에 있는 물건들을 훔쳐가도록 유혹함으로써 도
시 전체가 대소동에 휘말렸을 때, 오스카의 유리파괴 능력을 잘 알
고 있는 아버지 마체라트의 심증을 비켜갈 수도 있었다.

> 남달리 명예심이 강하다는 것을 보이기 위해서 심
> 문을 하는 마쩨라트에 대해서는, 나는 묵비권을 행
> 사하고 점점 교묘하게 나의 양철북 뒤로 숨어, 내
> 가 영원히 발육이 정지된 세살짜리 아이라는 사실
> 로 방패를 삼았다.

> Matzerath gegenüber, der sich betont ehrenvoll
> geben wollte, ein Verhör anstellte, verweigerte ich
> jede Aussage und versteckte mich mit immer
> größerem Geschick hinter meiner Blechtrommel
> und der permanenten Größe des zurückgebliebenen
> Dreijährigen. (Bt. 152)

폴란드 우체국 사건에서도 향토방위대(Heimwehr)[120]에 의해 우
체국이 완전히 포위되어 방어가 뚫리고 이 방어에 참가했던 사람들
이 체포될 때에도 오스카는 그의 세살짜리 아이의 가면 때문에 위
기를 벗어나게 된다.

---

120) 1939년 여름에 조직된 나치당의 준(準)군사적 조직으로서 향토친위대
   (SS-Heimwehr)라고도 한다. 이 조직은 이후 나치의 무장친위대
   (Waffen-SS)에 편입되었다.

사람들은 나를 담벼락 쪽에 몰려 서 있는 무리로부
터 격리시켰다. 오스카는 자신이 난쟁이라는 것과
모든 것에 있어서 면책사유가 되는 세살짜리 아이
임을 생각해 냈다 [⋯].

Man trennte mich von dem an der Wand stehenden
Haufen. Oskar besann sich seiner Gnomenhaftigkeit,
seiner alles entschuldigenden Dreijährigkeit [⋯]. (Bt.
297)

또한, 오스카가 "먼지털이단 Stäuberbande"의 우두머리로서 성당
안의 성상을 부수고 신성모독을 저지르는 주범인데도 그의 추종자
들만 경찰에 체포되고 자신은 이를 피할 수 있었던 것도 세살짜리
아이라는 가면이다.

[⋯] 아무런 저항도 하지 않고, 흐느껴 울면서 청소
년들에게 유괴 당한 세살짜리 노릇을 하면서 보호
당하는 대로 자신을 맡겼다. 빈케 신부님이 나를
껴안아 주었던 것이다.

[⋯] ließ sich widerstandslos, die Rolle eines
greinenden, von Halbwüchsigen verführten
Dreijährigen spielend, in Obhut nehmen:
Hochwürden Wiehnke nahm mich auf den Arm.
(Bt. 468)

그의 신체적 조건 때문에 가능하게 되는 이러한 세계와의 '거리두기'는 비판과 풍자를 가능케 하는 조건이기도 하다. 멀쩡한 오성을 감추어 두고서 세계를 기만하듯 교활하게 그 내부를 투시하는 오스카는 어른 이상으로 현명한 눈으로 소아병적 어른들의 세계를 관찰하고 있는 것이다. 따라서 그는 사건에 휘말려 들거나 서사적 거리를 상실하는 일은 없다. 두르착에 따르면 오스카는 괴테의 『파우스트』에 등장하는 인조인간 호문쿨루스(Homunkulus)에 비견되는 '가공인물'로 설정되어 있는데, 오스카의 성장의 멈춤에 대해서 그는 다음과 같이 설명하고 있다.

> 오스카는 어린아이 시점의 몇몇 특성만을 이용할 뿐이다, 말하자면 세살짜리 아이의 시각을 차용하고 있다. 그리하여 그의 지성과 이러한 시점의 결합은 현실에 존재하는 어리석음이 백일하에 드러나도록 만들어 이에 관해서 가차 없이 기록되도록 유도한다. 오스카는 결코 이 현실에 동화되지 않고, 단지 이 현실을 엄폐물로서 이용할 뿐이며, 모든 전통적 가치 규범으로부터 자유로운 묘사의 시점을 통해 현실에 대한 풍자적 폭로를 달성하고 있다.

> Oskar benutzt nur gewisse Attribute einer infantilen Perspektive, er leiht sich sozusagen das Blickfeld des Dreijährigen aus, aber die Verbindung dieser Perspektive mit seinem Intellekt führt dazu, daß die in der Wirklichkeit vorhandenen Unsinnigkeiten ans Tageslicht gebracht und mitleidlos von ihm dokumentiert werden. Oskar, an keiner Stelle mit dieser

Wirklichkeit identifiziert, sondern sie nur als Tarnung
benutzend, erreicht satirische Entlarvung der Realität
durch die von allen traditionellen Wertrücksichten freie
Perspektive seiner Darstellung.[121]

이러한 유아적 정체 상태를 김누리는 소시민계급의 유아적 상태
에 대한 알레고리로서 해석하고 있다.

영원한 세살짜리 아이로서의 오스카의 유아적 상태
는 이러한 연관에서 볼 때 역사의식과 정치적 책임
감이 완전히 결여된 소시민계급의 세살짜리 아이의
상태에 대한 알레고리이다. 글자 그대로 책임이 결여
된 상태에서의 끔찍한 시대의 정체상태가 이러한 세
살짜리 수준에서 상징적으로 표현되고 있는 것이다.

Der Infantil-Status Oskars als permanenter
Dreijähriger ist in diesem Zusammenhang die
Allegorie auf die Dreijährigkeit des Kleinbürgertums,
dem es völlig am Geschichtsbewußtsein und an der
politischen Verantwortung fehlt. In dieser
Dreijährigkeit symbolisiert sich das grauenhafte
Steckengeblieben-Sein der Zeit in einem eigentlichen
Wortsinn verantwortungslosen Zustand.[122]

---

121) M. Durzak: der deutsche Roman der Gegenwart, S. 124.
122) N. Kim: Allegorie oder Authetizität, S. 84.

이렇게 성장을 오스카의 멈춘 상태는 폭력적인 어른 세계로부터 그를 보호해주는 역할을 하고 있을 뿐만 아니라 어른들의 세계를 폭로하는 장치이기도 하다. 또한 유아기적 상태에 머물러 있는 독일 소시민들의 정신상태와 시대적 방향감각의 상실이 우의적으로 비판되고 있다. 이러한 비판기능은 '북 치는 행위'와 '유리파괴의 괴성'을 통해서 더욱 강화되고 있다.

2) 북 치는 행위

이 소설의 제목에서도 알 수 있는 것처럼 오스카의 양철북은 작품분석의 가장 중요한 열쇠가 되는 상징물이다. 일반적으로 북은 가장 단순한 음색을 지니면서도 가장 큰 물리적 힘을 공명시키는 악기이며, 심금의 가장 가까운 곳에서 울려 심장을 고동치게 만드는 심리적으로 가장 강력한 반향을 가진 악기라고 할 수 있다. 따라서 원시 종교적 의식이나 주술에서 빠지지 않으며, 동서양의 음악을 막론하고 최고 절정에서 가장 흔히 등장하는 악기이다. 또한 북은 군대의 소도구(Requisit)로서 병사들을 통솔하기 위해 사용되거나, 행진에 동반되거나, 공격명령으로 사용되기도 하였다. 따라서 군대에서와 같은 집단적 행동을 이끌어내는 선동성을 지니고 있는 도구라고 하겠다. 오스카가 가지고 다니는 양철북은 사실상 악기라기보다는 장난감에 가까운 것이지만, 이미 날 때부터 정신적으로 성숙한 오스카에게는 결코 어린아이의 장난감이 아니며 인생의 동반자이자 존재의 일부라고 말할 수 있다. 오스카는 그가 출생을 거부하지 않은 것도 세 살이 되면 양철북을 사주겠다고 한 어머니의 약속 때문이라고 말하고 있다.

[…] 태아의 머리 위치로 되돌아가고자 하는 내 소
원을 더욱 강화하는 것을 방해했던 것은 그 당시
단지 저 약속된 양철북뿐이었다.

[…] nur die in Aussicht gestellte Blechtrommel
hinderte mich damals, dem Wunsch nach Rückkehr
in meine embryonale Kopflage stärkeren Ausdruck
zu geben. (Bt. 49)

서술자 오스카의 양철북은 다양한 기능을 지니고 이 소설 전개의
중요한 역할을 수행한다. 먼저 양철북은 서술의 도구로서의 기능을
가지고 있다. 오스카는 정신병원에서 양철북을 두드려서 과거를 회
상하며 이야기를 전개해 나간다.

재치 있고 끈기 있게 다루면 중요한 사실들을 종이
위에 옮겨놓는 데 필요한 자질구레한 모든 것을 머
리에 떠오르게 해주는 북이 없다면, 그리고 매일
세 시간 내지 네 시간 동안 나의 양철북으로 하여
금 말하도록 해준 병원의 허락이 없다면, 나는 조
부모도 입증할 수 없는 가련한 인간에 지나지 않을
것이다.

Hätte ich nicht meine Trommel, der bei
geschicktem und geduldigem Gebrauch alles
einfällt, was an Nebensä- chlichkeiten nötig ist,
um die Hauptsache aufs Papier bringen zu können,

und hätte ich nicht die Erlaubnis der Anstalt, drei
bis vier Stunden täglich mein Blech sprechen zu
lassen, wäre ich ein armer Mensch ohne
nachweisliche Großeltern. (Bt. 19)

기억은 그 어떤 것보다도 중요한 서사적 요소이다. 기억의 능력을
통해 이야기꾼은 사건들을 다음 세대에 전해준다. 오스카가 북을 치
면서 과거를 회상하는 모티프는 하이네(Heinrich Heine)의 『이념. 르
그랑의 서 Ideen. Das Buch Le Grand』(1828)에 등장하는 나폴레옹
군대의 고수(鼓手, Tambour) 르 그랑이 북을 치면서 과거에 자신이
경험한 전쟁의 참상을 회고하는 부분과 유사하다.

　　그는 이때 평소처럼 다시 북을 쳤으나 말은 하지
　　않았다. 그러나 입술을 음산하게 다물고 있는 그만
　　큼, 옛 행진곡들을 두드리면서 승리감에 번쩍이는
　　그의 두 눈이 더 많은 말을 하고 있었다. 그가 다
　　시 붉게 물든 단두대의 행진곡을 메아리치게 했을
　　때, 우리 옆에 선 포플러나무가 부르르 떨었다. 또
　　한 과거의 자유를 위한 투쟁과 전투, 황제의 위업
　　을 예전처럼 그가 두드렸을 때에는 마치 북이 그의
　　내적인 욕망을 표출할 수 있어서 즐거워하는 스스
　　로 살아있는 존재라도 된 듯이 보였다. 다시금 나
　　는 포성과 총알이 날아가는 소리와 전투의 소란과
　　선발대의 결사적인 용기를 보았고, 다시금 펄럭이
　　는 깃발을 보았으며, 말을 타고 있는 황제를 다시
　　보았다. 그러나 점차 희미한 소리는 북소리를 울려
　　퍼지게 하던 저 유쾌하기 그지없는 소용돌이 속으
　　로 기어들어 갔다. 거기서는 야만적인 환성과 끔찍

한 비탄이 섬뜩하게 뒤섞여 있었다. 이는 승리의
행진인 동시에 죽음의 행진인 것처럼 보였다. 르
그랑은 유령처럼 눈을 크게 떴다. 그래서 나에겐
르 그랑의 두 눈에서 시체로 뒤덮인 백색의 광활한
동토만이 보였을 뿐이다. 그것은 모스크바 근교에
서의 전투였다.

Er trommelte jetzt wieder wie sonst, jedoch ohne
dabei zu sprechen. Waren aber die Lippen
unheimlich zusam- mengekniffen, so sprachen desto
mehr seine Augen, die sieghaft aufleuchteten,
indem er die alten Märsche trommelte. Die
Pappeln neben uns erzitterten, als er wieder den
roten Guillotinenmarsch erdröhnen ließ. Auch die
alten Freiheitskämpfe, die alten Schlachten, die
Taten des Kaisers, trommelte er wie sonst, und es
schien, als sei die Trommel selber ein lebendiges
Wesen, das sich freute, seine innere Lust
aussprechen zu können. Ich hörte wieder den
Kanonendonner, das Pfeifen der Kugel, den Lärm
der Schlacht, ich sah wieder den Todesmut der
Garde, ich sah wieder die flatternden Fahne, ich
sah wieder den Kaiser zu Roß-aber allmählig
schlich sich ein trüber Ton in jene freudigsten
Wirbel, aus der Trommel drangen Laute, worin das
wildeste Jauchzen und das entsetzlichste Trauern
unheimlich gemischt waren, es schien ein
Siegesmarsch und zugleich ein Totenmarsch, die
Augen Le Grands öffneten sich geisterhaft weit,

und ich sah darin nichts als ein weites, weißes
Eisfeld bedeckt mit Leichen-es war die Schlacht
bei der Moskwa.[123)]

르 그랑의 북과 마찬가지로 오스카의 양철북은 '기억의 매개체
Medium des Erinnerns'이다. 그리고 오스카는 양철북을 통해서 과
거의 사건들과 이야기 소재들을 정확히 회고하여 서술할 수 있다.
북소리가 전해주는 이야기를 북소리의 리듬에 맞추어서 연주할 때
이것은 하나의 이야기를 서술하는 것이 된다.

> [···] 이렇게 해서 나는 순서대로 북을 치기 시작했
> 다. 맨 처음부터 시작했다. 즉 나방이 전구 사이에
> 서 나의 출생의 시간을 북으로 치기 시작했다. 나
> 는 열아홉 개의 계단으로 이루어진 지하실 계단을
> 두드렸으며, 사람들이 전설적인 나의 세 번째 생일
> 을 축하할 때 내가 계단에서 추락했던 일도 두드렸
> 다. 페스탈로치 학교의 시간표를 북으로 불러내고,
> 북과 함께 슈토크 탑에 올라가고, 북과 함께 정치
> 연설의 연단 밑에 앉고, 뱀장어와 갈매기를 북으로
> 불러대고, 그리고 성 금요일의 카펫 두드리는 것을
> 북으로 연주하고, 나의 불쌍한 어머니의-발 끝 방
> 향이 좁다랗게 된-관 위에 북을 치면서 앉고, 그
> 리고는 헤르베르트 트루친스키의 상처투성이인 등
> 을 북을 놓고 치는 버팀대로 삼았다 [···].
> [···] und ich begann zu trommeln, der Reihe nach,

---

123) Heinrich Heine: Sämtliche Schriften, Bd. 3, Frankfurt am Main 1981,
S. 281 (Reisebilder Ⅱ. Ideen. Das Buch Le Grand).

am Anfang war der Anfang: der Falter trommelte
zwischen Glühbirnen meine Geburtsstunde ein; die
Kellertreppe mit ihren neunzehn Stufen trommelte
ich und meinen Sturz von der Treppe, als man
meinen dritten sagenhaften Geburtstag feierte; den
Stundenplan der Pestalozzischule trommelte ich rauf
und runter, bestieg mit der Trommel den
Stockturm, saß mit der Trommel unter politischen
Tribünen, trommelte Aale und Möwen,
Teppichklopfen am Karfreitag, saß trommelnd auf
dem zum Fußende hin verjüngten Sarg meiner
armen Mama, nahm mir dann Herbert Truzinskis
narbenreichen Rücken als Trommelvorlage [···].
(Bt. 625)

또한 양철북은 오스카의 자아를 표현하는 도구로서의 역할을 하고
있다. 양철북은 오스카에게 출생의 명분을 제공한 것이기 때문에, 단
순한 도구만이 아니라 자아의 대변자이며 오스카의 '존재 이유'인 것
이다. 더 나아가서 양철북은 내면의 수호자이자 '심리적 파수꾼'으로
서 오스카와 분리될 수 없는 존재이다. 따라서 이를 빼앗으려드는 어
른들에게 오스카는 유리를 파괴하는 괴성을 질러서 가차 없이 공격
을 가하는 것이다. 유리를 파괴하는 괴성으로 보호되고 있는 이 양철
북은 오스카의 내면의 지극히 작은 진동조차도 감지해내는 "심리학
적 지진계 psychischer Seismograph"[124]이기도 하다.

양철북은 선동성도 지니고 있다. "나는 그 후 다시 북을 집어 [···]

---

124) U. Lieverscheidt: Günter Grass. *Die Blechtrommel*, S. 20.

그해(1914년) 8월이래 누구도 따르지 않으면 안되었던 저 빠른 리듬
을 연주했다"125)라고 서술하듯이 그의 북소리는 마치 동화 「하멜른의
쥐잡이 Der Rattenfänger in Hammeln」126)에서의 요술피리 소리처럼
사람들을 현혹시켜 따라오지 않을 수 없게 만드는 마력을 지니고 있
다. 오스카가 북을 두드리면 동네아이들이 그를 따라오는 것도 이와
같은 표상의 연장선상에서 이해될 수 있다.

> 분명히 어리석고도 의미 없는 아이들의 노래였다.
> 나에게는 그 노래가 거의 장애가 되지 않았다. 내
> 가 북을 앞세우고 매력이 전혀 없지도 않은 단조로
> 운 리듬을 택하여 유리, 유리, 유리 쪼가리를 북으
> 로 치며 유리 쪼가리와 홀레 아주머니를 압도하면
> 서 지나가면, 아이들은 내가 쥐를 잡는 사나이가
> 아닌데도 나를 졸졸 따라오기 때문이다.

> Gewiß ein dummer und nichtssagender Kindervers.
> Mich störte das Liedchen kaum, wenn ich hinter
> meiner Trommel mitten hindurch, durch Gläschen
> und Frau Holle stampfte, dabei den einfältigen

---

125) Bt. 38: "Darauf nahm ich wieder meine Trommel, [⋯] sondern schlug
   jenen schnellen, sprunghaften Rhythmus, dem alle Menschen von
   August des Jahres vierzen an gehorchen mußten."
126) 독일의 전래동화. 하멜른이라는 작은 도시에 쥐가 창궐하자 영주는 이를
   퇴치하는 자에게 커다란 대가를 약속하였다. 이 소식을 듣고 찾아온 피
   리 부는 사나이는 피리소리로 그 도시의 모든 쥐를 마침내 퇴치하였다.
   그러나 약속한 보수를 받지 못하자 그는 마을의 모든 어린이들을 피리
   소리로 꾀어내어 산 속의 동굴에 가두어 버렸다. 그래서 이 도시에서는
   아이들의 소리를 더 이상 들을 수 없게 되었다고 한다.

Rhythmus, der ja nicht ohne Reiz ist, aufnahm und
Glas, Glas, Gläschen trommelnd, ohne ein
Rattenfänger zu sein, die Kinder nachzog. (Bt.
68f.)

독자들은 이 모습에서 나치시대에 독일 소시민들이 히틀러에 열광하며 그를 추종하였던 역사적 사실을 쉽게 연상하게 된다.[127] 이러한 선동적인 성격이 더욱 분명하게 드러나는 것은 『양철북』 제3부의 "양파주점 Zwiebelkeller" 장에서이다. 자발적으로는 눈물을 흘릴 수 없는 전후시대 서독 사람들은 눈물을 흘리기 위해서 양파주점에 와서 양파를 썰면서 눈물을 흘리며 광기에 빠져든다. 이때 오스카가 북을 치면, 이들은 유치원 아이들처럼 그를 졸졸 따라 다니며 우스꽝스러운 광경을 연출해낸다.

신사숙녀들은 어린아이처럼 둥글고 큰 눈물방울을 쏟으면서 무서워하고 덜덜 떨면서 나의 자비심을 불러 일으켰다. 그래서 나는 그들을 안심시키기 위해서 북을 연주했다. […] 나는 다시 예의 바른 복장을 한 무리를 마주 보게 되었고, 이 원아들로 대오를 형성하게 하여 양파주점 안을 걷도록 이끌었다. […] 나는 북을 치면서 말했다.[…] 이제는 그들에게 "얘들아"하고 말을 텄다: 그러자 모두는 유아적 욕구를 충족시켰는데, 즉 오줌을 쌌다. 신사 숙녀 일동이 오줌을 싸는 것이었다[…].

---

127) 이는 바이마르 공화국 말기에 히틀러를 가리켜 "당(NSDAP: 국가사회주의독일노동자당)의 북 치는 사나이 Trommler der Partei"라고 불렀던 것을 연상시킨다.

Die Damen und Herren weinten kindlich runde
Kullertränen, fürchteten sich sehr, forderten zitternd
mein Erbarmen heraus, und so trommelte ich, um
sie zu beruhigen, [⋯] ich mich [sah] wieder einer
manierlich bekleideten Gesellschaft [gegenüber],
formierte den Kindergarten zum Umzug, führte ihn
durch den Zwiebelkeller, [⋯] sagte auf meiner
Trommel [⋯], nun dürfte ihr Kinderchen: Und sie
befriedigten ein Kleinkinderbedürfnis, näßten, alle,
die Damen und Herren näßten [⋯]. (Bt. 660f.)

이 글에서 작가는 전후에도 여전히 남아있는 아둔한 대중으로서의 소
시민을 비판하고 있다. 불과 최근에 겪었던 역사의 교훈을 잊어버리고
지금도 누군가가 앞장서서 북을 두드리며 현혹하면 따라가게 되는 어리
석은 현대 서독인의 심리적 취약함을 보여주고 있는 것이다.

3) 유리를 파괴하는 괴성

'유리를 파괴하는 괴성'은 양철북보다 더욱 적극적인 방어와 공
격의 수단으로서 쓰인다.128) 서술자는 이것 또한 자기 존재의 증거
로서 여기고 있다.

---

128) 권진숙은 "북이 희화적 자아표현의 도구로서 사회의 부조리를 대신 고
　　발하고 울분을 토로하는 소극적 기능을 가졌다면, 그의 유리파괴 행위
　　는 보다 더 직접적으로 그 사회에 대해 보복을 가하는 적극적 기능을
　　가졌다"고 본다. 권진숙: 양철북. 난쟁이 그리고 그 희화적 세계, 자연사
　　랑 2000, 113쪽 참조.

내게는 여전히 나의 북이 남아 있었다. 거기에다
내 목소리도 남아 있었다. [⋯] 내게 있어서는 오스
카의 목소리야말로 북 이상으로 나의 존재를 실증
하는 영원히 산 증거였다. 내가 노래로 유리를 산
산조각 내는 한 나는 존재하고 있었던 것이며, 내
가 겨냥한 호흡이 유리의 숨을 거두게 하는 한, 내
게는 아직 생명이 존재하고 있었던 것이다.

**Meine Trommel blieb mir noch. Auch blieb mir
meine Stimme, [⋯] mir jedoch war Oskars
Stimme über der Trommel ein ewig frischer
Beweis meiner Existenz; denn solange ich Glas
zersang, existierte ich, solange mein gezielter
Atem dem Glas den Atem nahm, war in mir
noch Leben. (Bt. 445)**

이 유리파괴의 능력은 단계별로 처음에는 순수한 자기방어의 수
단으로 사용되다가 심리적 분노(어머니의 불륜)와 역겨움(동네 아이
들이 오물로 만든 수프를 강제로 먹는 일)을 경험하면서 점차 무차
별적 공격성을 띠게 되고, 끝내는 '유희적 충동과 매너리즘'129)에
빠져든다. 이러한 유리파괴의 단계적 발전과정에서 외부세계에 대
한 오스카의 대립양상이 드러난다. 세살짜리 아이로서의 어른세계
와의 대립과 학교를 비롯한 사회와의 대립이 유리를 파괴하는 괴성
으로 노정(露呈)되고 있는 것이다.

---

129) Vgl. Bt. 79: "Aus bloßem Spieltrieb, dem Manierismus einer
Spätepoche verfallend, dem *l'art pour l'art* ergeben, sang Oskar sich
dem Glas ins Gefüge und wurde älter dabei."

오스카의 최초의 유리파괴는 자기 방어적 성격을 지닌다. 세 살이 되는 생일에 양철북을 선물 받은 후 며칠이 지나지 않아서 아버지 마체라트가 이를 빼앗으려했을 때 오스카는 괴성을 질러서 집안에 있는 대형 시계를 박살낸다. "최초의 파괴적이고 효과적인 비명 erste zerstörerische und wirksame Schrei"(Bt. 79)을 지르는데 성공한 것이다. 이는 어른세계를 대표하고 있는 마체라트가 자신의 존재 근거인 북을 빼앗으려고 시도했을 때, 이에 대한 방어로서 나타난 것이다. 갓난아이에게서 어른이 무엇인가를 빼앗으려할 때 아이는 자기방어로서 울음을 터뜨리는 것과 비교할 수 있는데, 유리파괴의 괴성 또한 어른 세계에 대한 자기 방어의 메커니즘에 의해 오스카의 내면에서부터 작용되고 있는 것이다. 그 후 다섯 살 되던 해에 홀라츠(Hollatz) 박사가 진찰을 위해서 북을 빼앗으려고 했을 때에도 오스카는 진료실에 진열되어 있던 알콜에 담겨져 있는 표본 수집병들을 모조리 깨뜨려 버린다.

> 수개월 후 수요일에 진찰을 받으러 갔을 때 그[홀라츠 박사]는 다분히 자신을 위해서, 어쩌면 간호사 잉에를 위해서 이제까지의 치료 성과를 증명하려고 내게서 북을 빼앗으려고 했다. 그때 나는 그의 뱀과 개구리 수집품의 대부분, 그리고 그가 여러 가지 혈통의 태아에 관해서 모은 수집표본들을 모조리 깨뜨려버렸다.

> Als er mir nach Monaten anläßlich eines Mittwochbesuches, wahrscheinlich um sich, vielleicht auch der Schwester Inge den Erfolg seiner bisherigen

Behandlung zu beweisen, meine Trommel nehmen
wollte, zerstörte ich ihm den größten Teil seiner
Schlangen-und Krötensammlung, auch alles was er an
Embryonen verschiedenster Herkunft zusammengetragen
hatte. (Bt. 77)

유리파괴 행위가 이제 본 궤도에 올라서 처음의 단순한 방어적
파괴와는 다른, '충분히 무장을 갖춘 음향'130)으로써의 공격력을 갖
춘 것이다. 그러나 작가는 여기에서 단지 그 파괴가 가져오는 그로
테스크한 장면만을 제시하고자 하는 것은 아니다. 이 파괴이후에
나타나는 반응들을 보면 성인세계의 가면이 적나라하게 벗겨지고
있다. 홀라츠 박사가 오스카의 놀라운 파괴력에 대해서 쓴 논문은
"교수 자리를 노리고 있는 의사의 장황하면서도 솜씨 있게 작성한
알맹이 없는 글"131)에 불과하다는 것을 서술자는 "멀쩡한 정신으로
깨어있는 회의 hellwache Skepsis"132)를 통해서 폭로하고 있다. 즉,
여기서는 전문가 집단의 대표격인 한 의사의 허무한 공명심이 노정
됨으로써 성인세계의 허영심이 비판되고 있는 것이다.

유리를 파괴하는 괴성은 이렇게 어른들의 세계에 대한 거부 내지
는 반항의 형태로 작용하여 소시민 세계의 부도덕성과 부조리함을
드러낸다. 이에 대한 더욱 구체적인 예를 제시하자면, 네 살이 되는
생일을 맞은 오스카는 북 대신 장난감만을 선물로 주는 어른들에
대한 반항으로 괴성을 질러서 집안의 전등들을 깨뜨려버린다. 이

---

130) Vgl. Bt. 77: "mit diesem so reich ausgerüsteten Ton"
131) Bt. 78: "das seitenlange, nicht ungeschickt formulierte Vorbeireden eines
    Arztes, der auf einen Lehrstuhl spekulierte"
132) Ebd.

파괴가 초래한 어둠 속에서 어른들은 수치심도 잊은 채 부도덕한
행위들을 저지른다.

> 예상한 대로 어머니는 브라우스를 풀어헤친 채 얀
> 브론스키의 무릎 위에 웅크리고 앉아 있었다. 짧은
> 다리의 빵집 주인 알렉산더 셰플러가 거의 그레프
> 부인 속으로 사라질 듯이 하고 있는 것을 보고 있
> 자니 역겨웠다. 마체라트는 그레트헨 셰플러의 말
> 이빨 같은 금니를 핥고 있었다.

> **Wie zu erwarten war, hockte Mama mit
> verrutschter Bluse auf Jan Bronskis Schoß.
> Unappetitlich war es, den kurzbeinigen
> Bäckermeister Alexander Scheffler fast in der
> Greffschen verschwinden zu sehen. Matzerath
> leckte an Gretchen Scheffers Gold- und
> Pferdezähnen. (Bt. 74)**

또한 오스카는 어두운 거리에서 그의 괴성으로 유리진열장에 구
멍을 냄으로써 지나가는 점잖은 신사숙녀들의 도벽(盜癖)을 시험해
보는데, 검사 숄티스 박사조차도 이 시험대에서 예외 없이 그의 도
벽을 드러내고 만다.

> 검사이자 고등법원의 두려운 기소인인 에르빈 숄티
> 스 박사는 내가 밤마다 잠복해서 그를 노리고 있었
> 어도 세 번씩이나 도둑이 되기를 거부하다가 드디
> 어 손을 내밀어 경찰에 발견되지 않은 도둑이 되고

난 후에, 온화하고도 관대하며 항상 인간적인 판결
을 하는 법관이 되었다고 한다. 그는 도둑들의 작
은 반신(半神)인 나의 제물이 되어, 진짜 오소리 털
로 된 면도용 솔을 훔쳤기 때문이었다.

Nachdem ich ihm Abend für Abend aufgelauert
und er mir dreimal den Diebstahl verweigert hatte,
ehe er zugriff und zum nie von der Polizei
entdeckten Dieb wurde, soll Dr. Erwin Scholtis,
Staatsanwalt und am Oberlandesgericht gefürchteter
Ankläger, ein milder, nachsichtiger und im Urteil
beinahe menschlicher Jurist geworden sein, weil er
mir, dem kleinen Halbgott der Diebe, opferte und
einen Rasierpinsel, echt Dachshaar, raubte. (Bt.
153f.)

이렇게 오스카는 유리를 파괴하는 괴성의 도움을 통해서 어둠에 감
추어진 인간의 부도덕하고 부조리한 본성을 꿰뚫어보게 만든다.

오스카의 이 괴성은 또한 시대의 파괴적인 분위기와도 연관된다.
주인공 오스카는 1932년 단치히 시립극장의 유리창을 깨뜨리는 것
을 계기로 해서 아무런 강요와 이유도 없이 비명소리를 지르게 된
다.133) 나치가 권력을 쟁취한 시기와 가까운 이 시점은 앞으로 다
가올 파괴의 시대를 예고하고 있다. 또한 "유리를 파괴하는 것은
계속되는 전쟁과 도시폭격으로 야기된 군사 목표와 민간 목표물의
무차별적 파괴를 암시할 수도 있다."134)

---

133) Vgl. Bt. 119: "wurde ich, der ich bislang nur aus zwingenden
Gründen geschrien hatte, zu einem Schreier ohne Grund und Zwang."

2. 소시민계급의 인물구도

『양철북』에 나타나는 소시민계급의 인물구도(Figurenkonstell- ation) 는 소시민 세계의 본질과 속성을 잘 보여주고 있다. 등장인물들을 오 스카와의 관계에 따라 살펴보자면, 오스카의 부모인 마체라트(Alfred Matzerath)와 아그네스(Agnes Matzerath) 그리고 삼촌 얀(Jan Bronski), 이렇게 세 사람이 형성하는 삼각구도가 등장하고 있다. 이 삼각구도는 『양철북』 해석의 중요한 실마리가 되고 있다. 또한 이하 에서는 이 인물들에게서 공통적으로 적용될 수 있는 도피 모티프를 고찰하여 사회심리학적 논의와 연관하여 고찰하고자 하며 주변 인물 들의 구도에서 단치히 랑푸르의 소시민들에게서 나타나는 정치적 · 이 데올로기적 경향과 특성도 아울러 고찰함으로써 작가의 의도를 추적 해보고자 한다.

1) 삼각구도

오스카가의 아버지 마체라트와 삼촌 얀, 그리고 어머니 아그네스 가 이루는 삼각관계를 오스카는 먼저 자신의 앨범에 있는 "가장 중 요한 세 사람이 삼각형을 이루면서"135) 찍은 사진을 통해 서술한

---

134) H. Brode: Die Zeitgeschichte in der Die Blechtrommel von Günter Grass. Entwurf eines textinternen Kommunikationsmodells, S. 89: "Der Zerscherben von Glas mag in weiterer Verlauf hindeuten auf die durch Krieg und Städtebombardierung verursachten gewaltsamen Beschädigungen militärischer und ziviler Objekte."

135) Vgl. Bt. 59: "die drei wichtigsten Menschen [⋯] ein Dreieck bildend"

다.136) 그는 "세 사람, 즉 앉아 있는 한 사람의 여자와 서 있는 두 사람의 사나이"137)에게서 "수학적이고, 우주적인 관계들"138)을 찾고자 한다. 마체라트와 어머니의 부부관계가 무언가 겉돌고 있고, 석연치 않다는 느낌은 다음의 사진에 대한 묘사에서도 포착된다.

> 어머니와 나란히 있는 마체라트-거기에는 주말의 생식력이 방울져 떨어지고, 비엔나 슈닛첼이 지글지글 소리를 내고, 식사 전에 약간의 투덜거림이 있고, 식후에는 하품을 하고, 잠자러 가기 전에 재담을 지껄이거나 세금결산서를 벽에 붙이기도 한다. 그래야만 그 결혼생활이 어떤 정신적 배경을 갖게 될 테니까 말이다.

> Matzerath neben Mama: Da tröpfelt Wochenendpotenz, da brutzeln die Wiener Schnitzel, da nörgelt es ein bißchen vor dem Essen und gähnt nach der Mahlzeit, da muß man sich vor dem Schlafengehen Witze erzählen oder die Steuerabrechnung an die Wand malen, damit die Ehe einen geistigen Hintergrund bekommt. (Bt. 59)

"감정을 스프로 바꿀 줄 아는 열광적인 요리사"139)로서 마체라트

---

136) 이는 먼저 감각적인 형상화로부터 시작되는 그라스의 전형적인 글쓰기의 방법과 일치한다. 가족의 삼각관계가 시각적인 세 사람의 사진으로 제시되는 것이다.

137) Bt. 58: "Drei Menschen: eine sitzende Frau, zwei stehende Männer"

138) Ebd.: "mathematische und kosmische Bezüge"

139) Bt. 42: "ein passionierter Koch, Gefühle in Suppen zu wandeln"

에게서는 자신의 성적인 무능력을 요리와 위트로 보상해 보려는 태
도가 드러난다. 한편 얀과 어머니의 관계는 어머니가 얀의 무릎 위
에 앉아서 찍은 "불결한 사진"에 대한 묘사에서 나타난다.

> 이 불결한 사진에는-얀은 한쪽 손을 어머니의 스
> 커트 밑에 감추어 두고 있다-마체라트와 결혼한
> 첫 날부터 간통을 한 이 불행한 두 사람의 맹목적
> 인 정열만이 포착되고 있다 [⋯].

> **Erfaßt diese Unfläterei-Jan läßt eine Hand unter
> Mamas Kleid verschwinden-doch nur die blindwütige
> Leidenschaft des unglücklichen, vom ersten Tage der
> Matzerath-Ehe an ehebrecherischen Paares [⋯]. (Bt.
> 59)**

이러한 삼각구도는 세 사람만이 게임을 할 수 있는 스카트(Skat)
놀이에서 더욱 구체적으로 그 본질을 드러낸다. 서술자 오스카는
스카트 게임이 벌어지고 있는 테이블 밑에서 북을 치면서 어른들의
행위를 관찰한다. 오스카는 얀의 발끝이 어머니의 옷자락을 걷어
올리고 허벅지 사이를 편력하는 것을 목격한다. 세 사람이 함께 찍
은 사진과 스카트 게임이 제시하는 세 인물의 삼각구도는 소시민
세계의 부조리성(Absurdität)을 드러내는 도구가 되는데, 이것은 성
적인 도덕의 붕괴와 진실하지 못한 부부관계의 표현일 뿐만 아니라
소시민 세계의 정신적 부패를 가리킨다고 볼 수 있다.

한편 이러한 삼각관계를 정치적 의미에서 해석해보자면 마체라트

는 독일을, 얀은 폴란드를, 그리고 아그네스는 단치히를 암시한다고
볼 수 있다. 즉 제2차 대전을 전후한 독일과 폴란드의 정치적 역학
관계와 자유시 단치히의 운명을 드러내는 일종의 알레고리로서 해
석될 수도 있을 것이다.

2) 도피의 모티프

이제 삼각구도의 세 사람이 지닌 개인적 특성과 여기에서 유추될
수 있는 사회학적 의미를 각각 규명해 보고자 한다. 『자유로부터의
도피 Escape from Freedom』(1941)에서 프롬은 나치즘에 동조한 독일
소시민들의 심리를 '도피의 메커니즘 Fluchtmechanismus'[140]으로
설명하고 있다. 이와 연관해서 이 소설 속 세 인물의 삼각구도를
'도피의 모티프 Motiv der Flucht'로 설명할 수 있다. 먼저 마체라
트 식의 도피는 외면적이다. 외면적 도피는 대중이라는 힘과 지도
자의 열망, 질서 속으로의 편입이라는 형태를 취한다. 반면 아그네
스와 얀의 도피는 내면적이다. 아그네스는 종교와 예술로 도피하려
하고, 얀은 카드로 만든 집으로 상징되는 현실과 유리된 로만티시
즘(Romantizismus)으로 도피하려 한다.

마체라트는 파시즘적 특성을 가장 잘 대변하고 있는 인물로 혹은
파시즘의 담지자로 평가되고 있다. 그라스는 마체라트라는 인물을
통해 파시즘의 온상과 그 전제조건이 되었던 나치즘의 대중적 기반

---

140) 프롬은 『자유로부터의 도피』에서 도피의 메커니즘을 권위적인 것으로의
　　도피(Flucht ins Autoritäre), 파괴성으로의 도피(Flucht ins Destruktive),
　　순응으로의 도피(Flucht ins Konformistische)로 구별하여 설명하고 있
　　다. Vgl. E. Fromm: Die Furcht vor der Freiheit, München 1997.

을 제시하고자 한다. 마체라트의 일상적 행동양태에서 우리는 쉽게
정치적 행동을 유추해 낼 수 있으며, 그의 개인적 심리상태로부터
소시민계급의 대중 심리상태를 파악할 수 있다. 그의 타고난 성품
은 한 개인의 것으로서만 의미를 지니는 것이 아니라, 당시 소시민
들의 대중 심리적 성향을 짐작케 하는 소인을 제시하고 있다. 이를
보여주는 대표적인 묘사는 뱀장어 에피소드에서 확인된다. 뱀장어
를 낚던 하역 노동자가 지나가던 수병들에게 손을 흔들자 자신은
그들을 알지도 못하면서 따라서 손을 흔든다. 이에 서술자의 코멘
트가 이어진다.

> […] 다른 이가 손짓을 보내면 반드시 손짓으로 답하
> 고, 다른 이가 소리지르거나 웃거나 박수를 치면 똑
> 같이 소리지르거나 웃거나 박수를 치거나 하는 것이
> 그의 버릇이었다. 그래서 아직은 꼭 그럴 필요가 없
> 는데도 비교적 빨리 입당을 해서, 아무런 이득도 없
> 이 일요일 오전만 빼앗겼던 것이다.

> […] das war so seine Angewohnheit, immer zu
> winkten, wenn andere winkten, immer zu schreien,
> zu lachen und zu klatschen, wenn andere schrien,
> lachten oder klatschten. Deshalb ist er auch
> verhältnismäßig früh in die Partei eingetreten, als
> das noch gar nicht nötig war, nichts einbrachte und
> nur seine Sonntagvormittage beanspruchte. (Bt.
> 180)

다른 사람을 따라서 손짓하고, 웃고, 박수치는 그의 이러한 행동양
식을 심리적 원인으로서 설명해 보자면, '떠들석함에 대한 흥미 Lust
am Spektakel'와 '순응의 욕구 Konformitätsbedürfnis'로 해석할 수
있다. 이러한 경향은 자아의 정체성으로부터 벗어나 타인 혹은 어떤
외부적인 힘과 일체화됨으로써 일종의 안정감을 느끼는 심리적 상태
라고 말할 수 있겠다. 또 서술자는 마체라트의 비교적 빠른 입당을
"질서라는 힘"에의 순응이라고 설명한다.

> 마체라트는 […] 1934년에, 즉 비교적 빨리, 질서라
> 는 힘을 인식하고 입당하였지만 단지 세포조직책으
> 로 승진한 것이 고작이었다.

> Matzerath […] trat im Jahre vierundreißig, also
> verhältnismäßig früh die Kräfte der Ordnung
> erkennend, in die Partei ein und brachte es
> dennoch nur bis zum Zellenleiter. (Bt. 133f.)

이와 같은 마체라트의 행동과 심리상태를 매저키즘적 경향과도
연관시켜서 고찰할 수 있을 것이다. 에리히 프롬은 이를 다음과 같
이 설명한다.

> 인간은 불안감에서 자기 스스로를 의지할 수 있는
> 어떤 사람이나 어떤 사물을 추구한다. 이미 그는
> 자기 개인으로서의 자신이 되기를 더 이상 견딜 수
> 가 없어서, 안간힘을 다하여 자기 자신으로부터 벗

어나려고 한다. 그리고 자기라는 짐을 제거해 버림
으로써 다시 안정감을 얻으려고 한다.
매저키즘은 이런 목표에 도달하는 한 가지 방법이
다. 매저키즘적 노력이 취하는 여러 가지 형태는
결국 하나의 목표를 가지고 있다. 즉, 개인적 자기
로부터 벗어나는 일, 자기 자신을 상실하는 일, 다
시 말해 자유라는 짐으로부터 벗어나는 일이다. 이
목표는 당사자가 압도적으로 강하다고 느끼는 인물
이나 권력에 복종하고자 하는 저 매저키즘적 열망
에서 명백히 인식될 수 있다.

Der Mensch sucht in seiner Angst nach jemandem
oder nach etwas, an den oder an das sich sein Selbst
halten kann; er kann es nicht länger ertragen, sein
eigenes individuelles Selbst zu sein, und versucht
krampfhaft, es loszuwerden und seine Sicherheit
dadurch zurückzugewinnen, daß er sich dieser Last
seines Selbst entledigt.
Der Masochismus ist ein Weg zu diesem Ziel. Die
verschiedenen Formen, welche die masochistischen
Strebungen annehmen, haben alle nur das eine
Ziel: das individuelle Selbst loszuwerden, sich
selbst zu verlieren; oder anders gesagt: die Last der
Freiheit loszuwerden. Dieses Ziel ist in jenen
masochistischen Strebungen deutlich zu erkennen,
wo der Betreffende sich einer anderen Person oder
Macht zu unterwerfen versucht, die er als
überwältigend stark empfindet.[141]

매저키즘적 열망으로 설명될 수 있는 마체라트의 행위에 나타난
심리적 특징은 질서에 편입되고자 하는 당시 소시민계급의 순응의
욕구를 적절히 대변해 준다고 볼 수 있다. 그렇다고 마체라트가 나치
스 행동요원으로서의 대단한 활약을 보여주고 있는 것도 아니다. 그
는 어디까지나 순진하며, 악의 없는, 한 가정의 평범한 가장일 뿐이
다. 그러나 그는 "다가오는 파시즘의 대표자 Repräsentant des
aufziehenden Faschismus"[142]로서 서술된다. 여기서 문제가 되는 것
은 이처럼 단순한 동조(Mitmachen)와 참여(Dabeisein)에 곧잘 빠지
게 되는 소시민들의 정신상태이다. 그들의 이데올로기적 취약성과 파
시즘에 대한 면역결핍은 그들로 하여금 대중적 카니발리즘
(Kannibalismus)에 쉽게 휘말려 들어가게 하였고, 그럼으로써 그들은
소외감과 무력감으로부터 도피할 수 있었던 것이다. 즉, 이들은 개인
적 영역의 무질서를 잊을 수 있는 하나의 질서로 도피한 것이다.

불륜적 삼각관계의 가련한 희생양[143]인 어머니 아그네스의 비참
한 상황은 뱀장어 에피소드에서 상징적으로 묘사된다. 하역 노동자
가 제방 위에 끌어올린 말대가리 속에는 뱀장어들이 꿈틀대고 있
다. 그가 그 아가리 속에서 두 마리의 뱀장어를 꺼내었을 때 아그

---

141) E. Fromm: Die Furcht vor der Freiheit, S. 114.

142) D. Arker: a. a. O., S. 295.

143) 어머니의 이름 아그네스(Agnes)는 성서에 예수 그리스도를 가리키는
"하나님의 어린 양 Agnus Dei"에서 유래한다. 이 아그네스가 하필이면
물고기(뱀장어)로 인해서 죽는 것은 또 다른 성서적 연관을 갖는다. 그것
은 예수 그리스도를 물고기라는 이름의 그리스어 "ICHTHYS"로 표시한
다는 것이다. 이는 "예수 그리스도 하나님의 아들 구세주"라는 뜻의
"JESUS CHRISTOS THEOU ZIOS SOTER, Jesus Christus, Sohn
Gottes, Heiland"의 첫글자약어(Akrostichon)이다. Vgl. Heinz Gockel:
Grass' Blechtrommel, München 2001, S. 91.

네스는 구토를 일으킨다. 그중 한 놈은 "팔뚝만큼 굵고 armdick",
또 한 놈은 "팔뚝만큼 긴 armlang"(Bt. 178) 놈이었다. 그라스의 펜
화에서도 자주 등장하는 뱀장어는 '성적 상징 Sexualsymbol'이라고
할 수 있다.144) 즉, 말 아가리는 아그네스의 육체를, "팔뚝만큼 굵
은" 뱀장어는 마체라트를, 그리고 "팔뚝만큼 긴" 뱀장어는 얀을 상
징한다. 여기에서도 역시 삼각구도의 갈등이 형상화되어 나타난다.
뱀장어들(마체라트와 얀)이 말 대가리(어머니의 육체)의 살을 뜯어
먹고 있는 장면에서 삼각관계의 알레고리가 생겨난다. 아그네스는
자신의 간음에 대한 정신적 반작용으로서 예술과 종교라는 심리적
도피처를 찾는다. 그녀는 베토벤의 소나타를 좋아하고 이를 피아노
로 즐겨 친다. 그것도 정해진 속도 보다 느리게 침145)으로써 그녀
는 자기를 억압하고 있는 삶과 유리되어 감상적 세계에 빠져들고자
한다. 이 보다 더 효과적인 도피처는 종교이다. 그녀는 목요일에는
얀과 관계를 갖고 토요일에는 성심교회로 가서 빈케(Wiehnke) 사
제에게 고백성사를 올린다.

> 어머니는 믿음이 깊어졌다. 무엇이 그녀의 믿음을 깊
> 게 하였을까? 얀 브론스키와의 접촉, 훔친 목걸이,
> 불륜을 범하고 있는 여자의 삶에서 오는 달콤한 정
> 신적인 피로, 그것들이 그녀의 믿음을 깊게 하였으
> 며, 성스러운 것을 열망케 한 것이다.

---

144) Über das Motiv Aals siehe: Angelika Hille-Sandvoss: Überlegungen zur
    Bildlichkeit im Werk von Günter Grass, Stuttgart 1987, S. 187-200.

145) Vgl. Bt. 134: "Mama jedoch, die die langsamen Sätze der
    Beethovensonaten sehr liebte, zwei oder drei noch lansamer als
    angegeben auf unserem Klavier eingeübt hatte und dann und wann
    dahintropfen ließ […]."

Mama wurde fromm. Was machte sie fromm? Der Umgang mit Jan Bronski, das gestohlene Collier, die süße Mühsal eines ehebrecherischen Frauenlebens machten sie fromm und lüstern nach Sakramenten. (Bt. 77)

뱀장어를 보고 토하기 시작한 그녀는 생선을 광적으로 폭식하면서 식중독에 걸리고 결국 끝없는 구토증으로 죽음을 맞게 된다. 그녀의 마지막 도피처는 결국 죽음이었다. 오스카는 어머니의 죽음을 삼각관계의 청산으로 보고 있다.

실제로 내 어머니의 죽음은 나를 거의 놀라게 하지 않았다. 어머니를 따라 목요일에는 구 시가지를, 토요일에는 성심교회를 같이 다니던 오스카에게는 마치 어머니가 수년 전부터 삼각관계를 그런 식으로 청산하는 하나의 가능성을 진지하게 찾고 있는 것 같이 생각되지 않았던가 [···].

Auch überraschte mich der Tod meiner Mama kaum. War es Oskar, der sie am Donnerstag in die Altstadt und am Sonnabend in die Herz-Jesu-Kirche begleitete, nicht vorgekommen, als suche sie schon seit Jahren angestrengt nach einer Möglichkeit, das Dreieckverhältnis dergestalt aufzulösen [···]. (Bt. 192)

얀 브론스키 역시 내면성으로의 도피라는 점에서 아그네스와 마찬

가지이지만 그에게는 정치적인 태도가 이러한 내면성의 동인으로서
작용하고 있다. 폴란드 우체국 방어에서 얀은 자신의 의지로 방어전
에 참여했다기보다는 자신의 사회진출의 출발점이 되었고, 또 폴란드
인이라는 정체성을 인식하게 해준 '국가 공무원'으로서 방어에 참여
해야 했다. 애초에 겁이 많고 나약한 심성의 그가 공포의 전투상황에
서 겁을 먹고 떨고 있다가 발견한 도피처는 스카트 게임이었다. 과거
아그네스와 마체라트와의 일상적 오락이었으며 발로 아그네스의 허벅
지를 편력하곤 했던 스카트 게임이 이 절박한 위기의 상황에 도피처
로서 작용하고 있는 것이다. 이렇게 우체국이 독일군에 의해서 완전
포위된 상황에서 그는 스카트 게임에 몰두한다. 이는 정치적 현실을
스카트 게임이라는 비현실적 로만티시즘에서 잊어버리려는 것이다.

> 허겁지겁 그는 주머니를 뒤져서 장수가 완전한 카
> 드를 찾아냈다. 스카트 카드였다! 방어가 실패로
> 끝날 때까지 우리들은 스카트 게임을 했다.

> **Fahrig** suchte er seine Taschen ab, fand das
> vollzählige Spiel: Skat! Bis zum Zusammenbruch
> der Verteidigung spielen wir Skat. (Bt. 287)

이제 마체라트와 아그네스 대신 부상당해 죽어가고 있는 코비엘라
(Kobyella)와 오스카가 스카트 게임의 상대가 된다. 이 스카트 게임은
주위의 전투와 폭음 속에서 불안하게 계속되었다. 결국 얀의 행동은
모든 것을 초월한 듯 평화로운 표정으로 목가적인 경지에 도달하게
된다. 즉 카드로 집을 세우기 시작한 것이다. 이는 현실로부터의 도피

에 대한 은유로서 이해될 수 있다. 그라스는 여기에서 "폴란드인의 비현실적 로만티시즘 der unrealistische Romantizismus der Polen"[146)을 구현하고자 한다. 말하자면 스카트 게임과 카드로 만든 집은 유희를 통해서 억압된 현실과 정당한 거리를 두려고 한다는 점에서 북과 비슷한 기능을 갖는 것으로 해석될 수 있을 것이다.[147)

3) 주변인물들의 구도

삼각구도의 인물들 외에 오스카 주변의 인물들은 『양철북』의 정치적·이데올로기적 배경을 형성하고 있다. 아커는 이들을 파시즘과 관련하여 가해자(Täter)와 관망자 혹은 동조자(Zuschauer/ Mitläufer) 그리고 희생자(Opfer)로 분류하여 다음의 <표 1>[148)과 같이 도식화하였다.

---

146) Georg Just: Darstellung und Appell in der Blechtrommel von Günter Grass, S. 184.
147) Vgl. G. Just: a. a. O.: "Skatspiel und Kartenhaus hätten dann ähnliche Funktion wie die Trommel, nämmlich: legitime Distanzierung von der bedrängenden Realität durchs Spiel."
148) D. Arker: a. a. O., S. 328.

〈표 1. 소설 『양철북』의 인물구도〉

가해자(Täter)	관망자/동조자 (Zuschauer/Mitläufer)	희생자(Opfer)
	오스카(Oskar)	
지방경찰(Landgendarmen) 향토방위대(Heimwehr) 돌격대원 마인 (SA-Mann Meyn) 증인 루치 렌반트 (Zeugin Luzie Rennwand) 상병 랑케스 (Obergefreiter Lankes) 차이틀러(Zeidler) 녹색모자를 쓴 두 사나이(Grünhüter)	할머니 안나(Anna) 어머니(Mama) ← 마체라트(Matzerath) ← 마리아(Maria) ← 베브라(Bebra) ← 클레프(Klepp) ← 비틀라(Vittlar)	콜야이체크 (Koljaiczek) 얀(Jan Bronski) 마르쿠스(S. Markus) 트루친스키 (H . Truczinski) 베룬(V. Weluhn) 파인골트(Fajngold) 그레프(Greff)

여기에서 가해자와 관망자는 이 소설의 중심적 대립을 이루면서 줄거리를 전개해 나가고 있다. '←'로 표시된 인물들은 관망자에서 가해자로 전환될 가능성을 지닌 인물들이다. 마체라트는 파시즘에 동원된 소시민계급의 대표적 인물로서, 마리아는 과거를 망각하고 전후 서독사회에 재빠르게 적응하는 인물로서, 베브라는 나치의 부역을 행한 인물로서 직접적인 가해자는 아닐지라도 위험성이 잠재된 인물들이다. 마찬가지로 카멜레온적인 성격의 클레프와 오스카의 고소인인 비틀라 역시 가해자로서의 경향성이 잠재되어 있다. 이들 주변인물 가운데 몇몇 인물들의 행동유형과 특성을 고찰해 봄으로써 인물구도의 전체적인 조망에 이르고자 한다.

먼저 마체라트보다 더욱 과격한 인물로 설정되어 있는 음악가 마인의 개인적 특징을 살펴보자. 그를 주로 묘사하고 있는 곳은 "믿음 소망 사랑 Glaube Hoffnung Liebe" 장이다. 여기서는 마인에 대한 다음의 이야기가 여러 차례 반복되고 있다.

옛날에 한 사람의 음악가가 있었다. 그 사나이는 마
인이라는 이름으로 트럼펫을 아주 잘 불 줄 알았다.
어느 아파트의 지붕 밑 5층에 살면서 그는 네 마리
의 고양이를 기르고 있었는데, 그 중의 한 마리는
비스마르크라는 이름이었다 [⋯].

Es war einmal ein Musiker, der hieß Meyn und
konnte ganz wunderschön Trompete blasen. In der
vierten Etage unter dem Dach eines Mietshauses
wohnte er, hielt sich vier Katzen, deren eine
Bismarck hieß [⋯]. (Bt. 236)

이 장에서 "옛날에 Es war einmal⋯"라는 첫머리 말이 23회 반복되
고 있다.149) 이는 첼란(Paul Celan)의 시 「죽음의 푸가 Todesfuge」를
연상시키는 구조이다. 음악에서 푸가 형식이란 여러 개의 성부
(Stimme)가 있어서 그 하나가 울린 주제를 다른 성부가 화답하며 변
주하는 식으로 구성되는 형식이다. 「죽음의 푸가」에서도 "아침의 검
은 우유⋯ Schwarze Milch der Frühe⋯"로 시작하는 제1주제가 제시
부로 주어지면 다음에는 "우리가 마신다 Wir trinken"라는 부분이 대
응하면서 되풀이된다. 『양철북』의 '믿음 소망 사랑' 장에서 '수정(水
晶)의 밤 Kristallnacht'150)이 묘사된다든지, 히틀러를 암시하는 "가스

---

149) 마인에 대한 서술 부분이 10회, 시계공(Uhrmacher)에 대해서 4회, 네
마리의 고양이에 대해서 2회, 마체라트에 대해서 1회, 장난감가게 주인
(Spielzeughändler)에 대해서 3회, 오스카에 대해서 3회 반복되고 있다.

150) 1938년 11월 9일과 10일 나치 독일이 유대인과 유대인 재산에 폭력을
휘두른 사건이 발생했던 밤을 말한다. 사건 후 깨진 유리조각이 흩어져
있었던 데서 이런 이름이 붙여졌다. 그날 밤의 난동으로 유대인 91명이

수리공 Gasman"(Bt. 244)이 언급되는 정황으로 볼 때, 작가 그라스가 가해자의 대표 격인 마인을 「죽음의 푸가」의 "그(독일에서 온 사나이)"와 대비시켜 비가적 장중함을 이끌어내면서 유대인 학살을 묘사하고자 한 것이라 할 수 있다. 마인은 공산주의와 나치즘을 오가는 극단적 성격의 인물이다. 한 때 공산당원이었던 그는 점차 갈색의 제복을 갖춰 입으면서 나치돌격대(SA, Sturmabteilung)에 들어간다. 또한 예전에 그는 트럼펫 음악을 즐기고 네 마리의 고양이를 좋아했으며 게으름을 피우며 술에 취해서 살았으나 돌격대원이 된 이후 술을 끊고 고양이까지 죽인다. 술에 취해 살면서 트럼펫을 잘 불던 마인의 내면성(Innerlichkeit)은 과격하고도 극단적 행동을 보이면서 점차 질서 속으로 편입되어 간다. 그는 무기력함과 권태를 벗어나서 비로소 갈색의 제복을 입은 가해자로 나타난 것이다. 또한 고양이를 잔인하게 죽인 행위에서 그의 새디즘(Sadismus)적 경향을 발견하게 된다. 이는 의심할 여지없이 나치의 새디즘적 측면을 드러내고자 하는 그라스의 의도이다. 결국 마인은 '수정의 밤'에 테러의 주역으로서 행동한다.

채소상 그레프는 채소상점 경영에서 만족을 얻지 못하고 보이스카웃(Pfadfinder)의 지도자 활동에 심취하는 인물이다. 다음의 인용은 이같은 그레프의 모습을 잘 보여준다.

> 그레프는 그 무렵 이미 영업에서 상당히 고초를 겪고 있었다. 도량형 검정국의 검사관이 저울과 추를 검사하면서 몇 가지를 지적하지 않을 수 없었던 것

죽고 7500여 개의 유대인 상점이 약탈당하고 약 177체의 유대교 회당이 불에 타거나 파괴되었다. '수정의 밤'과 그 여파는 나치가 유대인 박해정책에 박차를 가하는 주요 계기가 되었다.

이다. 사기라는 말을 듣게 되었다. 그레프는 벌금을
지불하고, 새 추들을 사지 않으면 안 되었다. 예전
처럼 근심이 많은 그를 유쾌하게 해줄 수 있었던
것은 그의 책들과 가정에서의 편안한 저녁시간과,
보이스카웃과 함께 가는 주말산행뿐이었다.

Greff hatte schon zu jener Zeit viel Ärger im
Geschäft. Prüfer vom Eichamt hatten beim
Kontrollieren der Waage und Gewichte einiges zu
bemängeln gehabt. Das Wörtchen Betrug fiel.
Greff mußte eine Buße zahlen und neue Gewichte
kaufen. Sorgenvoll wie er war, konnten ihn nur
noch seine Bücher und die Heimabende und
Wochenendwanderungen mit seinen Pfadfindern
aufheitern. (Bt. 97f.)

그는 영업상의 근심으로부터 보이스카웃이라는 로만주의의 세계
로 도피하고자 한다. 경제적 현실로부터 도피하게 되는 원인을 오
스카는 "사기"라는 단어에서 찾고 있다.

여기서 나는 확신하건대, 그레프는 속일 생각은 없
었다. 큰 감자 저울은 이 채소상이 몇 번의 조작이
취해진 후에 오히려 이 사나이에게 손해가 되도록
작용되었다는 것이 진상이었다.

Dabei bin ich sicher, Greff wollte nicht betrügen. War
es doch so, daß die große Kartoffelwaage zu Greffs

Ungunsten wog, nachdem der Gemüsehändler einige
Änderungen vorgenommen hatte. (Bt. 361)

사기 혐의에서 드러나는 영업에서의 고초는 그레프가 직업에서
어떤 의미를 찾지 못하고 있음을 보여준다. 그는 경제적 현실의 무
의미함(Sinnlosigkeit)을 삶의 미학화(Ästhetisierung)를 통해서 극복
하고자 시도한다. 그 예로서 다음의 인용은 그가 팔고 있는 감자에
대한 미학적 찬사이다.

> "이 진귀한 감자를 좀 보세요 [⋯]. 이 부풀어 올라
> 서 풍만해 있으면서 여전히 새로운 형태를 고안해
> 내는, 더군다나 순결무구한 이 과육. 나는 감자가
> 좋아요. 감자는 내게 이야기를 걸어오니까요!"

> "Beachten Sie bitte diese außergewöhnliche
> Kartoffel [⋯]. Dieses schwellende, strotzende, immer
> wieder neue Formen erdenkende und dennoch so
> keusche Fruchtfleisch. Ich liebe die Kartoffel, weil
> sie zu mir spricht!" (Bt. 356)

보이스카웃 소년들과 어울려 노래하기를 좋아하고, 남성적인 것을
지향하며, 때론 냉수욕을 즐겼던 그의 주변에 변화가 온 것은 1941년
이후이다. 그전에 이미 보이스카웃의 클럽이 해산 당했어도 옛 대원
들이 그를 찾아와 합창을 하곤 하였다. 그러나 점차 젊은 친구들이 그
의 주변에서 사라져 전선으로 흩어졌고, 그중 한 명의 전사 소식이 알

려진 이후, 그는 "의미 없는 소음기 sinnlose Lärmapparate"(Bt. 378)를 만드는 등 기계설비에만 몰두하더니, 결국 자신이 고안한 기계장치에서 "마지막 요란한 소음과 함께 비극적 불협화음의 피날레 ein endliches scheppperndes, tragisch mißtönendes Finale"(Bt. 380)를 장식하며 자살한다.

한편 소시민성과 관련하여 그레프를 해석하는 것은 한계가 있다. 외견상 그가 가진 직업이나 활동 그리고 성향은 나치시대의 소시민성과 일치하지만, 그는 결국 다른 소시민들과는 다른 길을 간다. 그의 이데올로기적 경향은 다분히 보수적이고 민족주의적이다. 그의 정신세계에는 절대적 미학의 세계가 존재한다고 말할 수 있다. 기계설비와 같은 자기 세계에 몰두하여 외부적 현실에 등을 돌린다는 점에서 그러하다. 특히 그의 최후의 운명은 그를 소시민성의 잣대로 평가하는 것을 더욱 어렵게 만든다. 그레프를 국내 망명으로 파시즘과 거리를 둔 문인들과 비교해볼 때 비로소 그에 대한 해석의 가능성이 열린다.

그레프는 국내망명 작가, 그 중에서도 특히 윙어(Ernst Jünger)[151]를 패러디한 인물로 이해될 수 있을 것이다. 강한 독일 민족주의적 경향과 남성적인 것의 추구, 사상에 있어서 파시스트 이데올로기와의 유사성 등은 윙어와 그레프의 공통점이다. 또한 그레프가 자살로 종말을 고한 것은 나치에 대한 윙어의 결별과 절필을 상기시킨다. 윙어가 나치들로부터 등을 돌린 것은 "정치적 확신에서라기보다는 귀족주

---

151) 에른스트 윙어는 제1차대전에 참전한 경험을 작품으로 발표하여 "군인적 민족주의 soldatischer Nationalismus"의 대변자가 되었다. 나치가 권력을 잡게 되자 그는 베를린을 떠나 시골에 머물면서 창작을 기피해 왔기에 국내 망명작가로 분류되지만, 그의 작품은 제3제국 시대에 대단한 인기를 끌었다.

의적인 속물근성 때문"152)이라는 견해도 있다. "윙어는 그 자신의 고백에 의하면 '보다 높은 관점'에서 '빈대들이 서로를 먹어치우는 모습'을 관찰하였다."153) 이러한 윙어의 "보다 높은" 미학적 관점은 그레프의 삶의 미학화와 크게 다르지 않다. 이러한 사실에서 저항행위보다는 현실로부터 개인적 문학의 영역에 머물러 있었던 국내망명 작가에 대한 비판을 드러내고자 한 그라스의 의도를 찾을 수 있다.

베브라라는 인물에서도 역시 국내망명 작가 혹은 예술가에 대한 패러디는 계속되고 있다. 난쟁이 광대인 그를 오스카는 "세 번째 교사 dritter Lehrer"(Bt. 376)라고 명한다. 그는 어느 정도 초월적 존재로서 오스카의 정치적인 상황을 정확히 통찰하고, 오스카에 관한 일(예를 들면 어머니의 죽음에 오스카의 책임이 있는 것) 역시 꿰뚫어 보고 있는 듯 말한다.154) 오스카는 약간의 정치적 의견 차이에서 결국 서로의 길이 갈라졌다고 서술하면서 베브라의 진술을 옮긴다.

> 그는 시대의 어려움을 말하면서 약자는 당분간 몸을
> 숨기고 있어야 되며, 그래도 가슴속에는 남모르게 저
> 항의 꽃이 피어 있노라고 말했다. 요컨대 그 무렵의
> 말로 '국내망명'에 해당된다는 것이었다. 그 때문에
> 오스카의 길과 베브라의 길은 서로 멀어지게 되었다.

---

152) W. Beutin: Deutsche Literaturgeschichte, S. 394: "Ernst Jünger wandte sich eher aus aristokratischem Snobismus denn aus politischer Überzeugung von den Nationalsozialisten ab."

153) W. Beutin: a. a. O.: "Von einem "erhöhten Standpunkt" aus betrachtete Jünger nach eigenem Eingeständnis, "wie sich die Wanzen gegenseitig auffressen"

154) Vgl. Bt. 684: "War es nicht so, daß er seine arme Mama ins Grab trommelte?"

Von den schwierigen Zeiten sprach er, von den
Schwachen, die zeitweilig ausweichen müßten,
vom Widerstand, der im Verborgenen blühe, kurz,
es fiel damals das Wörtchen "Innere Emigration",
und deswegen trennten sich Oskars und Bebras
Wege. (Bt. 377)

난쟁이 베브라에게 있어서 전선극장 광대로서 나치에 부역
(Zuliefererdienst)을 한 것은 생존을 위한 선택일 수밖에 없었다. 나치
는 무가치한 생명의 근절을 위해서 소위 '안락사 Euthanasie' 프로그
램을 가지고 있었기 때문임을 위의 인용에서도 엿볼 수 있다. 따라서 그
를 국내 망명지식인의 일례로 보는 것은 문제가 있을 수 있으나, 베브라
가 자신을 설명할 때의 귀족출신(오이겐 왕자의 직계로서 루이 14세 가
문 출신)임을 언급하는 것이라든지155), 그를 괴테와 라스푸틴에 이은
세 번째 교사라고 본다든지, 또 "코스모폴리턴 Kosmopolit"(Bt. 376)이
라는 호칭을 쓰는 등의 정황으로 보아 국내망명 지식인들의 패러디로
서 이해하기에 근거가 부족하지는 않다. 특히 국내망명의 대표자인
고트프리트 벤의 행적을 볼 때 더욱 그러하다. 벤은 한 동안 나치즘에
동조한 작가였으며, 나치즘을 공공연히 지지하였으나 이후 나치즘과
결별하고 시인으로서 침묵하였다. 이를 그 자신은 '귀족적인 형태의
망명'이라고 표현한 바 있다.156) 이와 같이 그레프와 베브라가 소시

---

155) Vgl. Bt. 132: "mein Name, stamme in direkter Linie vom Prinzen
Eugen ab"

156) Vgl. W. Beutin: Deutsche Literaturgeschichte, S. 394: "Benn gehörte
zeitweilig zu den Mitläufern des Nationalsozialismus. Nach der
Machtergreifung hat er ihn offen unterstützt [...]. Seiner späteren
Abwendung von den Nationalsotialisten, seinem Verstummen als Dichter

민의 모델이라기 보다는 국내 망명지식인으로 보는 것이 타당하다고 말할 수 있다.

알렉스 셰플러와 그레트헨 셰플러 부부는 나치의 프로파간다에 현혹된 소시민계급의 전형을 보여주고 있다. 그들은 해마다 나치의 노동자 유람단인 "카데에프 KdF, Kraft durch Freude"157)의 '빌헬름 구스틀로프 Wilhelm Gustloff' 호158)를 타고 여행을 즐길 수 있

---

und seinem Eintritt in die Wehrmacht als Stabsarzt, von ihm als "aristokratische Form der Emigration" ausgegeben, fehlt jegliche antifaschistische Qualität."

157) '기쁨을 통한 힘 Kraft durch Freude, KdF'이란 모토 아래 나치가 추진한 노동자들의 휴가여행 정책. 나치정권으로서는 경제적으로 큰 부담 없이 수행할 수 있었던 이 정책은, 노동자들에게 유람선으로 각지를 여행하며 휴가를 즐길 수 있게 했던 것으로 프로파간다에 이용되었다.

158) '빌헬름 구스틀로프' 호는 한 유대인에 의해 암살된 스위스의 나치 하부조직의 간부의 이름에서 명명된 '카데에프' 선단 소속의 배였다. 이 배는 1945년 1월 30일 동부지역 피난민을 싣고 서쪽으로 향하던 중 소련 잠수함의 공격을 받아 침몰하여 1만 명에 가까운 인명이 죽었는데, 그 중에는 많은 어린이들도 포함되어 있었다. 귄터 그라스는 이 사건을 소재로 삼아 소설『게걸음으로 Im Krebsgang』(2002)를 썼다. 이 소설의 서술자는 이 '카데에프' 정책이 나치즘의 선전에 얼마나 효과적이었는지를 다음과 같이 서술하고 있다.

> 신문기자로서 나는 입수 가능한 자료들을 검토하면서 자문해 보았다. 권력 장악으로 생겨난 국가와 유일 정당이 어떻게 해서 그렇게 짧은 기간 내에, 노동전선에 편입된 노동자와 사무직원들을 침묵시켰을 뿐만 아니라 더 나아가서 협력케 하고, 지시된 행사 때에는 집단으로 환호성을 지르도록 유혹하는 데 성공할 수 있었단 말인가? 부분적인 해답은 나치 단체인 '카데에프'의 활동에서 찾을 수 있다. 많은 생존자들은 이 단체에 대해서 그 뒤에도 오랜 기간 동안 내밀하게 열광했던 것이다 […].

> Als Journalist habe ich mich bei der Sichtung des mir zugänglichen Materials gefragt: Wie konnte es dem durch Ermächtigung entstandenen Staat und der einzig überig- gebliebenen Partei in so kurzer Zeit gelingen, die in der Arbeitsfront organisierten Arbeiter und Angestellten nicht nur zum Stillhalten, sondern zum Mitmachen, alsbald zum Massenjubel bei

었기 때문에 나치즘에 열광하였던 소시민계급의 인물이다. 셰플러 부부의 집 내부가 카데에프 유람단의 기념품들과 손수 뜨개질 한 편물들로 장식되어 있는 것도 바로 이 때문이다. 이 편물들이 상징 하는 목가성과 '카데에프' 기념품이 상징하는 야만성이 병존하고 있 다는 점에서 독일 소시민계급의 아이러니가 관찰된다. 평범한 소시 민의 삶에 이미 내재되어 있던 나치의 야만성이 이보다 더 잘 드러 날 수는 없을 것이다.

이상에서 살펴본 것처럼 주인공 오스카의 주변인물들의 구도는 파시즘의 온상으로서의 독일 소시민계급의 심리적 상황과 이들의 정치적 혹은 이데올로기적 변신과정을 잘 보여주고 있다. 또한 이 들의 말과 행동에는 나치시대의 소시민적 지식인과 예술가에 대한 알레고리가 숨어 있음을 알 수 있다.

3. 목가성에 내재된 야만성

1) 소시민 세계의 답답한 분위기

권터 그라스 자신뿐만 아니라 비평가들도 그가 소시민 출신이며, 『양철북』을 비롯한 단치히 3부작에서 소시민들의 세계를 묘사하고 있다는 데에 일치된 견해를 보이고 있다. 다음의 인터뷰를 보면 이 러한 자신의 출신에 대한 집착과 이를 자기 문학에서 어떻게 묘사

---

angeordneten Anlässen zu verleiten? Eine Teilantwort ergibt sich aus den Tätigkeiten der NS-Gemeinschaft "Kraft durch Freude", von der viele Übriggeblibene ins geheim noch lange schwärmten [···].
(Günter Grass: Im Krebsgang, Göttingen 2002, S. 39).

하고자 했는지가 잘 드러난다.

나의 세 편의 산문작품(『양철북』, 『고양이와 쥐』, 『개
들의 시절』)에서 나는 소시민적 편협함 속에 존재하는
그들의 모순과 부조리성, 그리고 그들의 엄청난 범죄
와 더불어서 한 시대 전체의 현실을 문학이란 형식 속
에 묘사하고자 노력했다.

In meinen drei Prosawerken-Die Blechtrommel, Katz und
Maus und Hundejahre-war ich bemüht, die Wirklichkeit
einer ganzen Epoche, mit ihren Widersprüchen und
Absurditäten in ihrer kleinbürgerlichen Enge und mit
ihren überdimensionalen Verbrechen, in literarischer
Form darzustellen.[159]

그는 자기 자신의 체험 속에 생생하게 살아 있는 소시민성을 묘사하
면서 바로 소시민들의 의식세계가 독일의 비극이 뿌리내린 토양이 되었
다고 보고, 세부적 현실의 관찰을 통해 이러한 소시민적 속성을 파헤쳐
서 이들이 나치즘의 토대임과 동시에 나치즘을 등장시킨 계층이었다는
것을 이 작품 속에 생생하게 드러내고 있다. 『양철북』에서 그는 "비정치
적인 소시민층이 나치정권의 세계관과 같은 하나의 세계관의 담지자로
서 얼마나 잠재적으로 정치적인가"[160]를 보여주고자 시도했다.

---

159) Heinz Ludwig Arnold/ Franz Josef Görtz (Hrsg.): Dokumente zur
politischen Wirkung, S. 47.
160) Geno Hartlaub: Wir, die wir übriggeblieben sind..., in: G. Loschütz
(Hrsg.): Von Buch zu Buch, S. 211-216. hier: S. 212: "wie latent

이렇게 소시민의 세계를 해부하여 그 내부에 존재하는 세부적 현실과 소시민들의 태도, 사고방식과 심리적 상태를 미시적으로 관찰하려는 것이 그의 묘사의 특징이라고 볼 수 있다. 그에게 있어서 소시민 세계는 고향 단치히 교외에 자리잡은 랑푸르(Langfuhr)라는 공간적 배경과 독일인 식료품상인 아버지와 카슈바이 가계의 어머니 사이에 태어난 출생 배경, 그리고 나치가 득세하던 1930년에 어린 시절을 보내고 히틀러소년단(Hitlerjugend)에 가입하여, 제2차 대전에 공군보조원으로 전쟁을 경험하였고, 전쟁포로생활까지 경험한 그의 자전적 시대체험을 토대로 형성되고 있다. 먼저 고향 단치히는 그의 "문학적 원천이 묻혀있고 파묻혀 있는 곳이다".161) 이 곳에서 그는 도시 소시민들과 농민들의 세계를 경험하면서 그곳에 혼재된 민족과 종교의 갈등을 보고 자랐다. 이러한 단치히 소시민 세계에서의 성장환경을 『양철북』의 서술자는 다음과 같이 묘사하고 있다.

> 여러분은 말씀하시겠지요, 그렇게 좁은 세계에서
> 그 젊은이가 배우며 성장해야 했다니! 식료품점과
> 빵집과 채소상점 틈에서 그가 장차 어른으로서 살
> 아가기 위한 무기를 주워 모아야 했었구나 라고요.
> 오스카가 그의 매우 중요한 최초의 여러 가지 인상
> 을 참으로 곰팡냄새 나는 소시민적 환경에서 모았
> 다는 것을 내가 인정한다고 할지라도, 결국에는 또

politisch die unpolitischen kleinbürgerlichen Schichten als Träger einer Weltanschauung wie die des NS-Regimes gewesen sind."

161) Vgl. zit. nach Volker Neuhaus (Hrsg.): Die Danziger Trilogie von Günter Grass. Texte, Daten, Bilder, Frankfurt am Main 1991, S. 56: "16. Oktober geboren dort, wo eigentlich auch die Quelle meiner Literatur begraben und vergraben liegt."

한 사람, 세 번째 교사가 있었답니다.

Sie werden sagen: In welch begrenzter Welt mußte sich der junge Mensch heranbilden! Zwischen einem Kolonial- warengeschäft, einer Bäckerei und einer Gemüsehandlung mußte er sein Rüstzeug fürs spätere, mannhafte Leben zusammenlesen. Wenn ich auch zugeben muß, das Oskar seine ersten, so wichtigen Eindrücke in recht muffig kleinbürgerlicher Umgebung sammelte, gab es schließlich noch einen dritten Lehrer. (Bt. 376)

서술자이자 주인공 오스카는 자신의 성장환경을 "곰팡냄새 나는 소시민적 환경"이라고 서술하고 있다. 이는 작가 그라스의 성장환경을 말하고 있는 부분이기도 하다. 그라스의 가정은 이러한 단치히 소시민 세계의 축소판이었다. 그의 부모는 신교도와 구교도간의 결합, 독일인과 카슈바이계 폴란드인의 결합을 이루고 있다. 또한 부모의 소시민적 환경과 정서는 소년 그라스의 인생관을 결정짓고 있는 요소이다. 협소한 임대주택(Mietskaserne)의 공간에서 이루어지는 그의 가정의 일상적 삶의 모습은 『양철북』의 전경으로서 자리 잡고 있는 것이다. 오스카의 또 다른 서술에서는 소시민 환경의 옹색함을 표현하고 있다.

점포와 붙어 있는 주택은 비좁은 데다 조잡하게 지어졌으나, 내가 이야기로만 알고 있는 트로일의 집 상태와 비교하면 소시민의 집으로선 만족할 만한 것이었다. 사실 어머니는 적어도 결혼한 후 최초의

수년간은 라베스베크에서 만족한 심정으로 살고 있
었음에 틀림없다.

Die Wohnung, die sich dem Geschäft anschloß,
war zwar eng und verbaut, aber verglichen mit
dem Wohnverhältnissen auf dem Troyl, die ich
nur vom Erzählen her kenne, kleinbürgerlich
genug, daß sich Mama, zunindest während der
ersten Ehejahre, im Labesweg wohlgefühlt haben
muß. (Bt. 44)

한편 그라스의 시대적 체험은 그를 '시대의 증인'으로서 타자기
앞으로 이끌어간 중요한 요소이다. 그라스는 객관적인 연관관계 속
에서 그 시대적 현실을 미학적으로 반영하고자 하였다.

나는 나의 시대와 함께 성장하고, 또 거기에 속해
있다. 그러나 이것은 의무의 문제가 아니라 반영의
문제이다. 나는 이 시대의 산물이고 내가 갖고 있
는 가능성과 수단으로써 이 시대에 반응하고 있다.
나는 나의 주제들을 고를 수 없다. 그러나 이 주제
들이 나를 향해 다가오는 것이다.

Ich entwickle mich ja mit meiner Zeit, ich gehöre
ja zu ihr. Das ist aber keine Frage der
Verpflichtung, sondern der Spiegelung. Ich bin ein
Produkt dieser Zeit und reagiere auf diese Zeit mit
meinen Möglichkeiten und Mitteln. Ich kann mir

die Themen nicht aussuchen. Sie kommen aber auf
mich zu.[162)]

"시대의 산물"로서 그라스의 경험들은 '단치히 전설 Danzig-Saga'
의 구조에서 예술적으로 형상화되고 있다. 이의 형상화는 알레고리와
풍자, 패러디, 그로테스크 등의 기법을 사용한 '낯설게 하기
Verfremdung'의 구조를 통해서 달성되고 있다. 따라서 서술된 이야기
와 현실과의 관계가 독자들에게 신중히 매개될 것을 이 소설은 요구
하고 있는 것이다.

그라스에게 있어서 소시민의 세계는 먼저 감각적으로 파악된다.
그의 이런 경향은 그의 예술에 대한 태도에서 확인할 수 있다. 그
는 무엇이든 먼저 "손으로 만져볼 수 있는 것, 느낄 수 있는 것 냄
새 맡을 수 있는 것으로부터 시작한다"[163)]고 자신의 창작 태도에
있어서의 구체성과 감각성을 강조한 바 있다. "나는 내가 속해있는
그 숨막히는 분위기의 악취를 즐겨 맡는다"[164)]라고 말한 그에게 소
시민의 세계는 마치 화학자가 물질의 성분을 먼저 냄새로써 감지하
듯 후각적으로 감지된다. 그 냄새는 바로 '곰팡이냄새 나는 muffig'
'답답한 분위기 Mief'이다. 즉 '소시민의 답답한 분위기 der

---

162) WA. Bd X, S. 172 (Gespräch).
163) Vgl. Günter Grass: In einem Interview (Sonntagsblatt, 1. 1. 1967),
    zit. nach G. Hartlaub: Wir, die wir übriggeblieben sind..., S. 214:
    "Ich bin auf Oberfläche angewiesen. [···] Ich gehe vom Betastbaren,
    Fühlbaren, Riechbaren aus."
164) Günter Grass: In einem Interview (Spiegel. 11. 8. 1968), zit. nach D.
    Arker: a. a. O., S. 299: "Ich rieche gerne den Mief, zu dem ich
    gehöre."

kleinbürgerliche Mief'인 것이다.

> 그들의[독일인의] 과묵함이 나를 달변으로 만들고,
> 그들의 우직함이 나로 하여금 말 보따리를 풀어놓
> 게 한다. 그것이 당시 사회주의적인 색채를 띠거나
> 아니면 기독교적, 보수적 혹은 자유주의적 색채를
> 띠거나 간에, 기꺼이 나는 소시민들이 꿈꾸는 답답
> 한 분위기를 그리고 있다. 나는 그러한 소시민적
> 상황의 출신이고 이러한 답답한 분위기에 한몫 거
> 들고 있다.

> Ihre Schwerfälligkeit macht mich beredt; ihr
> Biedersinn öffnet mir Wortkaskaden; mit Vorliebe
> zeichne ich den Mief ihrer kleinbürgerlichen
> Träume nach, ob er nun sozialistisch oder
> christlich, konservativ oder liberal gefärbt ist. Ich
> komme aus solch kleinbürgerlichen Verhältnissen
> und habe Anteil an diesem Mief.[165]

그라스는 소시민성에 대한 구체적인 인상을 '곰팡냄새'나 '답답한
분위기'로 표현하고 있다. 이러한 냄새는 궁핍함과 불량한 환기상태
가 원인이 되어서 발생한다. 환기되지 않은 케케묵은 분위기는 단
지 언어적 표현에서 연상되는 소시민적 환경의 옹색함만을 표현하
는 것이 아니라, 당시 소시민들의 편협한 이데올로기도 아울러 말
해주고 있는 것이다. 즉, 그라스는 이 감각적 표현을 통해서 소시민

---

165) WA. IX, S. 201 (Rede von der Gewöhnung).

들의 정신상태의 부조리함과 여기에서 비롯되는 속물근성, 기회주
의적 삶의 자세, 시대착오적이며 비정치적인 현실 감각을 총체적으
로 표현한 것이라 할 수 있다. 소시민 세계의 이 케케묵은 곰팡냄
새는 소시민성과 동일시되고 있으며 나치즘의 퇴행적 이데올로기와
의 연관성을 지니고 있다. 이는 단지 그들의 구체적 삶의 구석구석
을 대표하고 있는 인상의 감각적 표현일 뿐만 아니라, 미시적 삶의
내부에 전개되고 있는 소시민들의 편협성과 옹색함, 부조리와 이기
주의를 포괄하고 있는 소시민적 현실관에 대한 또 다른 표현에 다
름 아니다.

철학자 블로흐(Ernst Bloch)는 파시즘의 원인을 소시민계급의 시
대착오성(Ungleichzeitigkeit)[166]으로 설명하고 있다. 산업화과정에서
소시민계급이 시대의 발전을 좇아가지 못하고 오히려 역행하여 과
거적인 생산방식에 집착함으로써, 그들의 경제적인 상황이 황폐화
되었고, 좋았던 옛 시절에 대한 향수를 간직하게 되었으며 불만족
스러운 현실에 대한 대안으로서 반민주적이고 보수적인 해법을 찾
았다는 것이다.

물론 『양철북』에서 이러한 소시민계급과 역사적 상호작용이 직접
적으로 나타나고 있지는 않다. 또 당시의 사회적 환경이 소시민의 경
제적 상황에 미치는 영향이 나타나고 있는 것도 아니다. "이 소설은
내용상 소시민의 영역을 묘사하는 데에 제한되어 있을 뿐만 아니라
소시민에게 가능한 것과 같은 관찰방법으로 세계를 묘사하고 있다
."[167] 또 "이 소설이 이야기하는 것과 이야기 방식의 모든 것은 가공

---

166) Ernst Bloch: Der Faschismus als Erscheinungsform der Ungleichzeitigkeit,
     in: Ernst Nolte (Hrsg.): Theorien über den Faschismus, Köln 1976, S.
     182-204.

의 서술자인 오스카 마체라트에게 의존하고 있다."168)

『양철북』은 소시민들의 삶에 잠재적으로 내면화되어 있는 생존의
가치가 곧 나치체제라는 전체주의적 폭력구조의 토양이 되고 있음
을 잘 보여주고 있는 작품이다. 즉, 소시민의 '목가성 Idylle'은 나
치즘이라는 야만성(Barbarei)으로 치환되고 있다. 예를 들어 동화의
의상을 입고 있는 산타크로스(Weihnachtsmann)는 사실 가스설비공
이었고, '수정의 밤'에 그 잔인성을 드러낸다.

> 속아 넘어가기를 잘하는 온 국민이 모두 산타크로
> 스를 믿었다. 그러나 산타크로스는 사실은 가스설
> 비공이었다. [⋯] 그가 왔다! 왔어! 도대체 누가 왔
> 는데? 아기 그리스도냐, 구세주냐? 그렇지 않으면
> 언제나 째깍째깍 소리를 내는 가스 계측기를 팔에
> 낀 하늘나라의 가스설비공이 온 것인가?

> Ein ganzes leichtgläubiges Volk glaubte an den
> Weihnachtsmann. Aber der Weihnachtsmann war
> in Wirklichkeit der Gasmann. [⋯] Er kommt! Er
> kommt! Wer kam denn? Das Christkindchen, der

---

167) Heinz Hillmann: Günter Grass' Blechtrommel. Beispiel und
Überlegungen zum Verfahren der Konfrontation von Literatur und
Sozialwissenschaften, in: Manfred Brauneck (Hrsg.): Der deutsche
Roman im 20. Jahrhundert Bd Ⅱ, Bamberg 1976, S. 7~30, hier: S.
17: "Der Roman beschränkt sich nicht nur inhaltlich auf die
Darstellung des kleinbürgerlichen Bereichs, sondern stellt Welt auch
nur in der Sehweise dar, wie sie dem Kleinbürger möglich ist."
168) Ebd.: "Alles, was der Roman und wie er es erzählt, ist abhängig von
der fingierten Erzählergestalt Oskar Matzeraths."

Heiland? Oder kam der himmlische Gasmann mit
der Gasuhr unter dem Arm, die immer ticktick
macht? (Bt. 244)

그라스는 직접적으로 아우슈비츠를 말하지는 않지만 목가적 배경
의 산타크로스(Weihnachtsmann)가 사실은 가스설비공이었다는 사
실에서 은연중 그 시대의 야만성을 말하고 있다.[169] 겉으로 보기에
무해한 것 같은 상황은 사실은 은폐된 위험으로 묘사된다. 리히터
는 "사실 그라스에게서는 나치즘의 우스꽝스러운 것과 조야한 것이
전면에 부각되고, 위험스러운 것은 배후로 밀려나게 된다"[170]라고
설명하면서 "그라스는『양철북』에서 소시민계급의 의식상태를 미학
적으로 전환시켜, 나치즘에 대한 그들의 친밀성을 드러내는 것을
탁월하게 성취하였다"[171]라고 보고, "소시민의 이데올로기, 즉 소시
민의 답답한 분위기는 선험적 존재로서 나타나며, 이것이 파시즘을
낳는다"[172]라고 평가한다.

---

169) 괴벨스(Goebbels)는 히틀러의 성탄절 선물축제에서 "모든 어린아이들의
반짝이는 눈을 볼 때면 이렇게 말해야한다. 나의 지도자! 당신이야말로
모든 시대에서 가장 위대한 산타크로스입니다!"라고 말했다 한다. 사실
히틀러는 모든 시대에서 가장 위대한 방화범이자 가스맨이 된 것이다.

170) F. R. Richter: Günter Grass. Die Vergangenheitsbewältigung in der
Danziger-Trilogie, S. 69: "In der Tat rückt bei Grass das Lächerliche
und das Vulgäre des Nationalsozialismus in den Vordergrund, das
Gefährliche wird in den Hintergrund geschoben."

171) Ebd.: "In der Blechtrommel gelingt es Grass ausgezeichnet, den
Bewußtseinsstand des Kleinbürgertums ästhetisch umzusetzen und
dessen Affinität zum Nationalsozialismus herauszustellen."

172) Vgl. F. R. Richter: a. a, O., S. 106: "Die kleinbürgerliche Ideologie,
der kleinbürgerliche Mief erscheint als a priori vorhanden [···] und
gebiert den Faschismus."

2) 잠재된 폭력의 징후들

『양철북』에서 폭력은 미시적 차원에서 관찰되고 묘사된다. 그라스
는 거시적 차원에서의 국가적 폭력이나 전시상황의 묘사를 지양하고
소시민의 일상과 경험들을 세부묘사를 통해 재구성함으로써 폭력의
실체를 드러내고자 한다. 그 예로서 아이들 세계에 존재하는 폭력의
묘사를 통해 당시의 정치적 상황과 갈등을 드러낸다.

유치원에서 사촌 슈테판(Stephan)이 "폴란드놈 Pollack"173)이라고
조롱과 폭행을 당하고 그 사건으로 인해서 오스카도 유치원을 그만
두게 된다. 아이들 세계에서 정치와 연관된 폭력이 묘사되고 있는 것
이다. 서술자는 "정치가 관련될 때에는 언제나 폭력적 행동들이 생기
게 마련이다"174)라고 말한다. 이 작은 사건에서도 독일과 폴란드와
의 정치적 갈등의 일면이 관찰될 수 있는 것이다.

또한 오스카는 동네 아이들이 온갖 오물을 혼합하여 만든 '벽돌가
루로 만든 수프 Ziegelsuppe'를 강제로 마시게 된다.175) 신체적 왜
소함과 늘 북에 집착하는 기행 때문에 오스카는 또래 아이들에게 집
단 따돌림을 당한 것으로도 볼 수 있겠다. 그러나 동네 악동들의 이
와 같은 행동은 한 집단 내에서 소수자와 부적응자에 대해서 집단이
가하는 폭력에 대한 희화로서 또는 전체주의가 개인에게 가하는 폭
력의 비유적 에피소드라고 해석할 수도 있겠다.

그라스는 이처럼 미시적 차원에서의 폭력의 묘사를 통해 거시적,

---

173) 폴란드인에 대한 폄칭(貶稱).
174) Bt. 82: "Wie immer, wenn Politik im Spiele ist, kam es zu
    Gewalttätigkeiten."
175) Vgl. Bt. 112f.

역사적 차원의 폭력을 암시적으로 다루고 있으며, 또한 이러한 묘
사의 치밀함을 통해 독자는 한 시대의 진면목을 볼 수 있는 것이
다. 그라스에게 있어서 폭력은 극히 다양한 사회적 활동으로부터
요약되어 설명되어야 하는 근본적 개념이다.176) 즉, 폭력은 개인 대
개인, 집단 대 집단 그리고 국가 대 국가의 관계를 규정한다. 따라
서 폭력은 사회의 여러 관계를 포괄하는 "사회학적 분모 der
soziologische Nenner"177)라고 말할 수 있는 것이다. 폭력은 사람들
사이의 경계와 의사소통의 채널을 견고하게 규정하여 개인들의 개
체성을 제거시키고 거대한 규모의 단일한 인간집단으로 만들기 위
한 수단이 된다.

나치시대의 사회상을 다루는 서술자의 위상은 해설적 말참견이나
섣부른 판단이 배제된 채, 주인공 오스카의 경험영역의 내부에 머
물고 있다. 그가 동시대적 시점과 그 시대적 맹목성을 그대로 따르
는 가운데 소시민들의 일상적 행동과 단면적 사건들이 구체적인 시
대상으로 나타나는 것이다. 따라서 세부적 묘사의 행간에는 그 시
대의 참상과 공포에 대한 반작용이 결여되어 있지만 '블랙 유머
schwarzer Humor'를 통해서 풍자가 더욱 강렬해진다. 이러한 풍자
는 수용의 차원에서 독자들의 의식층위에 반영될 때 비로소 그 효
과를 낸다고 할 수 있다.

나치즘은 먼저 그 시대적 전조(前兆)를 통해서 집단주의와 획일
성을 드러내 보여주는 방식으로 묘사되고 있다. 오스카는 카펫 두

---

176) Vgl. D. Arker: a. a. O., S. 383: "Es ist evident, daß für Grass Gewalt
einen grundlegenden Begriff bezeichnet, von dem aus verschiedenste
gesellschaftliche Tätigkeiten zusammenfassend erklärt werden sollen."
177) Vgl. D. Arker: a. a. O., S. 385.

들기는 아낙네들을 관찰하고 그 소리를 묘사하면서 은연중 독일 파
시즘의 집단주의적 경향을 비유적으로 보여주고 있다.

> 토끼는 일년 내내 있었으나, 카펫은 거주자 규정에
> 의해 화요일과 금요일에만 털기로 되어 있었다. 그
> 런 날에는 이 공동주택의 안뜰의 크기가 분명해진
> 다. 백 개가 넘는 융단, 복도용 카펫, 침대용 카펫
> 들을 절임배추로 문지르고, 솔질하고, 두들겨서 결
> 국에는 수놓아진 문양이 드러나게 만드는 것을 오
> 스카는 다락방에서부터 듣고 또 보았다. 백 명이나
> 되는 주부들이 [⋯] 카펫을 건조대 위로 던져서 걸
> 치고, 엮어서 만든 총채를 손에 쥐고, 삭막하게 두
> 들기는 소리로 안뜰의 구석구석을 들썩거리게 했
> 다. [⋯] 카펫을 터는 백 명의 여인들은 하늘의 일
> 각을 공격하여 어린 제비들의 날개 끝을 무디게 할
> 수가 있고, 오스카가 4월 하늘에다 북을 쳐서 쌓아
> 올린 제단을 단 몇 번의 타격으로 무너뜨렸다.

> Während es die Kaninchen das ganze Jahre über
> gab, wurden die Teppiche, laut Hausordnung, nur am
> Dienstag und Freitag geklopft. An solchen Tagen
> bestätigte sich die Größe des Hofkomplexes. Vom
> Dachboden herab hörte und sah Oskar es: Über
> hundert Teppiche, Läufer, Bettvorleger wurden mit
> Sauerkohl eingerieben, gebürstet, geklopft und zum
> endlichen Vorzeigen der eingewebten Muster
> gezwungen. Hundert Hausfrauen [⋯] warfen die
> Teppiche über die Klopfstangen, griffen zu

geflochtenen Teppichklopfern und sprengten mit trockenen Schlägen die Enge der Höfe. […] Hundert teppichklopfende Weiber können einen Himmel erstürmen, können jungen Schwalben die Flügelspitzen stumpf machen und brachten Oskars in die Aprilluft getrommeltes Tempelchen mit wenigen Schlägen zum Einsturz. (Bt. 110)

이러한 "일치된 소리로 부르는 청결함에 대한 찬양 einmütige Hymne an die Sauberkeit"[178](Bt. 110)에 오스카는 혐오감을 느낀다. 그리고 이러한 안뜰은 그에게 두려움의 대상이 되어, 오스카는 이곳을 지배하고 있는 동네 아이들과도 거리를 둔다. 카펫을 두들기는 소시민들의 일상 속 한 장면이 나치시대의 집단주의에 대한 전조로 읽혀질 수 있다. 또한 베브라는 오스카를 처음 만났을 때 앞으로 다가올 시대에 대해서 다음과 같이 예언한다.

> "그들이 올 것이다! 그들은 식장을 메울 것이다! 그들은 횃불 행렬을 개최할 것이다! 그들은 연단을 만들어 연단에 사람들을 모으고 연단으로부터 우리들의 몰락을 설교할 것이다. 주의해서 보시오, 젊은 친구, 연단 위에서 무슨 일이 일어날지를! 언제나 연단 위에 앉도록 하고, 결코 연단 앞에는 서지 말도록 해요!"

"Sie kommen! Sie werden die Festplätze

---

178) Ebd.

besetzen! Sie werden Fackelzüge veranstalten! Sie
werden Tribünen bauen, Tribünen bevölkern und
von Tribünen herunter unseren Untergang
predigen. Geben Sie acht, junger Freund, was
sich auf den Tribünen ereignen wird! Versuchen
Sie, immer auf der Tribüne zu sitzen und
niemals vor der Tribüne zu stehen!" (Bt. 132f.)

곧 "횃불 행렬과 연단 앞의 행진의 시대 Die Zeit der Fackelzüge
und Aufmärsche vor Tribünen"(Bt. 133)가 시작됨으로써 베브라의
예언은 입증된다.

나치시대의 전조를 보여주는 또 하나의 에피소드는 헤르버트 트루친
스키(Herbert Truczinski)의 죽음이다. 그는 해양박물관의 수위로 일하
다가 '뱃머리의 형상 Gallionsfigur'인 니오베(Niobe)[179] 목각상에 매달
려 죽는다. 오스카는 이를 분명한 불행의 전조로 받아들이고 있다.

오스카는 오늘날에도 전조라는 것을 그다지 신뢰하
고 싶지 않다. 그래도 그 당시, 어떤 불행의 전조
는 분명히 존재했다. 그것은 점점 큰 장화를 신고

---

179) 그리스 신화에 나오는 탄탈로스의 딸이자 테베 암피온 왕의 부인이다.
자녀를 잃고 우는 어머니의 원형이다. 니오베는 6명의 아들과 6명의 딸
을 두었는데 쌍둥이인 아폴론과 아르테미스밖에 없는 티탄족 레토보다
아이를 많이 낳았다고 자랑했다. 그 자만심의 벌로 그녀의 아들과 딸 모
두 죽게 된다. 니오베는 고향 프리기아로 돌아가 시필루스 산의 바위가
되어 그 위에 눈이 녹아내릴 때마다 슬피 울부짖는다고 한다. 니오베 이
야기는 신들이 인간의 자만심과 교만에 대해 신속하게 복수한다는 내용
으로서 그리스 신화가 즐겨 다루는 주제이다.

더욱 큰 발걸음으로 점점 가까이 다가오고 있었다.
그때 나의 친구 헤르버트 투루친스키는 목각의 여
인으로부터 가해진 가슴의 상처가 원인이 되어 죽
었다. 그 여인은 죽지 않았다. 봉인되어 수리한다는
명목으로 박물관 지하실에 보관되었다. 그러나 사
람은 불행을 지하실에다 가두어 둘 수는 없다. 그
것은 오수(汚水)와 더불어 하수도에 흘러 들어가
가스관에 배어들어, 모든 가정으로 찾아온다. 그러
나 파란 불꽃 위에 수프 냄비를 올려놓는 사람 치
고 불행이 자신의 형편없는 음식을 요리하러 온다
는 것을 예감하는 자는 아무도 없다.

Oskar will heute noch nicht so recht an Vorzeichen
glauben. Dennoch gab es damals Vorzeichen genug
für ein Unglück, das immer größere Stiefel anzog,
mit immer größeren Stiefeln größere Schritte
machte und das Unglück umherzutragen gedachte.
Da starb mein Freund Herbert Truczinski an einer
Brustwunde, die ihm ein hözernes Weib zugefügt
hatte. Das Weib starb nicht. Das wurde versiegelt
und im Museumskeller, angeblich wegen
Restaurationsarbeiten, aufbewahrt. Doch man kann
das Unglück nicht einkellern. Mit den Abwässern
findet es durch die Kanalisation, es teilt sich den
Gasleitungen mit, kommt allen Haushaltungen zu,
und niemand, der da sein Suppentöpfchen auf die
bläulichen Flammen stellt, ahnt, daß da das
Unglück seinen Fraß zum Kochen bringt. (Bt. 236)

여기에서 투르친스키의 갑작스러운 죽음은 온갖 불행과 재앙[180]

을 몰고 다녔던 니오베 목각상과 관련되어 운명적인 죽음으로 처리
되고 있다. 마르크스주의의 신봉자이자 부두의 선술집 웨이터로서
거친 선원들과 술꾼들 틈에서 늘 위험 속에 살아오던 투르친스키의
등은 칼 맞은 흉터들 투성이였다. 마침내 그는 해양박물관 수위로
자리를 옮겼으나 목각의 여인상에 매달려 성적 결합을 시도하다가
죽음을 당한다. 그의 삶과 죽음은 독일 공산주의의 운명에 대한 희
화로서 해석될 수 있다. 트루친스키의 등에 새겨진 상처들은 공산
주의자들에 대한 온갖 박해와 테러의 역사를 상징하며, 마침내 그
가 죽음을 당한 것은 제국의회 방화사건(1933년 2월 27일)을 계기
로 나치에 의해 행해진 대대적인 공산주의자들의 숙청을 의미한다
고 볼 수 있다.

또한 위의 인용에서 불행이 "가스관에 배어들어, 모든 가정으로 찾
아온다"는 가스에 비유된 시대사의 불행은 소시민들의 평범한 일상에
찾아올 나치의 유대인 학살과 세계사적 파국을 암시하고 있다. 이는
일상사(Alltagsgeschichte)의 연구181)에서 나치시대의 사회적 실상을

---

180) 서술자의 보고에 의하면, 니오베 상이 해양 박물관으로 옮겨지고 나서
14년이란 짧은 기간 동안 두 명의 관장이 목숨을 잃었고, 늙은 신부가
죽었으며, 한 명의 공과대학생과 두 명의 김나지움 최상급생이 죽었고,
4명의 박물관 수위가 죽었다고 한다. Vgl. Bt. 226.

181) 1980년대 이후 독일(서독) 역사학의 새로운 흐름으로 등장한 역사연구의
한 경향으로서 사회의 구조적 측면보다는 인간의 경험에 대한 강조, 서
민의 일상적 생활과 문화, 특히 미시적인 연구대상에 대한 관심, 역사적
현상에 대한 인과적 분석과 설명이 아니라 의미에 대한 이해와 해석을
목표로 한 방법론의 추구 등으로 요약할 수 있다. 일상사는 소시민
(kleine Leute)으로 표현되는 하층 대중의 의식주, 노동과 여가활동, 질병
과 죽음, 가족생활과 이웃관계, 신앙과 공동체적 관습 등 일상적 삶의 온
갖 다양한 측면에 관심을 갖고, 이를 역사연구와 서술의 대상으로 삼고
있는 것이다. 이처럼 평범한 개인이나 집단의 일상적 경험을 재구성함으
로써 그들의 실제 삶의 모습이 어떠하였는지 구체적으로 보여주고자 한

설명할 때 자주 등장하는 '악의 평범성 Banalität des Bösen'이라는
테제와 그 맥락을 같이하고 있다. 이 연구에 따르면 권력에 의한 야만
적 범죄행위가 일상화되었던 나치 집권기에는 평범한 일상 자체가 악
의 성격을 내포하고 있었으며, 제3제국의 일상에는 나치정권의 범죄
행위를 가능하게 한 사회병리적인 요인이 존재했다는 것이다.[182] 그
라스 역시 나치시대의 사회상을 소시민들의 평범한 일상에 대한 정밀
묘사를 통해서 그려내고 있는 것이다.

나치시대의 본격적인 도래와 함께 오스카의 집에도 찾아온 사소
한 변화는 시대적 가치관의 변화를 잘 드러내어 주고 있는데, 피아
노 위에 걸려있던 베토벤의 초상이 철거되고 히틀러의 초상이 그
자리를 대신하게 된다.

> 심각한 음악에는 어떤 흥미도 없는 마체라트는 거
> 의 귀머거리였던 음악가를 완전히 추방하고 싶어
> 했다. 그러나 [⋯] 어머니는 베토벤을 소파 위가 아
> 니면 그릇장 위에다 옮길 것을 주장했다. 그래서
> 모든 대결들 중에서도 가장 암울한 저 대결이 이루
> 어지게 되었는데, 즉 히틀러와 천재가 마주 보고
> 걸려서 서로를 노려보며, 서로 뚫어져라 쳐다보면
> 서도 상호간에 유쾌해 질 수가 없었던 대결이 그것
> 이었다.
> **Matzerath, der für ernste Musik nichts übrig hatte,**

다. 구체적인 연구 성과로서는 노동사 분야의 경우 니트하머(L.
Niethammer), 브뤼게마이어(F. Brügermeier), 뤼트케(A. Lüdtke) 등의
연구와 나치즘 분야의 경우 포이커르트(D. Feukert)와 브로스차트(M.
Broszat), 헤르버트(U. Herbert) 등의 연구가 대표적이다.
182) 안병직 외: 오늘의 역사학, 한겨레신문사 1998, 62쪽 참조.

wollte den fast tauben Musiker ganz und gar
verbannen. Mama jedoch [···] bestand darauf, daß
der Beethoven, wenn nicht über die Chaiselongue,
dann übers Büfett käme. So kam es zu jener
finstersten aller Konfrontationen: Hitler und das
Genie hingen sich gegenüber, blickten sich an,
durchschauten sich und konnten dennoch
aneinander nicht froh werden. (Bt. 134)

이렇게 베토벤과 히틀러를 마주 세운 것은 토마스 만의 『파우스트
박사 Doktor Faustus』에서 아드리안 레버퀸(Adrian Leverkühn)이 베토
벤의 제9번 교향곡을 철회해 버리는 것과도 비교될 수 있으며, 독일
정신사의 파국을 예고하고 있는 것이기도 하다.

제1부의 마지막 장인 '믿음 소망 사랑'에서는 '수정의 밤'에 저질
러진 나치의 만행이 우의적인 방법으로 묘사되는데, 음악가 마인의
활약상과 마체라트의 동조, 그리고 마르쿠스의 종말 등이 그것이다.
새로운 인생의 시작을 위해 기마 돌격대의 군악대원으로 입당한 마
인은 어느 날 그가 기르던 고양이 네 마리를 죽인 것 때문에 동물
애호가협회에 기소당한다. 그는 기마 돌격대로부터 추방을 모면하
고자 앞장서서 유대인 회당을 불태우고 유대인 학살에 참여한다.
고양이를 죽인 것은 동물학대죄로 벌을 받으나 유대인을 죽이는 것
에 대해서는 관대한 시대적 상황에 독자들은 아연해질 수밖에 없
다. 또한 마체라트는 "시내에서 무슨 일이 일어났기 때문에 그의
가게문을 닫고"[183) 유대 회당이 불타는 곳으로 가서 "공인된 모닥

---

183) Vgl. Bt. 241: "der schloß an einem Novembertag sein Geschäft, weil
    in der Stadt etwas los war."

불 위에서 그의 손가락과 감정을 따뜻하게 했다".184) 오스카 역시 나치의 재앙에는 아랑곳하지 않고 양철북의 조달만을 걱정하면서 "자기 같은 난쟁이 양철북 연주자에게 고난의 시대가 시작되는 것을 예감"185)하면서 폐허가 된 마르쿠스의 가게에서 "온전한 북 한 개와 비교적 손상이 적은 북 두 개 eine heile und zwei weniger beschädigte Trommeln"(Bt. 243)를 골라 나온다. 또 시립 극장 주변에서는 "경건한 부인들과 추위에 떠는 못생긴 소녀들 religiöse Frauen und frierende häßliche Mädchen"(Bt. 243)이 종교 소책자를 돌리면서 "믿음-소망-사랑 Glaube-Hoffnung-Liebe"이라는 현수막을 펼쳐들고 있다. 시대의 참상이 진행되고 있는 한편에서 인물들의 행동은 지극히 평범하고 일상적인 것들에 집착하고 있어서 '조소하는 듯한 대조 der höhnische Kontrast'186)를 이루고 있다. 이러한 악이야말로 바로 평범한 일상 속에서 존재하는 악이라 할 수 있는 것이다. 따라서 대다수 소시민들은 나치 정권의 단순 가담자(Mitläufer)가 아니라 희생자(폴란드인, 유대인, 집시 등)들에게 해악을 저지른 가해자라고 할 수 있다.

---

184) Vgl. Bt. 242: "[Er] wärmte seine Finger und seine Gefühle über dem öffentlichen Feuer."

185) Vgl. Bt. 243: [Er ahnte,] "daß sich gnomhaften Blechtrommlern, wie er einer war, Notzeiten anküntigten."

186) Vgl. U. Liewerscheidt: Günter Grass. *Die Blechtrommel*, S. 32: "Der höhnische Kontrast wird mit einer scheinbar spielerischen Wortevolution zum Stichwort "Glauben" zum aufreizenden Sarkasmus gesteigert, wobei der Vorwand des unterkühlenden wortspiels die Satire bis zur Grenze des verdammenden Zynismus führt."

3) 일상에 내재된 야만성

제2차세계대전시의 시대적 상황은 이 소설 제2부 전체에 걸쳐서
묘사되고 있다. 폴란드 우체국 방어전과 삼촌 얀의 죽음, 오스카의
전선극장 참여와 위문여행, 러시아군에 의한 아버지 마체라트의 죽
음, 기차를 타고 서쪽으로 향한 난민생활 등의 줄거리가 전쟁 상황
과 맞물려 진행되고 있다. 이 소설에 묘사된 전쟁과 파괴의 시대는
지나치게 협소한 관찰범위에 제한되어 있어서 그 실상을 그려내지
못한다고 생각될 수 있으나, 아주 작은 사건들도 그에 상응하는 실
상들과 연결되어 시대사의 알레고리로 작용하고 있음을 알 수 있
다.[187] 따라서 소시민들의 일상은 그것이 보여주고 있는 단순사건
의 차원을 뛰어넘어 시대사에까지 접맥되고 있는 것이다.

폴란드 우체국 사건은 제2차 대전의 첫 포화가 울렸던 단치히에서
발생한 실재 사건을 배경으로 하고 있다.[188] 이 에피소드는 이 소설에

---

[187] 오스카가 얀 삼촌을 유인하여 보석을 훔친 것은 폴란드의 침공을, 마리
아를 성적으로 정복한 것은 프랑스의 점령을, 그레프 부인 집에 들어간 것
은 러시아의 침공을, 나치 신봉자 아버지의 죽음은 제3제국의 몰락으로 해
석될 수 있다. Vgl. Hanspeter Brode: a. a. O., S. 90: "Denn in erstaunlich
korrespondierender Weise spiegeln Oskars Untaten in der familiären
Sphäre die entscheidenden Stationen des Weltkriegs ab: der Hinterhalt
nämlich, in den Oskar den Jan Bronski lockt, den gleichzeitigen polnischen
Feldzug; die sexuelle Eroberung Marias die Okkupation Frankreichs; das
Vordringen bei Frau Greff den im Hitergrund abrollenden Überfall auf
Rußland; der Mord am Nazi-Vater eindlich den Zusammenbruch des
Deutschen Reiches."

[188] 제1차 세계대전 종전 후 베르사이유 조약에 의해 단치히는 1919~39년
까지 자유시로 인정받으면서 폴란드의 행정적 통치를 받았다. 1924년이
래 단치히 만(Danziger Bucht)의 베스터플라테(Westerplatte) 지역에는
폴란드의 소규모 위수지(衛戍地)가 있었고, 그곳에는 무기고가 있었다.

서 유일하게 본격적인 전투장면을 묘사하고 있는 부분이다. 오스카가 이 사건의 현장에 들어가게 된 것은 순전히 건물관리인 코비엘라 (Kobyella)에게 자신의 파손된 북의 수리를 맡기고자 하는 의도에서 였다. 향토방위대의 포격이 시작되고 부상자가 속출하는 위기의 상황에서도 오스카는 "폴란드는 조금도 중요하지 않고, 나의 우그러진 양철북이 중요하다 Es geht gar nicht um Polen, es geht um mein verbogenes Blech."(Bt. 273)라고 생각한다. 우체국 방어대원들이 속삭이는 소리도 그는 북과 관련해서 추측할 뿐이다.

> 어린아이의 죽어 가는 북이 숨을 곳을 찾아서 우리들에게 왔다. 우리들은 폴란드인이다, 그래서 우리들은 이 북을 보호해야 한다. 영국과 프랑스가 우리들과 지원조약을 체결한 마당이니 특히 그래야 한다.

> Eine sterbende Kindertrommel hat uns Zuflucht gesucht. Wir sind Polen, wir müssen sie schützen, zumal England und Frankreich einen Garantievertrag mit uns abgeschlossen haben. (Bt. 273)

결국 그가 숨어있던 방에 유탄이 날아와 새로운 양철북이 선반에서 떨어져 그의 손에 들어오게 되고서야 그는 만족해한다. 한편 겁

1939년 3월 히틀러는 주민의 다수가 독일인으로 구성된 단치히를 독일에 할양(割讓)하라고 요구하였으나 폴란드가 이를 거절함으로써 독일은 독일-폴란드간의 불가침조약을 파기하고 1939년 8월 25일 "슐레스비히-홀슈타인"호를 단치히에 파견하여 베스터플라테 지역에 정박시킨 후, 9월 1일 폴란드 군사시설에 함포사격을 가함으로써 제2차세계대전이 발발하게 되었다.

많은 얀은 방어전이 계속되는 동안 겁에 질려 울고, 비겁한 행동을
보이다가 결국 스카트 게임에 몰두한다. 세 사람이 반드시 필요한
이 놀이에 얀과 오스카는 부상으로 죽어 가는 코비엘라를 끌어들여
오직 "게임을 위한 게임"189)을 하다가 "아주 민감한 카드의 집 ein
hochempfindliches Kartenhaus"(Bt. 295)을 세우기 시작한다. 화염
방사기의 공격을 마지막으로 우체국 방어는 끝이 나고, 카드로 만
든 집은 부서졌으며, 얀은 체포되어 총살당한다. 이런 비참한 역사
의 참상 앞에서도 오스카에게는 새로 갖게 된 양철북만이 의미가
있었다.

이처럼 "오스카는 모든 시대사적 사건을 완전히 이기적인 관점에
서 보고 있으며, 그 정치적 의미와 함의는 결코 묻지 않는다."190)
즉, 오스카는 시대적 광기를 외면하고 자기 내면속에 침잠하여 유
미주의적 태도를 고수했던 당대의 상당수 지식인과 예술가를 비판
적으로 보여주고 있는 알레고리적 인물이다.

세계가 전쟁의 소용돌이 속에 휘말려 격동의 시간들이 계속되는
동안 이 소설의 진행은 극히 일상적인 소시민들의 삶에 한정되어 전
시 사회 상황과는 무관한 듯이 느껴진다. 오스카와 마리아의 애증(愛
憎)과 마리아의 임신과 출산 그리고 그레프 부인과의 성적 접촉 등
사소한 사건들이 평이하게 묘사되고 있다. 라디오의 뉴스가 전하는
전황(戰況)들은 줄거리의 배후에 머물러서 겨우 배경장식 정도로만
서술되고 있기 때문에 막상 소설의 사건 진행과는 무관한 듯 보인다.

---

189) Vgl. Bt. 290: "Der war nur fürs Spiel selbst."
190) N. Kim: a. a. O., S. 92: "Oskar sieht alle zeitgeschichtlichen
    Geschehnisse völlig vom egozentrischen Standpunkt und fragt nie
    nach ihrer politischen Bedeutung und Konnotation."

소시민들은 라디오에서의 "국방군의 보고 Wehrmachtsberichte"와 "특별 뉴스 Sondermeldungen"를 통해서 전쟁의 상황을 알게 된다. 오스카에게 이러한 뉴스는 "지리수업 Geografieunterricht"과도 같은 것이고, 파리소리나 시계소리 정도로만 느껴질 뿐이다.191) 그는 권투 챔피언의 부상소식에만 잠시 솔깃할 뿐이다.

> 거실은 조용했다. 아마도 파리가 한 마리 윙윙거리
> 고, 늘 그랬듯이 시계 소리가 들렸을 것이며, 라디
> 오가 낮은 소리로 낙하산 부대의 크레타 섬 투입
> 성공을 보도하고 있었다. 내가 라디오에 귀를 기울
> 인 것은 위대한 복서, 막스 슈멜링에 대한 이야기
> 가 흘러나왔을 때뿐이었다.

> Still war es im Wohnzimmer. vielleicht eine Fliege,
> die Uhr wie gewöhnlich, im Radio ein leise gestellter
> Bericht über die Erfolge der Fallschirmjäger auf
> Kreta. Ich horchte nur auf, als sie den großen Boxer
> Max Schmeling sprechen ließen. (Bt. 364)

이러한 전쟁 상황에 대한 소식은 진부한 일상사보다도 가볍게 취급 되거나 스포츠 뉴스처럼 보도되어, 전쟁은 마치 광적인 민족의 거대 한 스포츠로 해석될 정도이다.192) 그러나 승리의 소식들(잠수함전의

---

191) Vgl. Bt. 364: "Oskar hörte nicht mehr zu: Stille, vielleicht eine Flige, die Uhr wie gewöhnlich, ganz leise das Radio."

192) Vgl. U. Liewerscheid: a. a. O., S. 32: "Sie [Die Kriegsereignisse] werden entweder in aller Beiläufigkeit den alltäglichen Banalitäten

승리, 크레타섬에서의 공수작전의 승리 등)은 점차 어려운 식량사
정193)과 동부 전선에서의 수렁 속 전투194)에 대한 언급으로 이어진
다. 그리고 급기야 주변 인물들이 하나 둘씩 전사했다는 소식이 전해
진다. 슈테판 브론스키는 북빙양전선(Eismeerfront)에서, 프리츠 트루
친스키는 동부전선에서 각각 전사한다. 서술자는 "하사관 프리츠 트
루친스키는 동시에 세 가지를 위하여 전사한 것인데, 총통과 민족과
조국을 위해서였다"195)라고 조소 섞인 보고를 하고 있다.

그 후 베브라의 전선극장에 참여한 오스카는 대서양의 콘크리트
요새를 방문한다. '롬멜의 아스파라가스 Rommelspargel'196)가 설치

---

untergeordnet oder im Stil einer Sportreportage dargeboten, die den
Krieg als großen, berauschenden Volkssport umdeutet."

193) Vgl. Bt. 365f.: "Ich mied die Wohnung im Parterre, das Geschäft, die
Straße, selbst den Hof des Miethauses, auf dem wegen der immer
schwieriger werdenden Ernährungslage wieder Kaninchen gehalten
wurden."

194) 소련은 전형적인 대륙성 기후로서 기온의 변화가 극심하다. 또한 거의
반년이나 계속되는 겨울은 모든 것이 얼어붙는 가혹하고 황량한 계절이
다. 봄이 와도 대지는 해빙과 더불어 진흙 구렁텅이가 되고, 한 달 남짓
한 가을동안 차가운 비가 내려 대지는 다시 진창으로 변한다. 이러한 기
후 때문에 독일군은 소련침공 시에 여러 차례 교착상태에 빠졌고, 소위
소련의 동장군(冬將軍)과 진흙장군의 위세를 경험하였다. 한편 오스카는
"비야즈마와 브리얀스크, 그 후 수렁의 시기가 시작되었다. 오스카도 41
년 10월 중순에는 수렁 속에서 힘을 다해 돌파하기 시작했다. Vjazma
und Brjansk; dann setzte die Schlammperiode ein. Auch Oskar
begann, Mitte Oktober einundvierzig kräftig im Schlamm zu
wühlen."(Bt. 374)라고 리나 그레프 부인과의 성적인 관계를 비유적으
로 표현하고 있다.

195) Bt. 433: "Der Unteroffizier Fritz Truczinski war für drei Dinge
gleichzeitig gefallen: für Führer, Volk und Vaterland."

196) 제2차 대전시 독일군이 연합군의 상륙을 대비해 노르망디 해변에 설치
한 방어용 구조물.

된 해변에서 조개와 게를 잡으러 온 수녀들에 대해 위장된 적일지 모른다는 이유로 헤어초크(Herzog) 중위는 소탕명령을 내리고 랑케스(Lankes) 상병은 이들에게 사격을 가하여 살해한다. 희곡형식의 삽화와도 같이 처리된 이 장면을 통해서 작가는 결국 나치의 잔인함과 그 파국으로 치닫고 있는 반인륜적 범죄의 일면을 고발하고 있다고 볼 수 있다.

전쟁은 점차 종말로 치닫고 "기적의 무기 Wunderwaffe"니 "최후의 승리 Endsieg"니 하는 말들이 빈번히 나타나더니,[197] 급기야 포성이 단치히 주변에서 울려 퍼지고, 붉은 군대의 포격으로 시내가 불타기 시작한다. 7백년 세월에 걸쳐서 건설된 도시가 3일 동안에 불타버린 것이다.[198] 그러나 이러한 비극을 묘사하는 서술자는 지극히 냉소적 거리를 유지하고 있다.

> 크란 성문은 목조였으므로 더욱 아름답게 탔다. [⋯] 마리아 교회는 안에서부터 밖으로 불길이 타고 있었기에 첨탑의 아치형 창문을 통해서 축제 때의 조명을 선보이고 있었다. [⋯] '큰 방앗간'에서는 빨간 밀이 빻아지고 있었다. 정육점 골목에서는 일요일의 스테이크 냄새가 났다. 시립극장에서는 이중적 의미의 단막극 "방화범의 꿈들"이 초연되었다.
>
> Das Krantor war aus Holz und brannte besonders schön. [⋯] Die Marienkirchen brannte von innen

---

197) Vgl. Bt. 456.

198) Vgl. Bt. 479: "Rechtstadt, Altstadt, Pfefferstadt, Vorstadt, Jungstadt und Neustadt und Niederstadt, an denen zusammen man über siebenhundert Jahre lang gebaut hatte, brannten in drei Tagen ab."

nach außen und zeigte Festbeleuchtung durch
Spitzbogenfenster. [···] In der Großen Mühle wurde
roter Weizen gemahlen. In der Fleischergasse roch
es nach verbranntem Sonntag-sbraten. Im
Stadttheater wurden Brandstifters Träume, ein
doppelsinniger Einakter, uraufgeführt. (Bt. 480)

이 묘사는 지극히 유미주의적 관점을 취하고 있다. 마치 불타는
로마를 바라보면서 시를 지었다는 네로 황제와도 비슷하게 오스카
는 다락방에서 불타는 단치히를 바라보고 있는 것이다.

마리아는 쿠르트를 아래층에 잡아 두었다. 나는 마
체라트와 함께 위에 올라가는 것을 허락 받았다. 나
는 내 소유물을 집어 들고 나서, 건조실 창 밖으로
시선을 던져서 이 고색창연한 도시가 불러일으킬 수
있는 불을 뽑는 그 역동적인 힘에 감탄하였다.

Maria behielt das Kurtchen unten, ich durfte mit
Matzerath hinauf, nahm meine Siebensachen an mich,
warf einen Blick durch das Trockenbodenfenster und
erstaunte über die sprühend lebendige Kraft, zu der
sich die altehrwürdige Stadt hatte aufraffen können.
(Bt. 481)

여기서 독자는 철저히 파괴되고 있는 한 도시의 참상과 역사의
비극을 바라보고 있는 서술자 오스카의 반어적 태도를 엿볼 수 있

다. 파국으로 치닫는 제국의 종말이 난쟁이 오스카의 눈에서는 마
치 흥미로운 불꽃놀이처럼 비쳐지고 있는 것이다.

서술자의 정밀한 미시적 관찰태도는 "개미들의 거리 die
Ameisenstraße" 장에서 절정에 이른다. 드디어 붉은 군대의 병사들
이 오스카의 집 지하실에 들어왔고, 이 절박한 상황에서 오스카는
지하실 바닥에서 개미떼들의 활동을 관찰한다. "감자와 설탕 외에
는 염두에 없는"199) 개미들의 행진은 "지하실을 대각선으로 가로질
러 겨울 감자로부터 설탕 자루로 향하고 있었다".200) 오스카는 "개
미들의 근면성을 척도 삼아 시대의 사건을 재고"201) 있었던 것이
다. 아버지 마체라트가 나치당 배지를 삼키고 러시아 군인들에게
죽음을 당해 쓰러져 있을 때에도 오스카는 "구부러져 쓰러진 마체
라트의 옆을 우회해서 그들의 군사 도로를 구축하고 있는"202) 개미
들을 관찰하는 데에만 열중한다. 왜냐하면 "개미들은 역사를 만들
기"203) 때문이다. 이 말에서 개미는 소시민을 의미한다. 어떤 상황
에서도 주위에 아랑곳하지 않고 자신들의 먹을 것만을 탐하는 개미
들의 모습에서 소시민들의 모습을 읽을 수 있는 것이다. 그런 개미
들이 만들어내는 역사는 비극의 역사이며 비참한 역사가 아닐 수
없다. 긴장감이 지배하는 절박한 사건들을 묘사함에 있어서 서술자
는 이처럼 반어적 거리를 취함으로써 분위기를 급속히 냉각시킨다.

---

199) Vgl. Bt. 482: "nur Kartoffeln und Zucker im Sinn"
200) Ebd.: "führte von den Winterkartoffeln diagonal durch den Keller zu
    einem Zuckersack"
201) Vgl. Bt. 482: "an ihrem Fleiß das Zeitgeschehen zu messen"
202) Bt. 486: "bauten ihre Heerstraße um den gekrümmten Matzerath
    herum"
203) Bt. 518: "Ameisen machen Geschichte."

따라서 독자에게는 시대의 상황이 낯설게 느껴지기도 하는 것이다. 이처럼 그라스의 시대사를 다루는 방식은 지극히 사소한 디테일에서 의미심장한 본질을 찾을 수 있게 한다. 또한 극도의 흥분을 정적인 것으로 전환시켜서 독자들로 하여금 실체를 드러낸 반어적 진실 앞에 서게 하기도 한다.

시대사의 중요한 사건들이 단지 부수적인 배경으로 일상사적 이야기 속에 통합되어 서술되기도 하기 때문에, 오스카의 눈을 통해서 본 역사의 주역들은 단지 '방화범 Brandstifter'들에 지나지 않는다.

> 그 후 우리들이 체험한 것과 같이 로코소프스키 제독이 왔다. 그는 이 신성한 도시를 보았을 때 그의 위대한 국제적 선배들을 상기하고, 먼저 포격으로 모든 것을 단번에 불타오르게 하여 그의 뒤에 오는 자들이 재건하는 데에 광분할 수 있도록 만들었다.

> Dann kam, wie wir erfahren haben, der Marschall Rokossowski. Der erinnerte sich beim Anblick der heilen Stadt an seine großen internationalen Vorgänger, schoß erst einmal alles in Brand, damit sich jene, die nach ihm kamen, im Wiederaufbau austoben konnten. (Bt. 490)

이렇게 끊임없이 반복되는 "파괴와 복구의 장난질 zerstörerisches und wiederaufbauendes Spielchen"204)과 마찬가지로 전후 서독사회

---

204) Bt. 487

에서 여전히 반복되고 있는 대중의 맹목성과 반역사적 사회풍조를 작가는 오스카의 눈을 통해 폭로하고 있다. 제3부에서 오스카는 마체라트의 무덤 속에 파묻어 버렸던 북을 다시 두드리는데, 그것은 과거의 기억을 되살리기 위해서이다.

제2부 중반부와 후반부에서는 전쟁이 계속되는 동안 점점 더 그 만행을 노골적으로 드러내기 시작한 종말적 시대상황이 간접적인 형태로 묘사되고 있다. 히틀러 암살 음모, 나치의 안락사 프로그램, 연합군의 공습에 의한 도시의 파괴, '기적의 무기'에 대한 기대, 물자부족 사태 등 시대적 사건들이 여전히 직접 드러나지 않고, 도처에서 단지 '말을 흘리는 정도'로 언급됨으로써 부차적인 것으로 느껴지게 한다. 사적인 사건들과 시대사적 사건들이 아무런 매개도 없이 서로 뒤얽혀 있는 것이다. "이는 독자에게 낯선 느낌을 주고, 그럼으로써 독자로 하여금 사적인 사건과 세계사적 사건 사이에 도대체 어떠한 연관이 존재하고 있는가를 한번 성찰하도록 강요한다."205)

전쟁의 참상에 대한 서술은 직접적으로 나타나지는 않으나 암시와 풍자를 통해서 은연중 드러난다. 프랑스의 랭스(Reims)를 방문한 오스카는 아직도 남아있는 제1차대전의 폐허를 보면서 "세계적으로 유명한 사원의 석상 동물들이 인간 존재에 역겨워져서, 끊임없이 물을 포석 위에 토해내고 있었다"206)라고 서술한다. 끊임없이 전쟁을 일삼는 인류의 소행을 동물들마저도 역겨워한다는 서술자의 해석이다. 전쟁은 또한 무고한 수녀들이 해변에서 위장된 첩자들로 오인되

---

205) 김누리: 동서독 문학의 통일성에 대하여-귄터 그라스와 크리스타 볼프, 실린 곳: 「독일학연구」 5 (1996), 215-216쪽.

206) Bt. 404: "Die steinerne Menagerie der weltberühmten Kathedrale spie, vom Menschentum angeekelt, ohne Unterlaß Wasser auf die Pflastersteine."

어 죽게도 하고, 오스카의 연인인 로스비타(Roswitha)가 폭탄에 맞아
죽게도 한다. 전선극장을 통한 전쟁의 참여를 마치고 고향으로 돌아
온 오스카는 마리아와 함께 성심교회에 찾아가 예수의 석고상에 자
신의 북을 걸고, 북채를 그 손에 끼운 다음, 예수가 북을 치기를 기
다린다. 처음에 꼼짝도 하지 않던 예수의 석고상이 드디어 북을 두들
겼다고 서술한다. 환타지 소설의 한 장면과도 같은 이 장면은 시대상
황과 관련하여 해석될 수 있다. 즉, 예수의 상에 북을 걸어주고 북을
두드리기를 기다리는 오스카의 행위는 절망적인 이 세계를 구세주로
서 구원해보라는 한 동시대인의 간절한 염원일 수 있다.

'아기예수 탄생극 Krippenspiel'의 장에서 먼지털이단원들은 나치
당이나 히틀러 청소년단의 물품을 훔치는가 하면, 오스카의 명령에
따라 성심교회에 잠입하여 성상을 파괴하고 오스카를 예수라 부르며
숭배하는 "흑색의 미사 Schwarze Messe"[207]를 올리기까지 한다. 이
들은 정치와는 무관하게 기성세대와의 투쟁이 목적이라고 말한다.

> "우리들은 도대체 정당과는 전혀 관계가 없다. 우리들
> 은 부모들과 그 외 어른들 전부에 대해서 싸움을 거는
> 것이다. 그들이 무엇에 찬성하고, 무엇에 반대하는가
> 하는 것은 아무래도 전혀 상관이 없는 일이다."

> "Wir haben überhaupt nichts mit Parteien zu tun, wir
> kämpfen gegen unsere Eltern und alle übrigen
> Erwachsenen; ganz gleich wofür oder wogegen die
> sind." (Bt. 460)

---

207) Bt. 467

여기서 먼지털이단은 나치시대에 있었던 저항운동208)에 대한 희화로 볼 수 있다. 결국 모두 경찰에 의해 체포되어 재판을 통해 죽게 된 이들의 상황을 오스카는 10미터 높이의 다이빙대에 올라가서 "물 없는 수영장 Wasserloses Bassin"(Bt. 471)으로 "뛰어라! Spring!"(Bt. 471)라고 판사들이 소리쳤다고 비유적으로 서술하고 있다. 즉 그 시대의 사법부가 이러한 저항운동에 가차 없는 판결을 내림으로써 나치정권에 충성한 것을 비판하고 있는 것이다.

'기적의 무기'라고 불린 V-1과 V-2209)가 독일에 다시 한번 승리를 가져다 줄 수 있지 않을까 하는 일말의 희망을 끝까지 버리지 않았던 히틀러의 '천년왕국의 신화 Mythos des Tausendjährigen Reiches'는 산산이 무너지고, 러시아군이 단치히까지 진주하여 오스카의 지하창고에도 붉은 군대의 병사들이 들이닥치게 된다. 독일제국인인 마체라트는 '나치당의 배지'를 삼키려다가 러시아 병사의 사격으로 죽음을 당한 것이다. 이 배지는 나치의 이데올로기를 상징한다. 독일 제3제국은 그릇된 이데올로기와 함께 몰락한 것이다. 아버지 마체라트의 죽음은 결국 제3제국의 종말에 대한 알레고리로 해석될 수 있다.

---

208) 반나치 저항운동은 일부 정치가나 군부세력 혹은 좌익 노동운동 세력이 결성한 비밀결사와 지하단체뿐만 아니라 일부 청소년들의 조직이 '히틀러 청소년단 Hitlerjugend'의 활동에 반발하여 저항하기도 하였다. 이러한 조직들은 본격적 반체제 운동으로 발전하지는 못하였으나 일상을 통해 나치정권에 대한 집단적 저항운동의 잠재력이 존재하고 있었음을 보여준다. 안병직 외: 같은 책, 52-53쪽 참조.

209) Bt. 458: "Das war schon im November. V-1 und V-2 flogen nach England."

IV. 전후 소시민계급 비판

1. 전후 서독의 사회상황

제2차세계대전 후 독일인들 앞에 닥쳐온 것은 전쟁이 초래한 곤
궁한 삶이었다. 그들은 폭격으로 폐허가 된 생활터전에서 생활필수
품과 식량의 부족, 전염병의 창궐과 범죄의 만연 등으로 육체적, 물
질적 고통을 겪어야 했을 뿐만 아니라, 국가의 폭력과 전쟁의 광기,
반인륜적 범죄가 남긴 야만의 자취들로 인해 정신적으로 황폐해졌
다. 또한 수십만에 달하는 전쟁포로들이 귀향길에 올랐는데 이들
귀향병 대부분이 영양실조와 결핵 등 질병에 시달렸고 또 많은 수
가 죽어갔다. 폴란드와 동구 여러 지역에서 거주하던 독일계 주민
들은 강제 추방되었으며, 이에 따른 민족의 대이동 과정에서 2백만
명 이상이 목숨을 잃었다. 게다가 피난길에 강도, 폭행, 살상 등 온
갖 형태의 테러를 당했다.[210] 당시 서부 독일에는 1천 200만 명이
넘는 동구 피난민들이 몰려 들어왔는데, 이들에게는 하루하루를 연
명해가야 하는 일상의 생존이 가장 절박한 문제였다. 대부분의 독
일인들에게도 경제적 곤궁과 매일매일의 식량조달이 가장 시급한
문제였다. 전시경제로 통화량은 엄청나게 불어났지만 정작 살 수

---

210) Vgl. Jürgen Steinle: Nationales Selbstverständnis nach dem
Nationalsozialismus, Bochum 1995, S. 27: "Der Deutsche der
damaligen Zeit, besonders die über zwölf Millionen in West
Deutschland ankommenden Ostvertriebenen, hatte alle Formen des
Terrors erlebt: von der Beraubung über die Vergewaltigung bis zum
Mord." 『양철북』 제2부 마지막 장인 '화물열차 안에서의 성장
Wachstum im Güterwagen'에서 이러한 상황이 자세히 묘사되고 있다.

있는 물품은 턱없이 부족했기 때문에 암시장이 극성을 부렸다. 이
때 담배가 대체화폐로서 중요한 역할을 하기도 했는데, 예컨대 미
제 담배만 있으면 빵이나 버터 등 생필품을 구할 수 있었다.

> 독일인들은 아무 것도 믿지 않았고, 아무런 희망도
> 가지지 않았으며 모든 것을 견디어내고 있었다.
> [⋯] 여기서 민주주의와 인간의 품위를 설교하려는
> 자는 빵 대신에 돌을 주는 사람에 불과했다. 독일
> 인들은 굶주리고 추위에 떨고 자기 아이들이 죽어
> 가는 것을 보았다. 그들은 의지할 데 없는 궁지에
> 몰린 동물이 되었다.

> Der Deutsche glaubt nichts, hofft nichts und duldet
> alles. [⋯] Wer hier noch Demokratie und
> Menschenwürde predigen will, gibt Steine statt
> Brot. Der Deutsche hungert. Er friert. Er sieht
> seine Kinder sterben. Er ist zum hilflosen,
> gehetzten Tier geworden.[211]

한편 1945년 11월 뉘른베르크에서는 주요 전범들에 대한 재판[212]

---

211) Christian Zentner: Deutschland 1870 bis heute, München 1970, S.
438.
212) '뉘른베르크 전범재판 Nürnberger Prozeß'은 과거 나치의 전당대회
(1923, 1927, 1929, 1933-38)가 열렸던 뉘른베르크에서 1945년 11월
20일부터 1946년 10월 1일까지 216차에 걸쳐서 진행되었다. 기소이유
는 '평화에 대한 범죄 Verbrechen gegen den Frieden', '전쟁도발의 범
죄 Kriegsverbrechen' 그리고 '인류에 대한 범죄 Verbrechen gegen die
Menschlichkeit'로 요약된다. 결국 24명의 전범들 중 22명에 대한 판결
이 언도되었다. 피고인중 3명은 형이 면제되었고, 12명은 교수형, 3명은

이 시작되었다. 나치의 주요범죄자 24명에 대한 재판이 진행되면서
제3제국의 범죄가 더욱 명백하게 세상에 알려지게 되었다. 이를 시발
로 해서 독일인의 과거사에 대한 '죄책의 문제 Schuldfrage'가 본격
적인 논란의 대상이 된다. 점령국들은 독일민족 전체에 대해서 그 죄
과를 따져야 한다는 소위 '연대책임 Kollektivschuld' 테제를 제기하
였다. 이 테제의 목적은 독일인들이 인류에 행한 죄악에 대해서 공동
의 책임을 인식하도록 만들기 위한 것이었다. 그러나 이는 전승국의
일방적 논리가 관철된 감이 없지 않다. 즉, 전승국들은 히틀러의 나
치독일과 제2차세계대전을 정치적 현상으로서 보지 않고 독일인의
민족적 특성의 발로로 파악한 것으로서, 범죄사실을 묵인하고 동조한
개인들도 정신적 연대책임을 면하기 어렵다는 것이다.

이러한 '연대책임' 테제에 상응하는 조치로서 미국은 이미 종전
전부터 '재교육 reeducation'213) 프로그램을 준비하고 있었고, 이를
'탈나치화 Entnazifizierung'214) 정책과 병행하여 실행하였다. '재교

종신형, 4명은 10년에서 20년에 이르는 징역형을 선고받았다. 비밀경찰
조직 게슈타포(Gestapo)와 돌격대(SA), 친위대(SS)는 범죄조직으로 판
결되었다. 연합국 합동의 군사재판으로 진행된 이 재판과정의 법적
근거를 두고 논란이 있었으나 이 재판을 통해 나치 독일이 전쟁과정
에서 그리고 집단수용소에서 저질렀던 범죄행위가 만천하에 밝혀졌
다는 점에 그 의의가 있다.

213) '재교육' 혹은 '재교육 정책'(독:Umerziehungspolitik)이 명분상 표방한
목표는 파시즘의 잔재를 청산하고 서독에 민주주의를 안착시키기 위한
일종의 공고화작업이었지만, 그 내실은 명분과는 많은 차이가 있었다.
이 재교육의 주요 대상은 역설적이게도 망명자 그룹과 전쟁 포로들이
었다. 특히 반파시즘 투쟁의 일선에 있었던 망명자 그룹에 대해서 재교
육을 실시하고자 한 의도는 사회주의의 영향력에 대한 사전경계였다.
이러한 의도에서 귀국 망명자들의 사회적 활동에 대한 점령당국의 철
저한 검열이 현실화되었고, 당시 간행된 모든 잡지나 출판물은 당국의
엄격한 통제하에 간행되었기 때문에 정치성을 띤 출판활동이 거의 불
가능했다. 박환덕: 독일문학의 이해, 서울대출판부 1994, 79-80쪽 참조.

육' 실행단은 민주주의의 정신적 토대를 수립한다는 명분으로 전국
을 순회하며 강연과 강좌를 여는 등의 활동을 전개했으나 효과를
거두기보다는 오히려 큰 반감을 초래했을 뿐이었다. 또한 '연대 책
임'은 개인들은 개인들대로 자신들의 책임을 회피할 수 있는 근거
를 제공하였고, 나치 가담자와 동조자들에게는 '연대 책임'보다는
'연대적 복권'을 모색할 수 있는 기회로 활용되어서, 기회주의를 부
추길 뿐이었다. 리히터(Hans Werner Richter)는 바로 '연대책임' 테
제가 전후 복고주의의 원인을 제공하였음을 예리하게 지적한다.

> 연대책임론은 모든 나치주의자들에 대한 최초의 면
> 책이었다. 모든 국민을 유죄로 판결함으로써 나치주

---

214) 연합군의 독일 점령정책의 목표는 무장해제(Entmilitarisierung), 민주화
(Demokratisierung), 탈나치화(Entnazifizierung)와 전범자 처벌
(Bestrafung der Kriegsverbrecher)이었다. 탈나치화 정책은 나치에 가담
했던 자들을 공직이나 준공직 혹은 개인 기업 직책이라도 책임 있는 자
리에서 추방하여 정치적으로 문제가 없는 인사들로 대체하고자 시도되
었다. 점령당국은 이들 가담자들을 5개 그룹(주요범죄자, 적극가담자, 단
순가담자, 동조자, 면제자)으로 구분한 다음 적극가담자, 단순가담자 그
리고 동조자에 대해서 탈나치화 작업을 실행하였다. 탈나치화는 점령지
역에 따라 제각기 다른 방식으로 진행되었다. 영국과 프랑스 점령지역에
서는 느슨하고 실무적으로 시행된 반면, 소련과 미국 점령지역에서는 엄
격하게 시행되었다. 소련 점령지역에서는 신속하고도 가혹하게 시행되어
1948년 초에 완료되었으나, 미국 점령지역에서는 오랜 시간을 끌면서 엄
숙하게 진행되었다. 이들은 131개 항목에 달하는 설문지를 통해 독일 국
민들의 정치성향이나 태도를 조사했는데, 사안이 경미한 자들부터 처리
하다보니 나치에 적극 가담한 자들은 오래 기다려야 했다. 결국 1948년
초에는 냉전과 재건의 분위기 속에서 이를 졸속으로 완결지어야 했다.
이런 식의 탈나치화 과정은 수많은 오류와 판단착오를 낳을 수밖에 없었
으며, 과거 나치당원을 심문하는 재판의 판결 역시 자의적이라는 인상을
주었기 때문에 이미 검증된 반파시스트들에게까지도 항의와 원성을 불러
일으켰다. Vgl. Wolfgang Benz (Hrsg.): Legenden, Lügen, Vorurteile.
Ein Wörterbuch zur Zeitgeschichte, München 1992.

의자들을 면책시켜 주었고, 독일 내에서 히틀러에 대
항했던 사람들이 고대했던 모든 것을 가로막았기 때
문이다. 즉, 독일 정계의 정화를 위한 근본적인 조치,
그러니까 반드시 필요했던 공적 생활의 혁명 내지는
혁명화를 가로막았던 것이다. 이미 이 시점에서 나중
에 독일 복고주의라고 불렸던 것이 시작된 것이다.

Die Kollektivschuldthese war die erste Entlastung für
alle Nationalsozialisten, denn indem sie das ganze
Volk für schuldig erklärte, entlastete sie jene und
verhinderte so alles, worauf die Gegner Hitlers in
Deutschland gewartet hatten: radikale Maßnahmen zur
Säuberung der deutschen politischen Schichten, ja, die
so notwendige Revolution oder Revolutionierung des
öffentlichen Lebens. Schon an diesem Punkt setzt das
ein, was später als die deutsche Restauration
bezeichnet wurde.[215]

연대책임이라는 허울 아래 개인들의 과오는 희석되었다. 결국 모두
가 죄가 있다는 논리는, 사실상 어느 누구도 책임이 없다는 논리와 크
게 다르지 않다. 이러한 상황에서 야스퍼스(Karl Jaspers, 1883~
1969)는 1946년 『죄책의 문제 Schuldfrage』(1946)[216]에서 다음과 같

215) Hans Werner Richter: Zwischen Freiheit und Quarantäne, in: Ders
    (Hrsg.): Bestandsaufnahme. Eine deutsche Bilanz 1962, München
    1962, S. 15. Zit. nach N. Kim: a. a. O., S. 25.
216) 야스퍼스는 1945년과 46년 하이델베르크 대학의 겨울학기 강의를 통
    해 독일의 정신적 상황에 대한 담론을 이끌어내고자 시도했다. 1946
    년 독일인의 죄책의 문제를 다룬 이 강의의 일부가 『죄책의 문제』라

이 호소한다.

그러나 우리에게 보다 중요한 것은 어떻게 우리가
스스로를 성찰하고 비판하고 정화하느냐 하는 문제
이다. 외부로부터의 탄핵은 더 이상 우리가 상관할
바 아니다. 이에 반하여 12년 전부터 독일인의 영
혼에서 많든 적든 흘려들을 수 없이 분명하게 말하
고 있고, 최소한 순간적으로라도 말하고 있는 내부
로부터의 탄핵은 아직도 가능한 우리들 자의식의
근원이다. 이 자의식은 우리가 이런 탄핵을 받는
가운데 노소를 불문하고 우리 스스로를 통해서 우
리를 변화시키는 방법으로 아직도 가능한 것이다.
우리는 독일의 죄책의 문제를 규명해야 한다. 이는
우리 자신의 문제이다. 물론 우리가 외부의 비판을

는 제목으로 출판되었다. 그는 나치 주요 범죄자들의 직접적 범죄 외
에 독일인들의 책임을 정치적, 도덕적, 형이상학적 책임으로 구분하여
설명하고 있다. 정치적 책임은 자신이 가담한 국가의 행위에 대해서
국민의 입장에서 책임져야할 사안으로서, 범죄적 정권이 만행을 저지
르도록 방관하거나 거기에 저항하지 않은 집단적 책임이 독일국민 전
체에 부과된다고 보았다. 도덕적 책임은 개인의 행동과 관련되어 "명
령은 명령이다 Befehl ist Befehl"라는 식의 원칙적 변명을 통해서 피
해갈 수 없는 문제로서, 개인의 양심과 참회가 전제되어야 한다고 본
다. 형이상학적 책임은 인간 존재에 관계되는 문제로서, 인간이 인간
에 대한 책임을 다하지 못하고 인간과의 연대감을 상실했던 점이 지
적된다. 도덕적 형이상학적 책임은 각 개인의 개별적 사안으로서, 이
는 민족 전체에게 물을 수는 없다는 점을 분명히 한다. 아무도 이러한
집단적 유죄와 책임을 벗어날 수 없다는 사실 때문에 그는 오히려 독
일 국민은 사회를 붕괴상태에서 더욱 고도로 발전시키고 도덕적으로
책임 있는 민주주의로 바꿀 수 있다고 생각했다. 그러나 이러한 그의
생각은 당시에 거의 관심을 끌지 못하였고 이에 그는 크게 실망했다.
그는 결국 1948년 스위스 바젤 대학으로 자리를 옮기고, 그의 이러한
처신을 당시 독일인들은 조국과 민족에 대한 배신이라고 생각했다.

들고 그것을 질문으로, 거울로 활용할 수 있을지라
도 죄책의 문제는 외부에서 오는 비판과 상관없이
행해지는 것이다.

Für uns aber noch viel wichtiger ist, wie wir selbst
uns durchleuchten, beurteilen und reinigen. Jene
Anklagen von außen sind nicht mehr unsere Sache.
Die Anklagen von innen, die unüberhörbar in deutschen
Seelen seit 12 Jahren mehr oder weniger deutlich
wenigstens augenblicksweise sprechen, sind dagegen
Ursprung unseres jetzt noch möglichen
Selbstbewußtseins durch die Weise, wie wir unter
ihnen uns durch uns selbst verwandeln, ob wir alt
oder jung sind. Wir müssen die deutsche
Schuldfrage klären. Das geht uns selbst an. Das
geschieht unabhängig von den Vorwürfen, die uns
von außen kommen, so sehr wir diese hören, als
Fragen und als Spiegel benutzen mögen.[217]

야스퍼스의 주장에 따르면 무엇보다도 중요한 것은 독일민족이 내
부에서 비판과 자성을 통해서 스스로 죄책의 문제를 규명해야 하며,
외국의 비판과 상관없이 스스로 성찰하고 정화해야 한다는 것이다.
그러나 독일인들은 과거의 잘못으로부터 배워서 현재의 나아갈 방향
을 찾아야한다는 생각에는 원칙적으로 동의하면서도, 과거의 죄를 세
부적으로 들추어내서 이를 철저히 규명하는 데에는 소극적이었다. 이
러한 상황에서 과거극복(Vergangenheitsbewältigung)의 문제는 정치

---

217) Karl Jaspers: Die Schuldfrage, Heidelberg 1946, 45f.

가들에 의해서 정치적 이해와 편견에 이용되기에 이른다. 즉, 과거극
복의 문제는 정치에 의해서 좌우되게 된 것이다.

또한 냉전이라는 국제정치적 변동으로 서방측은 소련과의 군비경
쟁을 위해 독일의 과거극복 문제를 조속히 매듭짓고자 했다. 서방 점
령국의 '탈나치화' 정책은 반공주의정책으로 급격히 무게중심을 옮겨
가게 되었다. 소위 "용서하고 잊어버리자 fogive and forget"라는 구
호아래 '연대책임'은 오히려 '전면사면 Generalamnestie'으로 이해되
었다. 이러한 상황에서 과거극복을 위한 정책들은 결국 용두사미로
막을 내리게 된다. 대어(大魚)는 관대한 처분으로 놓치고 치어(稚魚)
만 잡아서 처벌하는 꼴이 된 것이다. 서방 점령지역에서는 소위 '결백
증명서 Persilschein'[218]를 통해서 많은 사람들이 다시 과거의 자리에
복귀했다. 대부분의 교사와 공무원들이 옛 직위를 되찾았고, 과학자들
도 곧바로 소련과 동독에 대응하기 위한 냉전의 일선에 투입되어 복
권의 기회를 얻게 된다. 이제 '재교육 정책'은 민주주의 의식의 토착
화보다는 서방 정치체제 선전과 공산주의 비판에 중점을 두게 되었다.
1947년부터 미국을 비롯한 서방 진영은 독일을 피점령국이 아닌 파트
너로 인정하면서 반공전선의 구축을 위해 독일 재건에 힘쓰게 된다.
마샬플랜(Marshall-Plan)을 통한 막대한 경제지원과 1948년의 화폐개
혁을 통해 서독 경제는 급진적으로 성장하여 '경제부흥'의 단계에 들
어서게 된다. '냉전'이 독일 경제의 성장을 촉진시키게 된 것이다. 서
독에서는 1949년 아데나우어(Konrad Adenauer)가 이끄는 독일연방
공화국(BRD)이 탄생하고, 동독에서는 울브리히트(Walter Ulbricht)를
당 서기장으로 하는 독일민주공화국(DDR)이 출범한다. 이로써 동·서

---

218) 나치의 사상적 오염으로부터 깨끗이 세척되었다는 뜻으로 점령당국으로
   부터 발행된 결백증명서이다. 독일의 유명 세제 상표인 'Persil'에서 유
   래되었다.

독의 분단은 고착화되고, 서독에서는 미국의 점령정책을 계승한 아데나우어 수상에 의해 반공, 재무장, 자본주의를 핵심으로 하는 친서방정권이 수립된다. 정치·경제·군사적 복고주의가 본격적으로 가동되고, 파시즘의 과거를 극복하고자 하는 노력은 점차 시들어버리게 된 것이다.

전후 서독사회의 시대적 상황은 『양철북』 제3부에서 서독의 중부 상업도시 뒤셀도르프(Düsseldorf)의 소시민 세계를 중심으로 묘사되고 있다. 1, 2부에서와 마찬가지로 시대상황은 전면에는 등장하지 않고, 다만 줄거리의 배경을 이룰 뿐이다. 동부에서 온 피난민으로서 오스카 가족(마리아와 쿠르트, 그리고 마리아의 언니 구스테)의 생계는 부싯돌(Feuerstein)과 '인조 꿀'(Kunsthonig)을 파는 암거래에 의존한다. 오스카는 뒤셀도르프의 암시장에서 어머니의 유품인 목걸이를 서류가방과 럭키스트라이크(Lucky Strike) 담배 15보루와 교환해서 일시적으로 생계문제를 해결하기도 한다.219) 이러한 궁핍의 시대에도 미래에 대한 희망은 언제나 존재하는 법이다. 구스테는 러시아에서 포로가 되어 언젠가는 돌아올 남편을 기다리며 다음과 같이 말한다.

> "그분은 저기 이반의 나라에서 포로가 되었어요.
> 그분이 돌아오면 여기는 모든 것이 달라질 거예요"

> "Na der is drieben in Jefangeschaft baim Ivan.
> Wenner wiedäkommt, wird hier alles anders" (Bt.
> 532)

---

219) Vgl. Bt. 544.

그녀는 "모든 것이 달라질 것"이라는 희망을 안고 살아가지만 이
소설에서는 그녀의 남편이 돌아왔다는 내용은 없다.[220] 오스카는 이
러한 희망을 교양교육에의 참여로 보여준다. 그는 "뒤떨어진 것을 만
회하고 교양에 매진하려는 많은 사람들의 써클에서"[221] 교양을 쌓으
려고 노력해보지만, 이러한 교육을 통해 별다른 영향을 받지 못하고
그에겐 다만 "몇 개의 단어 나부랭이와 선전문구들만 남아있다".[222]
그러나 화폐개혁은 "오스카의 화폐 또한 똑같이 개혁하지 않으면 안
되었던"[223] 것처럼 오스카에게 보다 현실적인 삶에 눈뜨게 만든다.
그는 석공 견습 일을 하면서 자신의 등에 달린 혹을 이용해서 미술
대학의 누드모델이 되어 돈을 번다.

화폐개혁 이후 경제부흥기의 시대상은 '포르투나 노르트 Fortuna
Nord' 장에서 희화적으로 묘사되고 있다. 석공으로서 그는 어느 날
묘석을 싣고 무덤을 이장하기 위해서 포르투나 노르트 발전소 근처
묘지에 가게 된다. 그는 재건의 분위기가 한창인 서독의 공장지대를
다음과 같이 묘사한다.

훌륭한 전망이다! 우리 발아래에는 에어프틀란트의
갈탄 광구가 펼쳐져 있다. 하늘을 향해서 연기를
뿜고 있는 포르투나 공장의 여덟 개의 굴뚝. 늘 폭
발하기를 원하는 것 같이 소음을 내고 있는 포르투
나 노르트의 신설 발전소.

---

220) 작가는 쾨스터의 귀환을 언급하지 않음으로써 결국 모든 것이 달라질
    것이라는 희망이 서독에서 좌절되었음을 암시한다.
221) Bt. 535: "im Kreis von tausend Nachhol- und Bildungsb- efliessenen"
222) Bt. 535f.: "Einige Wortfetzen, Klappentexte sind geblieben."
223) Vgl. Bt. 566: "[…] zwang mich, Oskars Währung gleichfalls zu
    reformieren"

Welch eine Aussicht! Zu unseren Füßen das
Braunkohlenrevier des Erftlandes. Die acht gegen
den Himmel dampfenden Kamine des Werkes
Fortuna. Das neue, zischende, immer explodieren
wollende Kraftwerk Fortuna Nord. (Bt. 561)

여기서 묘사되고 있는 것은 경제발전의 역동적 분위기이다. 그러
나 그 이면에는 한 여인의 묘를 이장(Umbettung)하는 작업이 대비
된다. 공장지대의 확대로 인한 불가피한 이장이다. 산업발전이라는
현재와 무덤이 의미하는 과거가 대비되고 있다. 이장은 경제성장의
이데올로기에 밀려나고 있는 과거극복의 문제에 대한 메타포이
다.224) 독일인들의 내면에서 과거사에 대한 철저한 자기성찰과 반
성이 이루어지지 못하고 성장 이데올로기를 앞세운 복고주의 세력
에 의해 과거극복의 문제가 경제발전의 뒷전으로 밀려나는 현실을
그라스는 이장이라는 메타포로 암시하는 것이다.

그라스는 전후 독일의 사회상을 구체적으로 묘사하지는 않으나
이러한 표면적 줄거리 진행의 배후에서 암시를 통해서 전후 소시민
들의 상황을 질타한다. 이하에서는 궁핍했던 전후시대 초기를 지나
50년대부터 눈부신 경제성장을 이루었지만 과거극복의 문제는 서서
히 뒷전으로 물러나고 있는 서독사회의 문제성을 집중적으로 다루
고자 한다.

---

224) Vgl. Silke Jendrowiak: Günter Grass und die Hybris des Keinbürgers,
Heidelberg 1979, S. 173: "Das kurze Ans-Lichtholen von schon
Begrabenem und seine endgültige Bestattung in neuer Umgebung wird im
übertragenem Sinne auf der Ebene historischer Wirklichkeitsdarstellung
zu einer Aussage über die Verdrängung der Vergangenheit durch eine
wirtschaftliche Wachstumsideologie."

2. 극복되지 못한 과거

제2차세계대전 종전 이후 개인의 의식에 있어서나 서독사회의 정
체성에 있어서 새로운 출발의 기회는 좌절되고 유예된 개혁의 자리
에 결국 화폐개혁이 자리를 대신하게 되었다.225) 마샬플랜을 통한
미국의 원조와 화폐개혁을 토대로 이룩된 서독 경제의 부흥은 과거
극복이라는 까다로운 문제를 피해갈 수 있는 계기로 작용하게 된
다. 그러나 경제부흥은 제3제국의 몰락이라는 악몽과 상처에 대한
일시적인 치료제가 될 수 있었을지는 모르나 파시즘을 야기했던 사
회적 여건들은 청산되지 못한 채 아직도 존재하고 있었다. 이러한
문제를 그라스는 이 작품 제3부를 통해서 서독의 소시민들이 과거
에 대한 반성적 성찰이 결여되어 있음을 알레고리로 혹은 희화로
주제화 시켜서 보여주고 있다. 또한 경제기적이 가져다 준 복지사
회의 환상 속에서 과거기피증 내지는 기억장애와 슬퍼할 능력을 상
실해버린 감성의 결핍증을 보이고 있다고 진단하고 있다. 또한 네
오비더마이어적 사회 분위기, 정치적 무감각과 무기력증이 나치시
대의 부활을 초래할 수도 있다는 위기의식과 함께 그 모습을 드러
내고 있다.

---

225) Vgl. Volker Neuhaus: Schreiben gegen die verstreichende Zeit, S. 51.:
"Düsseldorf wird ihm zur Chiffre [⋯] für ausgebliebene Reformen,
an deren Stelle lediglich eine Währungsreform getreten ist."

1) 반성적 성찰의 결여

전후 서독인들의 정신적·문화적 공백상태는 '파국 Katastrophe', '붕괴 Zu-sammenbruch', '무감각 Lethargie', '최하점 Tiefpunkt', '백지 상태 tabula rasa'[226) 또는 '영의 시점 Stunde Null, Nullpunkt'이라는 단어들로 표현되었다. 특히 '영의 시점'이란 개념은 나치즘이라는 과거의 굴레에서 벗어나 완전히 새로운 실존적 출발을 추구하는 희망에서 나온 표현이었다.

마체라트가 매장될 때 "해야 될 것인가, 안 해야 될 것인가? Soll ich oder soll ich nicht?"(Bt. 496)를 고민하던 오스카는 마침내 북을 무덤에 집어던지고 성장하기로 결심한다. 그리고 내부에서 진행되고 있는 자신의 성장과 함께 그는 심한 열병에 시달리게 된다. 서쪽으로 향하는 화물열차 안에서도 성장에 따른 그의 고통은 계속되었다. 브루노는 화물열차 안에서의 성장을 다음과 같이 전한다.

> 진동과 요동, 전철기(轉轍機)와 교차선로를 통과할 때의 충격, 화물열차의 끊임없이 진동하는 앞 차축 위에 몸을 뻗고 누워 있었던 것이 그의 성장을 촉진시켰다. 이제까지와 같이 옆으로 커지는 것이 아니라 키가 커졌다고 한다. 염증 때문은 아니었지만 부어올랐던 관절들의 부기가 빠졌다. 그의 귀와 코와 생식기까지도, 듣자하니, 화물열차가 레일 접합부들을 통과하는 동안 성장했다는 것이다.

---

226) 이 말은 미국의 루즈벨트 대통령으로부터 유래한다. 그는 독일의 '무조건 항복'이라는 전쟁의 목표를 설정하고 새로운 독일의 건설을 위해서 '백지 상태'를 만들어야 한다고 생각했다. **Vgl. J. Steinle: a. a. O., S. 21.**

Das Rütteln und Schütteln, Überfahren von Weichen
und Kreuzungen, das gestreckte Liegen auf der
ständig vibrierenden Vorderachse eines Güterwagens
hätten sein Wachtum gefördert. Er sei nicht mehr wie
zuvor in die Breite gegangen, sondern habe an Länge
gewonnen. Die geschwollenen, doch nicht
entzündeten Gelenke durften sich auflockern. Selbst
seine Ohren, die Nase und das Geschlechtsorgan
sollen, wie ich hier höre, unter den Schienenstößen
des Güterwagens Wachstum bezeugt haben. (Bt. 521)

성장과 그에 따르는 고통은 '영의 시점'의 상황에서 독일인들이
겪은 처절한 고통을 암시한다. 과거의 아픔을 딛고 성장하는 독일
의 모습이 오스카의 성장통(痛)으로 비유되고 있다. 통증이 상징하
는 좌절이나 환멸감만이 아니라, 성장이 상징하는 희망, 즉 나치즘
의 굴레로부터 탈피하여 실존적 전환을 염원하는 사회적 기대감이
공존하고 있는 것이다. 이는 1945년 이후 독일의 '영의 시점'의 시
대 분위기를 다분히 말해주고 있다. 그라스는 대부분의 독일인들이
그러했듯이 전쟁이 끝나는 시점까지도 나치즘의 정당성을 확신하고
있었다. 그러나 그는 점차 엄청난 악마적 체제에 대한 환멸감을 느
끼게 되고, 결국 모든 이데올로기에 대해서 불신을 갖게 된다.

착색된 군복조각을 걸치고 우리는 조숙한 채 폐허
들 틈에 서 있었다. 우리는 회의적이었고, 앞으로는
모든 단어를 검증해 볼 준비가 되어있었다. 어떤
말도 더 이상 맹목적으로 믿지는 않을 심산이었다.
모든 이데올로기가 우리에게서 되퉁겨 나갔다.

In gefärbten Uniformstücken standen wir frühreif
zwischen Trümmern. Wir waren skeptisch und
fortan bereit, jedes Wort zu prüfen und nicht
mehr blindlings zu glauben. Jede Ideologie prallte
an uns ab.[227]

'영의 시점'의 시대상은 유대인 파인골트(Fajngold)의 사고와 행
동을 통해서 암시적으로 묘사된다. 그는 트레블린카 수용소에서 소
독제 뿌리는 일을 하다가 살아남은 자로서 가족을 모두 잃었는데도
늘 가족이 옆에 있다고 생각하고 그들과 대화를 나눈다. 그에게 있
어서 소독은 무엇보다도 중요한 일이다. "리졸은 생명보다도 소중
하다"[228]는 것이 그의 주장이다. 그는 오스카를 여러 차례 소독하
는가 하면, 생활주변을 매일같이 소독하는데 열중한다. 이는 전후
서독에서 이루어졌던 '탈나치화' 작업에 대한 희화로 보인다. 이른
바 '결백증명서'로 상징되는 사상검증을 통해 나치에 의해 오염된
사상을 표백시키고자 한 것인데, 그라스는 파인골트가 소독에 광적
으로 집착하는 모습을 통해서 전후 '탈나치화' 과정이 본질을 외면
하고 반감만 불러일으켰던 것을 비판하고 있는 것으로 보인다.

전후의 독일에서는 진정한 의미에서의 새로운 출발을 가능케 할 분
명한 단절, 즉 진정한 의미의 '영의 시점'은 존재하지 않았다는 것이
그라스를 비롯한 독일 지식인들의 일반적인 주장이다.[229] 그라스는

---

227) WA. IX, S. 134 (Ich klage an).
228) Ebd., S. 509: "Lysol ist wichtiger als das Leben!"
229) Vgl. Heinrich Vormweg: Deutsche Literatur 1945-1960. Keine Stunde
    Null, in: Manfred Durzak (Hrsg.): Die deutsche Literatur der
    Gegenwart. Aspekte und Tendenzen, Stuttgart 1971, S. 13-30, hier: S.
    16: "Der Versuch, die Stunde Null, den Neubeginn nach der großen

"붕괴는 일어나지 않았다. 영의 시점의 종소리는 울리지 않았다 Kein Zusammenbruch fand statt. Keine Stunde Null schlug uns"[230]고 하면서 어두운 과거를 그저 역사 속에 묻어두고 현실에 안주하고자 한 전후세대를 비판한다.

> 그 시절까지도 '붕괴'라는 단어는 도대체 무엇이
> 모두 붕괴되었는가를 말하지 않은 채 버티고 있었
> 다. '파국'이란 말도 썼다. 그러나 누구의 '파국'이
> 란 말인가? '종전'이라는 객관적인 체하는 명칭은
> 단지 전쟁이 끝났다는 사실만을 말하고자 하는가?
> 그리고 아직도 여전히 '영의 시점'이라는 모호한
> 우회적 표현이 유행하고 있다. 누구에게 '영의 시
> 점'이 울렸단 말인가? 망자들에게 울리지 않았다면,
> 살아남은 자들에게 울렸단 말이 아닌가?

> Bis in diese Tage hält sich das Wort
> <Zusammenbruch>, ohne sagen zu wollen, was
> denn alles zusammenbrach. <Katastrophe> hieß
> es. Wessen bitte? Will die sich sachlich gebende

Zerstörung, mit mehrjähriger Verspätung doch noch nicht nur individuell, sondern auch gesellschaftlich, auch für das allgemeine Literaturbewußtsein nutzbar zu machen, kam zu spät. Im übrigen ist zu bezweifeln, daß es eine Stunde Null im mit dieser Bezeichnung intendierten Sinn überhaupt gegeben hat. Das war eine absurde Hoffnung. Es war nur die Stunde äußersten physischen und ideologischen Elends, die Stunde der Unfähigkeit zu kritischem Denken, die Stunde der Anfälligkeit für die geringsten Tröstungen. Es konnte sich in ihr weder eine neue Gesellschaft noch eine neue Literatur konstituieren."

230) WA. Ⅵ, S. 155 (Kopfgeburten oder Die Deutschen sterben aus).

Benennung <Kriegsende> sagen, daß nur der
Krieg zu Ende ging? Und noch immer im Umlauf
befindet sich die schillernde Umschreibung
<Stunde Null>. Wem schlug sie? Den Toten
nicht, also den Überlebenden?[231]

나치즘의 과거가 제대로 청산되지 못한 상황에서 역사적 새 출발
을 의미하는 '영의 시점'은 애초에 존재하지 않았다는 것이 그라스
의 견해이다. 그는 "아우슈비츠는 결코 끝나지 않는다는 인식"[232]
에 이른다. 그라스의 글쓰기는 아우슈비츠로 대표되는 독일의 과거
와 대결하려는 의지에서 비롯되고 있다.

제3제국의 붕괴와 함께 시작된 오스카의 성장은 오래가지 못한
다. 그의 몸은 결국 121 센티에서 성장을 멈추고, 게다가 그는 등
에 혹을 가진 불구자가 된다. 이러한 신체의 변화는 시대사에 대한
알레고리로 관찰될 수 있다. 오스카가 세살짜리 아이로 성장을 멈
춘 것이 역사의식과 정치적 책임의식이 결여된 소시민계급의 유아
기적 상태에 대한 알레고리인 것과 마찬가지로, 전후시대에 그가
정상인의 몸으로 성장하지 못하고 불구자가 된 것은 서독인들의 민
주주의적 의식의 미성숙 상태에 대한 알레고리라고 할 수 있다. 또
한 전후시대 오스카의 사고와 행동은 극복되지 못한 과거의 모습을
반어적으로 보여주고 있다. 그는 전후시대의 열광에 대해서 다음과
같이 말하고 있다.

---

231) WA. Ⅸ, S. 894 (Geschenkte Freiheit. Rede zum 8. Mai 1945).

232) Günter Grass: Schreiben nach Auschwitz, in: Daniela Hermes (Hrsg.):
Der Autor als fragwürdiger Zeuge, S. 195-222, hier: S. 212: "die
Erkenntnis, daß Auschwitz kein Ende hat."

오늘날 나는 그것을 극복하였다. 나는 전후의 열광
이란 것도 한낱 열광에 불과하다는 것을 잘 알고
있으며, 이런 열광 뒤에는 어제까지만 해도 우리가
손수 저질렀던 피의 만행들을 - 쉼 없이 야옹 소리
를 내면서 - 모두 역사로 치부해 버리려는 숙취상태
가 오게 마련이라는 것을 나는 또한 알고 있다. 그
렇기 때문에 오늘날 나는 '카데에프'(나치 여행단)
의 기념품들과 손수 뜨개질한 것 사이에서 행해진
그레트헨 셰플러의 교육을 더 높이 평가하고 싶다.

"Heute, da ich das hinter mir habe und weiß, daß ein
Nachkriegsrausch eben doch nur ein Rausch ist und
einen Kater mit sich führt, der unaufhörlich miauend
heute schon alles zur Historie erklärt, was uns
gestern noch frisch und blutig als Tat oder Untat von
der Hand ging, heute lobe ich mir Gretchen
Schefflers Unterricht zwischen KdF-Andenken und
Selbstgestricktem." (Bt. 536)

서술자는 과거를 잊어버리려는 전반적인 경향에 대해서 거부감을
표현하고 있다. 또한 그는 목가성(뜨게질한 것)과 야만성('카데에프'
의 기념품)이 혼재된 상태에서 이루어졌던 셰플러 부인의 소시민적
인 '교육'을 칭송함으로써 야유와 냉소를 더하고 있다. '열광 뒤에
오는 숙취상태'는 번영 뒤에 가려진 채 극복되지 못한 과거의 메타
포이다. 과거에 대한 반성적 성찰이 배제된 채, 그저 과거를 비극적
역사의 한 장으로 치부해버리려는 서독인들의 역사의식의 부재가
비판되고 있는 것이다.

『양철북』 제3부의 무대는 서부 독일의 라인란트, 더 구체적으로
는 뒤셀도르프로 옮겨진다. 이는 오스카의 아버지 마체라트가 라인
란트인이었던 것과 무관하지 않다. 그는 "라인지역 사람의 유쾌한
천성 rheinisch fröhliche Art"[233])을 타고난 이 지역의 전형적 인물
이다. 또한 라인란트의 전형적 도시인 뒤셀도르프[234])는 루르 공업
지대의 중심지로서 전후 독일 경제성장의 중심지이며, 재건과 경제
기적의 표상이다. 이 소설에서 이 도시 소시민들의 태도는 진지함
이 결여된 경박함(Leichtfertigkeit)과 부박(浮薄)함(Leichtlebigkeit)으
로 특징지워진다. 패전 뒤 황량한 사회적 분위기 속에서 그들은 결
코 명랑함을 잃지 않고 불행한 기억들을 재빠르게 망각해 버리는
능력을 지니고 있는 것이다. 그래서 그들은 극장 앞에 줄을 서고,
댄스클럽에서 춤을 추며 '현세를 즐기자! carpe diem!'는 생각으로
가득 차 있다. 여기에서도 소시민들의 삶의 모습과 태도는 단치히
에서와 다를 바 없다. 경제부흥과 함께 그들은 속물근성을 드러내
고 과거의 죄와 허물들을 은폐하며, 카멜레온과 같은 변신술을 보
이고 있다.

오스카의 임대주택 주인인 차이틀러(Zeidler)는 과거를 은폐하려는
당시 사회의 기회주의자를 대표하는 인물이다. 오스카가 방을 임대하기

---

233) Bt. 41

234) 그라스는 전후 뒤셀도르프에 1947년부터 1951년까지 머물면서 석공과
석조각 도제로서 일하며 재즈 그룹의 일원으로 활동하기도 하였다. 또한
뒤셀도르프 예술대학에서 그래픽 작가인 마게스(Sepp Mages)와 조각가
인 판코크(Otto Pankok) 밑에서 수학하였다. 그라스는 이 도시를 일관되
게 부정적으로 보고 있다. 그에게 이 도시는 "의식과 참회가 결여된 재건
의 암호 Chiffre für einen besinnungs- und reuelosen Wiederaufbau"이
자 "경제기적이 일어나기 시작하는 수도 Hauptstadt des ausbrechenden
Wirtschaftswunders"이다. Vgl. V. Neuhaus: a. a. O., S. 51.

위해서 처음 찾아갔을 때 그는 면도거품으로 자신의 얼굴을 반쯤 가리고
나타난다. 따라서 그의 외모가 충분히 파악되지 않는다. 자신의 외모를
감추는 그의 행동에서 과거를 은폐하려는 기회주의적 사회분위기의 일
면이 읽혀질 수 있다. 또 자기 직업과 관련해서 그는 15년간 '이발기계를
취급하는 '위탁대리점 주인 Vertreter für Haarschneidemaschinen'[235)]
이라고 말한다. 이는 본질적으로 인간의 겉모습을 바꾸는 데에 기여
하는 직업을 대표하고 있다.[236)] 나치시대부터 인간의 겉모습을 바꾸
는 데 기여해 온 그의 직업은 소시민의 기회주의를 암시하고 있다. 언
제나 머리를 짧게 자르고 다니는 그에게 오스카는 "고슴도치 der
Igel"(Bt. 589)라는 별명을 붙인다. 이 별명에서도 그의 이기적이고 타
인에 대한 고약한 태도가 드러난다. 그는 부인의 사소한 말참견에 대
해서도 엄청난 분노를 터뜨리며 유리잔을 깨뜨린다. 벽에 걸린 비스
마르크와 "가족적 유사성 Familienähnlichkeit"(Bt. 591)을 지닌 그의
태도는 분노할 때 더욱 철혈재상을 닮아간다. 이러한 군국주의적이고
파쇼적 성품의 인물묘사는 이 인물이 나치시대에 어떠한 역할을 했으
리라는 것을 충분히 짐작하게 해준다. 그는 나치시대나 전후시대나
변하지 않고 있는 독일 소시민의 속물근성과 기회주의, 과격성과 파
괴성, 인색함과 야비함을 종합적으로 대변하고 있는 것이다.

차이틀러의 주택에 세들어 살고 있는 클레프(Kleff Münzer)는 소
시민 예술가의 전형을 보여주는 인물이다. 그는 플루트와 재즈 클라

---

235) Bt. 593. 위탁대리점 주인이라는 직업은 아버지 마체라트가 결혼하기
   전에 가지고 있던 직업이기도 하다.
236) Vgl. Jürgen Rothenberg: Günter Grass. Das Chaos in verbesserter
   Ausführung: Zeitgeschichte als Thema und Aufgabe des Prosawerks,
   Heidelberg 1976, S. 18: "Als Vertreter für haarschneidemaschinen
   repräsentiert er ein Metier, das wesentlich zur Veränderung des
   menschlichen Erscheinungsbildes beiträgt."

리넷을 부는 사나이로서 몽상가이자 대식가이며 지독한 게으름뱅이이다. 좀처럼 침대를 떠나지 않는 그는 늘 시체냄새를 풍기면서 "삶의 즐거움과 과거를 그 냄새 속에 지니고 Lebenslust und Vergangenheit in der Witterung mitführend"(Bt. 619) 다닌다. 또한 그는 음식과 조리에 대단한 집착을 가지고 있어서 오스카와 처음 만났을 때 지저분하기 짝이 없는 "클레프식 스파게티 Kleppsche Spaghetti"(Bt. 623)를 대접하기도 한다. 오스카가 다시 북을 치기 시작한 것은 바로 클레프의 방에서이다. 오스카의 북소리를 들은 클레프는 플루트로 북소리에 맞추어 합주를 하더니 침대에서 뛰쳐나와 몸을 씻기 시작한다. 오스카의 북의 부활과 함께 클레프도 부활한 것이다. 그리고 두 사람은 재즈밴드를 만들기로 결심하게 된다. 또한 충성스러운 영국왕실의 숭배자였던 그는 이후 공산당원이 되어 독일공산당을 후원한다. "그는 모든 종파로 가는 통로를 열어놓고 있었다"[237]는 말처럼 그의 태도는 어떠한 종교 또는 사상으로도 쉽게 옮겨갈 수 있는 사고의 경박성을 보여주고 있다. 이러한 그의 변화는 제1부에 나오는 인물 마인과 대비된다. 두 인물 모두 음악가라는 점과 게으름뱅이에서 활동가로 바뀌는 태도변화, 급진적 사상에로의 변화를 보여주고 있다. 이 클레프라는 인물을 통해서 전후 소시민의 카멜레온과도 같은 변신의 행태가 대변되고 있다.

이들 소시민들과는 달리 오스카의 친구이며 스승인 베브라의 변화는 귀족적인 면모를 취하고 있다. 그는 전후 콘서트 중개회사의 사장이 되어 오스카 앞에 다시 등장한다. 전후에도 전시 때와 마찬가지로 그는 변신을 통해 "연단 위 auf der Tribüne"(Bt. 133)의 존재로서 성

---

237) Bt. 628: "er hat sich die Zufahrtstraßen zu allen Glaubensbekenntnissen offengehalten."

공한 자본가의 면모를 지니고 있다. 과거 나치의 협력자가 예술을 매개로 한 사업을 통해서 버젓이 자본가의 모습으로 다시 부활한 것이다. 이는 서독사회에서의 극복되지 못한 과거의 일면과 독일 지식인의 기회주의적 운신의 예를 보여주는 것이다.

이러한 인물 유형들에서 관찰되듯이 전후 독일 소시민들의 태도는 전쟁전 또는 전시와 다를 것이 없다. 그들의 태도에서 조금이라도 과거사에 대한 반성적 성찰을 찾아볼 수 없다. 그들은 여전히 곰팡냄새 나는 분위기 속에서 속물근성의 냄새를 피우며 살아가고, 카멜레온적인 변신 능력을 지니고 있으며, 보수적이고 복고적이다. 따라서 시대가 바뀌고 새 시대의 역사적 요구가 분명한데도 그들은 변화를 모르는 무책임한 시대착오성(Ungleichzeitigkeit)을 여전히 벗어나지 못하고 있는 것이다.

2) 과거기피적 태도

그라스의 『양철북』 제3부에서는 오스카가 경험한 과거가 '기억' 속에 살아있다. 이 기억은 그의 내면에서 하나의 메커니즘을 이루며 현재의 사건들과 유기적으로 소통하고 있다. 반면 서독사회에서의 극복되지 못한 과거의 실체는 '정신적 외상(外傷) Trauma'으로서 잠재되어 있어서 언제 출몰할지 모르는 과거의 망령처럼 묘사되고 있다.

기억은 개인에게 있어서나 집단에게 있어서 정체성을 구성하는 가장 중요한 요소라고 말할 수 있다. 예를 들면, 한 사람의 유년기 기억과 그 기억에서 비롯된 공상은 그 사람의 심리적 발달과정에서 중요한 기능을 수행하며, 사고의 메커니즘에 결정적인 영향을 준다. 서술

자 오스카의 기억은 단지 과거의 기억에 머물러 있지 않고 현재의 삶
과 행동을 규정하는 주요 요인이 되고 있다. 즉, 그의 내면의 기억은
외부세계와 지속적으로 소통하고 있는 것이다.

먼저 오스카의 중요한 기억의 원천으로 등장하는 것은 가족 앨범
이다. 그는 이것을 서쪽으로 가는 피난길에도 소중하게 지니고 다녔
고, 피난길의 화물열차 안에서 성장으로 인한 고통에 시달릴 때에도
앨범을 보면서 안식을 얻는다.238)

> 내게는 보물이 하나 있다. 단지 달력 속의 하루하
> 루로만 되어 있는 그 모든 암울한 세월 동안 내내,
> 나는 그것을 지키고 감추고 그리고 다시 꺼내보곤
> 했다. 화물열차를 타고 여행하는 동안에도 그것을
> 소중하게 가슴에 안고 있었으며, 잘 때면 나 오스
> 카는 그 보물, 즉 앨범을 베고 잤다. 모든 것을 분
> 명하게 해 주고 백일하에 드러나 있는 이 가족묘가
> 없다면 도대체 나는 무엇을 할 수 있을까?

> **Ich hüte einen Schatz.** All die schlimmen, nur aus
> **Kalendertagen bestehenden Jahre** lang habe ich ihn
> gehütet, versteckt, wieder hervorgezogen; während
> der Reise im Güterwagen drückte ich ihn mir
> wertvoll gegen die Brust, und wenn ich schlief,

---

238) Vgl. Bt. 521: "Mein Patient behauptet, er habe während der ganzen
Reise zumeist das Fotoalbum und ab und zu das Bildungsbuch auf
den Knien gehabt, habe darin geblättert, und beide Bücher sollen
ihm, trotz heftigster Gliederschmerzen, viele vergnügliche, aber auch
nachdenkliche Stunden beschert haben."

schlief Oskar auf seinem Schatz, dem Fotoalbum.
Was täte ich ohne dieses alles deutlich machende,
offen zu Tage liegende Familiengrab? (Bt. 50)

앨범은 오스카에게 기억의 실마리를 제공하고, 시대의 변화상을 보여주며, 이를 서술할 수 있게 만든다. 이는 북이 갖고 있는 '기억의 매체로서의 역할'과 상호 보완적이다. 북이 주관적 기억을 이끌어 낸다면 앨범은 기록에 근거한 보다 더 객관적인 회상을 가능하게 한다. 과거 단치히에 대한 오스카의 기억은 전후 뒤셀도르프에서의 삶에 개입하며 연속성을 지닌 '회상의 상 Erinnerungsbild'을 형성하고 있다. 따라서 시대와 장소가 바뀌었고 오스카의 신체적 조건도 바뀌었지만 외부 세계에 대한 오스카의 인지적 태도에는 변화가 없다.

예컨대, 오스카는 어느 봄날 "베르스텐 묘지 Werstener Friedhof"를 찾는다. 어머니와 얀과 마체라트가 누워있는 "자스페 묘지 Sasper Friedhof"에서처럼 여기에도 슈거 레오(Schugger Leo)와 마찬가지로 과거에 신학대학생이었으나 미치광이로서 흰 장갑을 끼고 묘지주위에 늘 나타나는 자버 빌렘(Sabber Willem)이라는 자가 있어서 "고향에 있는 것 같은 wie zu Hause"[239] 편안한 마음이 들었다고 말한다. 또 그 묘지에 서 있는 예수의 십자가상은 단치히 성심교회의 본 제단 위에 있는 예수상과 비교된다.[240] 그리고 묘지근처에서 묘석상을 하고

---

239) Bt. 547
240) Vgl. Bt. 539: "Obgleich es im Bittweg Grabdenkmäler mit dem nach links hin orientierten Korpus mehr als genug gab [···], hatte es mir der Korneffsche Jesus Christ besonders angetan, weil, nun weil er meinem athletischen Turner über dem Hauptaltar der Herz-Jesu-Kirche, mit den Muskeln spielend, den Brustkorb dehnend, am meisten glich."

있는 코르네프(Korneff)의 목덜미에 난 종기(Furunkel)는 트루친스키의 등에 난 흉터를 연상시키기도 한다.

이러한 기억의 연결고리는 간호사 도로테아(Dorothea)의 에나멜벨트(Lackgürtel)와 뱀장어 이미지가 연결되면서 절정을 이룬다. 마리아와 쿠르트가 사는 집을 떠나 차이틀러(Zeidler)의 집에 방을 세내어 들어간 오스카는 옆방에 사는 간호사241) 도로테아의 존재에 강한 호기심을 갖게 된다. 그는 어느 날 그녀의 방에 들어가 그곳에 있는 옷장을 발견한다. 그는 "옷장의 일부가 되고 싶고, 옷장의 내용물이 되고 싶다는 소원"242)에 따라 그 옷장 안에 들어가서 검정색 에나멜벨트를 발견한다. 이 벨트는 과거 성금요일에 노이파르바써 제방에서 어머니를 토하게 만들었고, 나중에는 도착적 폭식증으로 그녀를 죽음에 이르게 한 뱀장어를 연상시킨다. 간호사 도로테아와 어머니가 기억 속에서 교차되고, 에나멜벨트와 뱀장어의 이미지가 서로 교차되면서 과거의 회상을 자극하는 것이다.

또 다른 기억의 연결고리는 "야자섬유 카펫 Kokosteppich"243)이다.

---

241) 간호사와 간호사의 제복은 이 소설의 주요 모티프 중의 하나이다. 가족 앨범에서 본 제1차대전시 질버하머(Silberhammer) 야전병원의 보조간호사였던 어머니 아그네스의 이미지(Bt. 55)에서 출발하여, 홀라츠 박사 진찰실에서의 잉에 간호사(Bt. 76)와 단치히 시립병원에서 만난 간호사들(Bt. 305), 그리고 뒤셀도르프 시립병원의 간호사들(Bt. 537)과 정신병원의 간호사들(Bt. 527)에 대해서 언급한다. 정신병원의 간호인 부르노는 오스카가 "그는 […] 제복을 비롯해서 간호사 생활에 속하는 시시콜콜한 것에 대해서 과장된 의미를 부여한다 Er […] mißt dem Drum und Dran des Krankenschwesterlebens, der Berufskleidung eine übertriebene Bedeutung bei"(Bt. 527)고 말한다.

242) Bt. 607: "Wunsch, dazugehören zu dürfen, Inhalt des Schrankes zu sein"

243) Bt. 628

오스카는 어느 날 밤 도로테아를 화장실에서 우연히 만나지만 그녀는
그를 사탄이라고 생각하고 실신상태에 빠진다. 그가 그녀를 복도에
새로 깐 '야자섬유 카펫' 위에 눕히고 자투리로 남은 야자섬유 카펫
조각으로 덮어주었을 때 이것이 그녀에게 이상한 감정을 불러일으키
는 것을 감지한다. 즉, '쥬스용 분말 Brausepulver'[244]이 마리아에게
일으킨 감정과 비슷한 것이었다.[245] 과거 쥬스용 분말이 마리아에게
성적 흥분을 불러일으킨 것과 마찬가지로 지금의 야자섬유 카펫이 도
로테아에게 성적 흥분을 불러일으킨 것이다.

〈표 2. 과거와 현재의 이미지 연결〉

과거의 대상	현재의 대상	공통의 이미지
자스페 묘지	베르스텐 묘지	묘지
슈거 레오	자버 빌렘	광인, 흰 장갑
성심교회 예수상	십자가 부조상	근육
트루친스키의 등의 흉터	코르네프의 목의 종기	고통과 상흔
어머니 아그네스	간호사 도로테아	간호사 제복
뱀장어	에나멜벨트	매끄러운 검정색
쥬스용 분말	야자섬유 카펫	성적 흥분 유발

244) 제2부의 '쥬스용 분말' 장에서 오스카와 마리아는 쥬스용 분말로 어린
아이들의 장난을 시작하지만 이는 성적유희로 발전한다. 쥬스용 분말은
마리아를 흥분시켜 어떤 감정을 유발한 것으로 서술되고 있다. Vgl. Bt.
332: "In Marias Hand begann es zu zischen und zu schäumen. Da
brach der Waldmeister wie ein Vulkan aus. […] Da spielte sich etwas
ab, was Maria noch nicht gesehen und wohl noch nie gefühlt hatte,
denn ihre Hand zuckte, zitterte, wollte wegfliegen, weil Waldmeister
sie biß, weil Waldmeister durch ihre Haut fand, weil Waldmeister sie
aufregte, ihr ein Gefühl gab, ein Gefühl, ein Gefühl..."

245) Vgl. Bt. 637: "denn unüberhörbar vermittelten die Kokosfasern der
Schwester Dorothea ein ähnliches Gefühl, wie vor Jahren das
Brausepulver meiner geliebten Maria Gefühle vermittelt hatte."

위에서 살펴본 바와 같이 과거의 기억들이 종종 현재의 인물 및 사물들에 투사되고 있는데, 이를 도표로 정리해보자면 다음과 같다.

이와 같이 오스카는 과거의 기억으로부터 결코 자유롭지 못하고, 아직도 그 지배를 받고 있다. 즉 그 기억의 내면적 메커니즘에 의해 과거는 어떠한 단절도 없이 현실과 연속적으로 소통하고 있는 것이다. 전후 독일사회에서 사람들이 일반적으로 과거에 대한 기억들을 방치하고 파괴하며 묻어버리려는 경향을 보였던 것과는 반대로, 오스카는 이 기억들을 생생하게 시각화 또는 대상화하고 있는 것이다. 그가 묘지를 찾은 것도 결코 우연만은 아니다. 베르스텐 묘지는 자스페 묘지의 대체장소로서 수많은 기억들이 잠들어 있는 곳이기 때문이다. 묘지에 다녀온 후 그는 "종일토록 쿠르트의 부싯돌과 비트베크의 묘비석을 비교"[246]하였다고 말한다. 쿠르트는 암거래로 부싯돌을 팔아서 전후 오스카 일가를 부양한다. 쿠르트의 이 부싯돌은 바로 현재를 의미한다. 즉, 전후 현실과 삶에 대한 상징물이다. 반면 묘비석은 과거를 의미한다. 생계해결이 시급한 현실과, 과거를 다루는 석공의 길 사이에서 결국 오스카는 후자를 선택한다. 그리고 "나의 행복은 묘비석 위에 새겨질 것이다"[247]라고 말하면서 석수(石手) 견습공이 되기 위해 묘지로 간다. 여기서 묘지에 대한 오스카의 견해에 주목할 필요가 있다.

> 묘지들은 늘 나를 유혹할 수 있었다. 그것은 손질
> 이 잘 되어 있어 의심의 여지가 없고 논리적이고

---

246) Bt. 543: "verglich tagsüber Kurtchens Feuersteine mit den Grabsteinen am Bittweg."

247) Bt. 544: "mein Glück wird fortan auf Grabsteine geschrieben."

남성적이며 활기가 있다. 묘지에 있으면 용기를 내
고 결단을 내릴 수 있다. 묘지에서야 비로소 인생
이 윤곽을 얻게 되고,-여기서 윤곽이라 함은 물론
묘의 테두리를 말하는 것은 아니다-그럴 의지만
있다면 의미를 얻게 된다.

Friedhöfe haben mich immer schon verlocken
können. Sie sind gepflegt, eindeutig, logisch,
männlich, lebendig. Auf Friedhöfen kann man
Mut und Entschlüsse fassen, auf Friedhöfen erst
bekommt das Leben Umrisse-ich meine nicht
Grabeinfassungen-und wenn man will, einen Sinn.
(Bt. 538)

자스페 묘지에 가족사와 단치히 소시민의 시대사가 잠들어 있는
것처럼 베르스텐 묘지에도 역시 전후 독일 소시민들의 역사가 잠들
어 있다. 묘지는 죽음의 결과로 생겨난 장소이다. 마치 제2차 대전
을 전후한 독일인의 만가(輓歌)와도 같이 『양철북』은 많은 인물들의
죽음을 묘사하고 있다. 어머니 아그네스, 삼촌 얀, 아버지 마체라트,
채소상 그레프, 유대인 마르쿠스, 난쟁이 애인 로스비타, 그리고 제
3부에서 도로테아와 베브라의 죽음 등 이야기가 온통 주변인물들의
죽음으로 엮어져간다. "죽음은 독일출신의 대가 der Tod ist ein
Meister aus Deutschland"라는 첼란의 「죽음의 푸가」의 시구처럼
오스카의 묘지에 대한 찬사는 비장감을 더해준다. 이런 의미에서
볼 때 위의 인용문에 대한 새로운 해석의 열쇠가 주어진다. 가족앨
범을 "가족무덤 Familiengrab"248)이라고 표현한 것처럼 무덤은 곧

---

248) Bt. 50

역사를 의미하고 있는 것이다. 가족의 역사를 담은 앨범이 '가족무덤'이라면, 역으로 무덤은 곧 역사라고 유추할 수 있다. 무덤은 수많은 과거에 대한 기억들의 매장 장소인 역사에 대한 메타포인 것이다. 따라서 위의 인용문은 오스카의 입을 통해서 말하고 있는, 역사에 대한 그라스의 견해의 일부로 간주될 수도 있는 것이다. "잘 손질되고", "논리적인" 묘지는 독일의 과거사에 대한 은폐와 미화를 암시하고 있다. 또 "그럴 의지만 있으면 [인생이] 의미를 얻는다"라는 표현은 현실 정치가들의 의도대로 역사가 왜곡될 수 있다는 암시일 수도 있다. 과거사의 모든 죄과와 책임이 일률적으로 정리되고 은폐되어 버리는 전후 독일의 현대사 왜곡이 반어적으로 풍자되고 있는 것이다.

한편 전후 서독사회의 시대적 분위기는 망각의 길을 가고 있었다. 이러한 망각의 경향은 제3부에서 등장하는 오스카의 주변 인물들의 생각과 행동에 잘 드러나고 있다. 먼저 오스카의 의붓어머니인 마리아는 제2부의 등장인물일 뿐만 아니라 제3부에도 등장하여 독일의 과거와 현재를 대비적으로 드러내고 있는 인물이다. 마리아는 "서독에서 훌륭하게 적응한 인물 Im Westen gut eingebürgerte Person"[249]로서 전후 서독인들의 모델로 제시되고 있다. 그녀는 과거의 일을 전혀 기억하려고 하지 않는다는 점이 특징적이다. 그녀는 쥬스용 분말을 이용해 성적유희를 즐긴 일을 상기시키는 오스카에게 이를 전혀 모르는 일로 치부해 버린다.

> "기억하지 못하니? 제발 기억해 봐. 쥬스용 분말
> 말이야! 한 봉지에 3페니히였지! 돌이켜 생각해 봐

---

249) Bt. 582

[…]." 마리아는 기억하지 못했다. 그녀는 어리석게
도 내게 대해서 불안을 느끼고, 약간 몸을 떨면서
왼손을 숨겼다. 그리고는 […] 고급 식품점의 새 냉
장고와, 오버카셀에 지점을 낼 계획 등 다른 화제
를 찾으려 애를 썼다.

"Erinnerst du dich nicht? Bitte, erinnere dich doch.
Brausepulver! Drei Pfennige kostete das Tütchen!
Denk mal zurück[…]." Maria erinnerte sich nicht.
Törichte Angst hatte sie vor mir, zitterte ein wenig,
verbarg ihre linke Hand, versuchte krampfhaft, ein
anderes Gesprächsthema zu finden[…]von dem
neuen Eisschrank im Feinkostgeschäft, von der
geplanten Filialengründung in Oberkassel. (Bt. 347)

그녀에게 과거사는 불안 그 자체이며 따라서 그녀는 진지한 성찰
을 거부하고 새로운 소비사회의 분위기로 전환하려고 하는 서독사
회의 면모를 그대로 지니고 있다.

과거에 대한 시각은 랑케스와 헤어초크에게서 극단적 대조를 보
인다. 랑케스는 과거를 단지 "벌써 오래 전에 지나간 längst passé"
것으로 여기며, 모든 것을 '지나간 것'과 '현재 중요한 aktuell' 것
으로 구분하는 데 익숙하다.250) 즉 과거와 현재의 단절이 드러난다.
반면 헤어초크는 과거에 완전히 사로잡힌 존재로서 과거 속에서만
산다. 그는 해마다 노르망디 지역을 찾아가 측량을 하면서 과거 군

---

250) Vgl. Bt. 672: "Passé ist ein Lieblingswort bei Lankes. Er pflegt die
    Welt in aktuell und passé einzuteilen."

사적 패배에 대한 원인을 토목공학적 입장에서 규명하고자 한다.
랑케스가 오스카와 함께 노르망디 해변을 찾아갔을 때 그는 측량작
업을 하기 위해 나타난 헤어초크에게 다음과 같이 말한다.

> "이봐요, 헤어초크. 당신이 무엇을 하겠다는 것인지
> 도대체 모르겠군! 여기 콘크리트 주위를 더듬고 다
> 니다니. 그때에는 아직 중대한 일이었어도, 이제는
> 이미 오래 전에 지나간 일입니다"

> "Man, Herzog, weiß gar nicht, was Sie wollen!
> Fummeln hier am Beton rum. Is doch längst passé,
> was damals noch aktuell war." (Bt. 672)

그러나 헤어초크의 입장은 달랐다. 이에 대한 서술자의 코멘트가
이어진다.

> 그러나 퇴역중위는 어떤 일도 과거의 일이라고 여기
> 지 않으며, 아직 청산이 이루어지지 않았고, 후에 몇
> 번이든지 반복하여 역사 앞에서 책임을 져야 하고,
> 그래서 그는 지금 도라 7호를 내부에서부터 관람하
> 고 싶다는 것을 단호히 말했다.

> Aber der Oberleutnant außer Dienst befand, daß
> nichts passé, daß die Rechnung noch nicht
> aufgegangen sei, daß man sich später und immer

wieder vor der Geschichte verantworten müsse und
daß er jetzt Dora sieben von innen besichtigen
wolle. (Bt. 672)

헤어초크는 단지 과거의 패배에 집착해서 그 원인을 기술적 측면
에서 찾고 있을 뿐이다. 전쟁의 책임과 역사의 수치를 탐구하고 있
는 것이 아니다. 마치 다음의 전쟁에서는 더욱 개선되고 철저한 준
비로 대처하겠다는 듯한 군국주의적 사고가 역력히 나타난다. 이는
과거의 책임문제와는 전혀 다른 방향의 전쟁광적 이데올로기에 다
름 아니다. 이러한 헤어초크의 태도는 냉전체제의 여파로 생겨난
서독의 재무장과 소련과의 군비경쟁에 대한 풍자로서 해석된다. 군
국주의자의 관심사는 미래의 또 다른 전쟁일 수밖에 없는 것이다.

전후시대 오스카의 행보는 이러한 기억들을 좇아서 과거의 궤적을
더듬어 성찰하고자하는 일종의 '회상 작업 Erinnerungsarbeit'이다. 그
가 묘지를 찾아간 것이라든지 병원근처를 산책하곤 한 것, 그리고 노
르망디 해변의 벙커를 다시 찾은 것과 도로테아의 옷장 안에 들어간
것도 기억을 상기시키는 일련의 행위로 볼 수 있다. 그가 클레프의 방
에서 북채를 다시 잡아 양철북을 다시 두들기며 북의 부활을 선언한
것도 결국 과거를 상기시키고자 하는 결연한 의지 때문인 것이다. 그
는 북을 자스페 묘지의 아버지 무덤에 묻었지만 결코 과거를 매장시
킬 수는 없었던 것이다. 과거에는 자기수호와 내면의 표현을 위해 오
스카가 북을 두드렸다면, 이제 그는 과거의 기억을 불러내고 사람들
의 유년기를 일깨우기 위해 북을 두드린다.

재즈밴드의 북 연주자로서 활동을 시작한 오스카는 콘서트 중개
회사 '베스트 West'와 계약을 맺고 연주여행을 시작한다. 그가 루

르지방을 방문했을 때 대부분 고령자들인 그의 팬들에게 그는 유년 시절을 일깨워주는 음악을 북으로 연주해준다. 이때 그의 팬들은 어린아이로 다시 되돌아가게 된다.

이것[유년기를 상기시키는 연주곡의 제목]은 그 노인들의 마음에 들었다. 그들은 완전히 거기에 동참했다. 그들은 유치가 솟아났기 때문에 치통을 느꼈다. 내가 백일해를 퍼뜨렸기 때문에 2천 명의 고령자들이 기침을 심하게 했다. 내가 그들에게 긴 털양말을 신겼기 때문에 그들이 얼마나 다리를 긁어댔는지. 내가 아이들로 되돌아간 그들로 하여금 불장난을 꿈꾸게 했기 때문에 많은 노부인과 노인들이 오줌을 싸서 속옷과 의자의 쿠션을 적시게 되었다.

Das gefiel den alten Leutchen. Da waren sie ganz dabei. Da litten sie, weil die Milchzähne durchbrachen. Zweitausend Hochbetagte husteten schlimm, weil ich den Keuchhusten ausbrechen ließ. Wie sie sich kratzten, weil ich ihnen die langen wollenen Strümpfe anzog. Manch alte Dame, manch alter Herr näßte Unterwäsche und Sitzpolster, weil ich die Kinderchen von einer Feuersbrunst träumen ließ. (Bt. 688)

이 그로테스크한 장면에서 작가는 기억을 잃어버린 세대를 향해서 기억을 되살리도록 촉구한다. 이 연령 계층에 속하는 사람들은 과거 나치의 태동에서부터 몰락까지의 시대사에 대해 직접적인 책임이 있

는 세대에 속한다. 그들에게 유년기를 일깨운다는 것은 그들의 과거
에 대한 기억을 일깨워서 그들 세대의 시대사적 책임을 각성시킨다
는 의미로서, 망각의 세대에 던지는 경종인 것이다.

이상과 같은 과거기피적 태도가 개인의 차원을 넘어서 사회병리적
현상으로 나타나는 것을 여실히 보여주고 있는 것은 제3부의 '양파주
점' 장에서이다. 여기에서 그라스는 소시민들이 과거를 거부하거나
부정하는 태도가 과거 사건들에 대한 감성적 개입을 차단함으로 인해
서, 결국 정치·사회적 불모상태를 초래했다는 점을 밝히고자 한다.

'양파주점' 장에서는 전후 서독인들의 심리적 경향이 희화적으로
표현된다. 여기서 그라스는 전후 서독사회를 사회심리학적으로 규명
한 미쳴리히 부부가 『슬퍼할 능력의 부재 Die Unfähigkeit zu trauern
』(1967)[251])에서 주장하고 있는 바와 같은 맥락에서 전후 서독사회의
문제를 다루고 있다. "슬픔이란 한 개인이 상실을 이겨내는 영혼의 과
정이다"[252]). 개인에게 있어서 슬픔을 극복하는 작업에 장애가 생기면
인간관계나 적극적이고 창조적 능력에 문제가 발생한다. 이러한 심리
학적 명제를 사회에 적용시켜서 전후 서독사회의 불모성(Sterilität)을
추론해 가는 것이 미쳴리히 부부의 작업이라면, 그라스는 이 '양파주

---

251) 이 책에서 미쳴리히 부부는 서독사회를 지배하고 있는 정치적·사회적 무
  감동(Immobilismus), 편협성(Provinzialismus)과 '기억의 거부 Abwehr
  von Erinnerung', '과거 사건들에 대한 감성적 개입의 차단 Sperrung
  gegen eine Gefühlsbeteiligung an den Vorgängen der Vergangenheit'
  사이에 존재하는 결정적 연관관계를 설명하고자 한다. 즉 과거와 현대
  사이에 존재하는 다양한 측면의 연관관계를 규명하고, 과거의 부정이
  결국 현재의 정치·사회적 불모상태를 야기했다는 관점에서 출발하고
  있다. Vgl. Alexander und Margarete Mitscherlich: Die Unfähigkeit zu
  trauern, München 1967, S. 23f

252) A. und M. Mitscherlich: a. a. O., S. 9: "Trauer ist ein seelischer Prozeß,
  in welchem das Individuum einen Verlust verarbeitet."

점' 장을 통해서 과거의 망각이 불러온 전후 소시민들의 감성의 붕괴
와 심리적 마비상태, 그리고 그들에게 여전히 존재하는 파시즘 친화
적 경향을 비판하고 있다.

재즈밴드인 오스카, 클레프와 숄레(Scholle) 일행은 "양파주점"이라
는 그로테스크한 술집에서 음악을 연주하게 된다. 이 곳은 가격이 비
싼 술집으로 아무나 들어올 수 있는 곳은 못되며 문에서는 문지기가
손님들을 통제한다. 요컨대 "오늘날 지성인으로 자처하는 모든 사람
들 alle, die sich heutzutage Intellektuelle nennen"(Bt. 646)이 모이는
곳이다. 이 곳의 주인 쉬무(Schmuh)라는 인물은 라인 숲에서 새를 총
으로 쏘아 죽인 다음 새들의 시체 위에 모이를 뿌리면서 눈물을 흘리는
인물이다. 홀로코스트(Holocaust)에서 '살아남은 유대인 überlebender
Jude'253)인 그는 그의 도덕적 우월성을 상업적으로 재치 있게 이용한
다.254) 그는 "마치 구세주처럼, 혹은 아주 큰 기적을 베푸는 사람처럼
wie der Heiland, wie der ganze große Wunderonkel"(Bt. 647) 손님
들의 환호를 받으면서 등장한 후, 모나리자와 같은 미소255)를 지으며
손님들에게 인사를 한다. 그리고는 빠른 걸음으로 긴장을 고조시키면
서256) 양파를 손님들에게 정중히 나누어준다. 죄를 느끼지만 울지 못

---

253) 이름에서는 짐작할 수 없지만 『개들의 시절 Hundejahre』에서는 그가 유
대인임이 드러난다. Vgl. WA. Ⅲ, S. 666 (Hundejahren).

254) Vgl. J. Rothenberg: Günter Grass. Das Chaos in verbesserter
Ausführung, S. 23: "Um das schlechte Gewissen dieser Mitbürger
wissend, nutzt er seine moralische Überlegenheit kommerziell
geschickt aus."

255) Vgl. Bt. 647: "Schmuhs Lächeln glich dem Lächeln auf einer Kopie,
die man nach der Kopie der vermutlich echten Mona Lisa gemalt
hatte."

256) Vgl. Bt. 648: "Doch machte er seine Runde schneller, steigerte jene
Spannung […]."

하는 손님들에게 인위적인 방법으로 울 수 있는 길을 열어주기 위해
서 이 양파가 필요한 것이다. 그들은 쉬무의 시작신호와 함께 이 양파
들을 썰며 울음을 터뜨린다. 사람들은 술을 마시기 위해서가 아니라
말라버린 눈물을 터뜨리기 위해 이곳에 와서, 도마 위에 놓인 양파를
썰면서 눈물을 흘리는 것이다.

> 쉬무의 손님들은 - 혹은 몇몇 손님들은 - 더 이상 아
> 무 것도 보지 못했다. 그들의 눈이 눈물로 넘쳐난
> 것이다. 마음이 그토록 가득 한 때문은 아니었다.
> 마음이 그토록 가득하다고 하여, 바로 눈에도 눈물
> 이 반드시 넘쳐난다고는 할 수 없기 때문이다. 특
> 히 최근 혹은 지난 수 십 년 동안 많은 사람들은
> 결코 눈물을 흘릴 수 없었다. 따라서 많은 슬픔이
> 도처에 있음에도 불구하고 장차 우리들의 세기는
> 눈물 없는 세기라고 명명될 것이다. 바로 이런 눈
> 물이 말라버린 까닭에 지불능력이 있는 사람들은
> 쉬무의 양파주점으로 가서[…]그것을 잘게, 더 잘게
> 썰었다 - 양파의 즙이 만들어질 때까지. 무엇을 만
> 들어낸다는 말인가? 세상과 이 세상의 슬픔이 만들
> 어내지 못한 것, 즉 둥근 인간적 눈물이다. 그래서
> 드디어 사람들은 울 수가 있었다.

> Schmuhs Gäste sahen nichts mehr oder einige sahen
> nichts mehr, denen liefen die Augen über, nicht weil
> die Herzen so voll waren; denn es ist gar nicht
> gesagt, daß bei vollem Herzen sogleich auch das
> Auge überlaufen muß, manche schaffen das nie,
> besonders während der letzten oder verflossenen

Jahrzehnte, deshalb wird unser Jahrhundert später
einmal das tränenlose Jahrhundert genannt werden,
obgleich soviel Leid allenthalben-und genau aus
diesem tränenlosen Grunde gingen Leute, die es sich
leisten konnten, in Schmuhs Zwiebelkeller [···]
schnitt die klein und kleiner, bis der Saft es schaffte,
was schaffte? Schaffte, was die Welt und das Leid
dieser Welt nicht schafften: die runde menschliche
Träne. Da wurde geweint. (Bt. 649f.)

눈물이 말라버린 이들 현대인들은 돈을 내고 눈물을 사는 것이
다. 눈물이 말라버린, 울 수 있는 감정의 능력마저도 상실되어 버린
이들 전후 세대들은 이러한 인위적인 방법을 통해서야 비로소 울
수 있는 것이다. 이렇게 눈물을 흘릴 때에야 비로소 사람들은 자기
마음을 털어놓으며 인간적 면모를 보인다.

아직도 망설이면서, 자신의 적나라한 말에 놀라면서,
양파주점의 손님들은 양파를 먹은 뒤에, 마대자루를
펼쳐놓은 불편한 상자 위에 걸터앉은 이웃 사람들에
게 자신을 내맡기고, 이웃사람들이 마치 외투를 뒤집
는 것처럼 자신들에게 맘껏 캐묻게 하고 자신들의
속을 완전히 뒤집어 보도록 허락했다.

Zögernd noch, erstaunt über die eigene nackte
Sprache, überließen sich die Gäste des Zwiebelkellers
nach dem Genuß der Zwiebeln ihren Nachbarn auf
den unbequemen, rupfenbespannten Kisten, ließen

sich ausfragen, wenden, wie man Mäntel wendet. (Bt.
650)

이러한 대화에서 수많은 인생사의 희노애락이 오고가는 가운데
젊은이들의 사랑이야기가 소개된다. 피오흐(Pioch)와 빌리(Willy)의
사랑은 발톱을 매개로 한다. 전차 안에서 빌리가 피오흐의 발을 밟
아 발톱이 상하게 된 것을 계기로 그들의 사랑이 시작되지만 발톱
이 자라면서 빌리의 사랑은 식어버린다. 그래서 피오흐의 발톱은 계
속 희생될 수밖에 없었다. 그러나 양파주점에서 눈물을 체험하고 나
서는 이를 희생시키지 않고도 서로 사랑할 수 있게 되고 결국 결혼
하게 되었다는 것이다. 또 구드룬(Gudrun)과 게르하르트(Gerhard)의
사랑은 남성답지 못하게 털이 없는 점과 여성답지 못하게 털이 많
은 점이 서로 장애가 되어 이루어지지 못하였지만 양파주점을 다녀
간 뒤에 그 장애가 극복되고 결혼하게 되었으며, 그 후 서로의 남성
성과 여성성이 회복되었다고 한다.

이들의 사랑의 행태에서 전후 독일 젊은이들의 애정관을 확인해
볼 수 있다. 눈물로 감성이 회복되기 전 이들의 사랑은 이기적이다.
또 겉모습 때문에 방해를 받는다. 피오흐의 사랑이야기의 경우 아
픔이 있는 한 사랑이 존재하다가 그 아픔이 사라지면 사랑이 식어
버린다. 이는 전후 곤궁한 시대에는 그래도 과거에 대한 책임의식
이 다소나마 존재하다가 번영의 시대가 되자, 이내 과거의 기억을
잊어버리는 서독사회에 대한 암시이다. 또한 구드룬의 사랑이야기
에서는 겉모습 때문에 진정한 사랑에 이르지 못하는 두 남녀의 심
리상태를 통해 독일사회의 겉치레와 허영이 비판되고 있다.

손님들은 계속 눈물을 흘리면서 집단최면과도 같은 상태에 빠져

들게 되는데 "사람들과 함께 있으면 훨씬 울기가 쉬웠기"[257) 때문이다. 점점 광기에 가까운 행동을 보이는 그들을 진정시키기 위해서는 오스카 밴드의 음악이 필요했다. 그러나 오스카는 다시 세살짜리의 오스카가 되어 북을 두드려 그들이 이미 망각하고 있는 유아성을 일깨워준다.

> 오스카는 예전의 세살짜리 아이 오스카의 손에 북
> 채를 쥐어 주는데 성공했다. 나는 북을 두들기며
> 옛적 길을 오고 갔다. 또 세살짜리 아이의 시각으
> 로 세계를 분명하게 만들어서 참된 광란의 축제에
> 도달하지도 못하는 이 전후의 사람들에게 우선 문
> 자 그대로 길잡이가 되어 주었다. 그리고 나는 그
> 들을 포사도프스키 거리에 있는 카우어 아주머니의
> 유치원으로 데리고 갔다 […].

> Es gelang Oskar, einem einst dreijährigen Oskar die
> Knüppel in die Fäuste zu drücken. Alte Wege
> trommelte ich hin und zurück, machte die Welt aus
> dem Blickwinkel der Dreijährigen deutlich, nahm die
> zur wahren Orgie unfähige Nachkriegsgesellschaft
> zuerst an die Leine, was heißen soll, ich führte sie in
> dem Posadowskiweg, in Tante Kauers Kindergarten
> […]. (Bt. 659f.)

이들은 유치원 아이들이 되어 그를 졸졸 따라 다니며, 오줌을 싸

---

257) Bt. 654: "Es weinte sich in Gesellschaft viel leichter."

는 등 우스꽝스러운 광경을 연출해낸다. 이들의 망각 속에 잠재되어 있던 유아성이 발현된 것이다. 그리고 오스카의 북이 과거의 기억을 상기시켜주는 역할을 유감없이 발휘한 것이다.

이러한 그로테스크한 에피소드는 전후 서독사회의 네오비더마이어적 경향과 이러한 사회분위기에서 초래된 서독인들의 심리적인 불능 상태, 즉 슬퍼할 일이 도처에 많아도 슬퍼할 능력이 없는 감성의 결핍 상태를 희화적으로 묘사하고 있는 블랙유머다. 또한 과거의 기억을 망각하였기 때문에 슬퍼할 수 없는 독일 소시민들의 심리적 불구상태가 알레고리로서 표현되고 있다. 또한 과거와 같이 누군가 나타나서 선동의 북소리를 울리면 또 다시 무비판적으로 추종할 수 있는 맹목성이 이들 소시민들의 행태 가운데 여전히 존재하고 있다는 점을 암시적으로 보여주고 있다.

3) 비극적 과거의 상품화

비극적 과거가 상품화되는 경우는 화가 랑케스에게서 극단적으로 나타난다. 그는 수녀들을 소재로 한 "수녀들 시리즈"로 화단에서 성공을 거둔다. 과거 자신이 기관총으로 쏘아 죽인 수녀들의 상을 화폭에 담아 일련의 시리즈를 완성하고 직업적 성공을 거둔 것이다.

> 이러한 세로형 그림과 가로형 그림들은 모두 화가 랑케스가 우리들이 라인란트에 돌아왔을 때 그린 것들이다. 수녀들 시리즈를 완성해서, 수녀화에 강한 욕심을 낸 화상(畵商)을 찾아내 43점의 수녀화를 전시했다. 그는 17점을 수집가와 기업가와 미술

관과 또한 미국인에게 팔았고, 비평가로 하여금 랑
케스를 피카소와 비교하도록 만들었다 [⋯].

Und alle diese Bilder, Hochformate und
Querformate, malte der Maler Lankes, als wir ins
Rheinland zurückkehrten, fertigte ganze
Nonnenserien an, fand einen Kunsthändler, der auf
die Nonnenbilder scharf war, stellte dreiundvierzig
Nonnenbilder aus, verkaufte siebzehn an Sammler,
Industrielle, Kunstmuseen, auch an einen
Amerikaner, veranlaßte Kritiker, ihn, Lankes, mit
Picasso zu vergleichen [⋯]. (Bt. 681)

여기서는 두 가지 측면에서 랑케스의 경우를 고찰해 볼 수 있다. 첫
째는 비극적 과거가 예술화된 측면이다. 화가 랑케스는 비극적 과거
를 예술 창조의 힘으로 승화시켜서 무려 43점의 수녀화 연작을 화폭
에 담아내는 열정을 보인다. 과거 나치범죄의 직접 가담자로서 그는
자신의 행동에 대한 어떤 반성이나 양심의 가책도 없이 오로지 예술
가 정신에 투철할 뿐이다. 그가 노르망디의 벙커를 다시 방문한 것도
과거의 비극의 현장을 더듬어 '예술을 위한 예술 l'art pour l'art'을 창
조하기 위해서이다. 이러한 그의 사고방식은 "봉사는 봉사이고, 술은
술이다 Dienst ist Dienst und Schnaps ist Schnaps"(Bt. 135)라고 말
하는 마체라트 식의 가치관과 비교될 수 있다. 그는 과거 자신이 개입
된 만행에 대해서 명령은 명령일 뿐이라고 여기고, 이와 마찬가지로
예술은 단지 예술일 뿐이라고 여기는 것이다. 여기서 작가는 예술가
들의 역사의식의 부재를 강하게 비판하고 있다. 과거를 반성하고 죄

를 인식하기는커녕 오히려 이를 자신의 출세의 발판으로 삼는 소시민
적 예술가의 태도가 비판되고 있는 것이다.

둘째는 예술이 상품화된 측면이다. 과거의 비극을 다룬 랑케스의 그
림들은 그 상업적 가치를 발견한 화상을 통해 소위 재력가들에게 팔려
나간다. 예술작품이 소비상품으로 전락하여 상품 가치로 환산되고 있
는 현대 문화산업의 현실이 드러나고 있다. 또한, 현대 예술계의 상업
적 풍조에 대한 그라스의 냉소적 비판도 암시적으로 읽혀지고 있다.

오스카의 예술 역시 현실적 삶과의 변증법적 관계에 놓여있으며,
랑케스와 같은 상혼으로부터 결코 자유롭지 않다. 『양철북』 제3부는
석공과 석조각 견습생에서 시작하여 재즈밴드의 북 연주자 그리고 작
가로 이어지는 소시민 예술가 오스카의 편력기라고 할 수 있다. 처음
그가 석공으로서 묘석을 조각하기 시작하면서 "나의 행운은 앞으로
묘석 위에 기록되거나, 아니면 보다 더 전문적으로 표현해서 묘석에
새겨질 것이다"258)고 말한다. 이때의 석공의 길은 그의 "행복에 대한
욕구 Bedürfnis nach Glück"(Bt. 543)를 충족시키기 위해 선택한 것
이었다. 행복해지려는 소박한 욕구를 지닌 시민으로서의 출발이라고
할 수 있다.

> 행복, 그것은 정녕 나의 북은 아니었다. 행복은 단
> 지 대용품일 뿐이었다. 그러나 대용품의 행복도 존
> 재할 수 있는 것이다. 어쩌면 행복은 대용으로만
> 존재하는 듯하다. 행복이란 언제나 저장되어 있는
> 행복의 대용품이다 […].

---

258) Bt. 544: "mein Glück wird fortan auf Grabsteine geschrieben oder
zünftiger, in Grabsteine gemeißelt werden."

Glück, das war zwar nicht meine Trommel, Glück,
war nur Ersatz, Glück kann aber auch ein Ersatz
sein, Glück gibt es vielleicht nur ersatzweise,
Glück immer Ersatz fürs Glück, das lagert sich ab
[···]. (Bt. 545)

전후시대 초기에 오스카는 물질적 행복을 가져다 줄 수 없는 북
보다는 "대용품으로서의 행복"을 추구하려 한다. 즉 현실의 삶을
위해서 예술가의 길을 유보하고 시민이 되고자 하는 것이다. 한편
그가 시민이 된다고 하는 것은 무엇인가를 "해야 한다 sollen"는 당
위성을 강요한다. 오스카는 '포르투나 노르트'장에서 햄릿과 요리
크259)를 비교하면서 "마침내 시민이 될 수 있다는 희망"260)에 들떠
서 "결혼을 할 것이냐, 안 할 것이냐, 이것이 여기서 문제로다"261)
라는 명제를 스스로에게 제기하고는 마리아에게 청혼하지만 완곡히
거절당한다. "그래서 요리크는 시민이 되지 않았고 햄릿, 즉 광대가

---

259) 요리크(Yorick)은 셰익스피어의 『햄릿』 제5막 제1장에 나오는 궁중의
익살광대(Narr)로서 햄릿은 묘지에서 그의 해골을 발견하고 "아 가엾은
요리크, [···] 좌중을 마냥 웃기던 그 익살, 그 노래, 그 신나는 재치 등은
다 어디 갔는가?"라고 말한다. 이 소설에서 작가는 햄릿과 요리크를 사
회와의 관계에서 규정되는 인간에 대한 메타포로 사용하고 있다. 햄릿은
사회와 유리된 '국외자적 성격 Außenseitertum'을 대변하고 요리크는
사회와 통합된 인물을 대변한다. 즉 예술가와 시민 사이의 선택의 기로
에 선 오스카의 상황을 두 인물의 메타포를 통해서 말하고 있다. 이는
오스카가 이미 출생에서부터 강요당한 바(북치는 예술가와 식료품상의
선택)이기도 하다. Vgl. Silke Jendrowiak: Günter Grass und die
Hybris des Kleinbürgers, Heidelberg 1979, S. 175.
260) Bt. 565: "von dem Wunsch bewegt, endlich ein Bürger werden zu
dürfen."
261) Ebd.: "Heiraten oder Nichtheiraten, das ist hier die Frage."

되어 버렸다"262)라고 말한다. 결국 오스카가 시민이 되는 길은 좌
절된다. 빌헬름 마이스터가 예술가로서 좌절을 맛본 것과 마찬가지
로 오스카는 시민이 되는 것을 포기한다.263) 그리고 "오스카는 등
의 혹을 자각하고 예술에 몸을 바쳤다!"264)고 일종의 선언을 한 후,
예술가가 되기 전에 이 혹을 이용해서 예술의 대상이 된다. 강렬한
관찰욕을 가진 자로서 그는 미술대학의 누드모델이 되어 오히려 관
찰의 대상이 되고 예술적으로 분석된다. 쿠헨(Kuchen)교수는 "표
현"이라는 말을 강조하면서, 그에게서 시대의 광기와 파괴된 인간
의 모습을 읽어낸다.

> 그는 표현을 요구했다. 표현이라는 한 마디가 전부
> 였다. 절망적인 칠흑의 표현이라고 말하고는, 나에
> 대해서 주장하기를, 나 오스카는 고발적이고도 도
> 전적으로, 또 초시간적이면서도 우리들 세기의 광
> 기를 표현하면서 인간의 파괴된 모습을 표현하고
> 있다는 것이다.

> Ausdruck verlangte er, hatte es überhaupt mit dem
> Wörtchen Ausdruck, sagte: verzweifelt nachtschwarzer
> Ausdruck, behauptete von mir, ich, Oskar, drücke das

---

262) Ebd.: "So wurde aus Yorick kein Bürger, sondern ein Hamlet, ein
　　　Narr."
263) Vgl. Klaus Stallbaum: Kunst und Künstlerexistenz im Frühwerk von
　　　Günter Grass, Köln 1989, S. 103: "Wo Wilhelm als Künstler
　　　scheiterte, kapituliert Oskar als Bürger."
264) Bt. 566: "Da besann Oskar sich seine Buckels und fiel der Kunst
　　　anheim!"

zerstörte Bild des Menschen anklagend,
herausfordernd, zeitlos und dennoch den Wahnsinn
unseres Jahrhunderts ausdrückend aus. (Bt. 568)[265]

오스카는 "인간의 파괴된 모습"을 인상적으로 표현하고 있는 한 시
대의 실존적 인물로서 이해되고 있다. 미술대학생 중 라스콜리니코
프[266]라는 자는 그에게서 죄와 벌을 발견하고 북을 집어 들게 만든
인물이다. 그는 모델 오스카의 양손의 공백(Vakuum)을 채우고자 여
러 가지 사물을 가지고 대비시켜 보다가 결국 북이 적절하다는 것을
발견하고는 이를 가지고 와서 오스카에게 그것을 집을 것을 요구한다.
그러나 오스카가 이를 완강히 거부할 때 라스콜리니코프는 마치 모든
것을 알고 있는 듯이 말한다.

---

265) 쿠헨 교수의 이와 같은 말은 독일 표현주의의 패러디로 해석될 수 있다.
독일 표현주의의 특징은 과도한 감정주의와 내적 주관성, 그리고 비정
치적 정신주의이다. 이러한 특징은 전통적 독일 시민문화의 특수한 성
격과 이와 결부된 전통적 독일 시민지식인 계층의 체질과 관련을 맺고
있다. 그들은 종래의 시민적 휴머니즘이나 관념적인 이상주의를 한층
더 상승시킴으로써 새로운 현실을 극복하고 초월하고자 하였다. 그라스
는 이러한 표현주의가 독일의 비합리주의의 전통과의 연관에서 정신적
귀족주의의 태도를 견지하여 정치현실과 정치투쟁에 일정한 거리를 유
지하고 있는 것을 비판하고 있다. 그는 『양철북』의 집필의도가 나치즘
을 탈악마화하고 독일의 관념론과 비합리주의적 전통을 뿌리 뽑으려는
것임을 강조하고 있다. Vgl. WA. IX, S. 437.
266) 그가 항상 죄와 벌에 대한 이야기만 했기 때문에 얻어진 별명이다. 도스토
예프스키의 『죄와 벌』의 주인공 라스콜리니코프는 사회에 반항하는 지식
인 허무주의자로서 선과 악 사이에서 갈등을 겪는다. 인도주의적 목적은
사악한 수단을 정당화한다는 그의 파괴주의적 이론은 결국 그를 살인으로
몰고 간다. 감옥에 갇히자 그는 도덕률을 위반하도록 자신을 충동질한 지
적 오만을 버리고, 행복은 이성에 바탕을 둔 실존 계획으로는 얻을 수 없
으며 고통을 통해 얻어야 한다는 깨달음에 도달한다. 『양철북』에서 이 등
장인물의 언행은 러시아적 운명론의 패러디로 볼 수 있다.

라스콜리니코프: "북을 들어라 오스카, 나는 너를
알고 있었다!"
나는 떨면서: "다시는 듣지 않는다. 그것은 지나갔다!"
그는 침울하게: "지나간 것은 아무 것도 없다, 모
든 것은 되돌아온다, 죄, 벌, 그리고 또 죄!"

Raskolinikoff: "Nimm die Trommel, Oskar, ich hab
dich erkannt!
"Ich zitternd: "Nie wieder. Das ist vorbei!
"Er, düster: "Nichts ist vorbei, alles kommt wieder,
Schuld, Sühne, abermals Schuld!" (Bt. 581f.)

오스카는 결국 "마돈나 49"의 북 치는 예수가 되어 화폭에 오른
다. 죄와 벌의 순환적 발생이 알레고리화된 이 그림의 완성을 위해
서는 북의 도움이 있어야만 했다.267) 그러나 이때만 해도 그가 북
을 친 것은 아니었다. 그의 북 치는 행위가 되살아난 것은 클레프
와 처음 만났을 때였다.

이제까지 내가 고철로 내팽개친 천 개가 넘는 양철
북과 자스페 묘지에 매장된 그 하나의 양철북, 이
것들이 일어나 새롭게 소생하여, 완전히 부활을 축
하하고 소리를 울려서 나를 가슴 벅차게 하고, 나

---

267) Vgl. K. Stallbaum: Kunst und Künstlerexistenz im Frühwerk von
Günter Grass, S. 105: "Zur Vollendung gelangt das Bildnis, das das
zyklische Geschehen von Schuld und Sühne allegorisiert, durch die
Vernichtung des Vakuums zwischen Oskars Händen mit Hilfe der
Trommel."

로 하여금 침대구석에서 일어나서 방에서부터 [⋯]
나오게 하고, [⋯] 나의 방으로 박차고 들어가 라스
콜니코프가 '마돈나 49'를 그렸을 때 나에게 선
물한 그 북 앞에 마주서게 했다. 그리고 나는 나의
북을 집어 들고 거기에다 두 개의 북채까지 손에
쥐고서는 [⋯] 오랜 방황에서 돌아온 사람과 같이
클레프의 스파게티 부엌에 발을 들여놓았다. [⋯]
그리고 나는 순서대로 북을 치기 시작했다. 태초에
시작이 있었다.

Die tausend Bleche, die ich zum Schrott geworfen
hatte, und das eine Blech, das auf dem Friedhof Saspe
begraben lag, sie standen auf, erstanden aufs neue,
feierten heil und ganz Auferstehung, ließen sich
hören, füllten mich aus, trieben mich von der
Bettkante hoch, zogen mich [⋯] aus dem Zimmer,
[⋯] peitschten mich in mein Zimmer, ließen mir jene
Trommel entgegenkommen, die mir der Maler
Raskolnikoff geschenkt hatte, als er die Madonna 49
malte; und ich ergriff die Trommel, hatte das Blech,
dazu beide Stöcke im Griff, [⋯] betrat wie ein
Überlebender, der von langer Irrfahrt zurückkehrt,
Klepps Spaghettiküche, [⋯] und ich begann zu
trommeln, der Reihe nach, am Anfang war der
Anfang. (Bt. 624f.)

다시 북을 두드리게 된 오스카는 이제 본격적인 소시민 예술가로
서의 길을 가게 된다. 오스카와 클레프는 기타를 연주하는 숄레와

함께 "더 라인 리버 쓰리 The Rhein River Three"라는 재즈밴드를
결성한 다음, 양파주점에서 연주를 시작한다. 이후 오스카는 그의
"굉장한 묘기 dolle Trick"로 대대적 선풍을 일으키고자 하는 되시
(Dösch) 박사의 제안과 화가로서 성공한 랑케스에 의해 성공에 고
무되어 '빵을 갈망하는 예술'268)을 추구한다.

> [⋯] 나의 예술도 역시 빵을 갈망하고 있었다. 전쟁
> 전과 전시에 걸쳐서 세살짜리 양철북 연주자 오스
> 카의 경험을 양철북에 의해서 전후시대의 소리 내
> 는 순금으로 바꾸는 것이 필요했다.

> [⋯] auch meine Kunst schrie nach Brot: Es galt, die
> Erfahrungen des dreijährigen Blechtrommlers Oskar
> während der Vorkregs- und Kriegszeit mittels der
> Blechtrommel in das pure, klingende Gold der
> Nachkriegszeit zu verwandeln. (Bt. 681)

그 후 오스카는 양철북 연주자로서 성공한다. 그러나 그의 성공
뒤에는 예술을 지배하는 권력으로서 콘서트 중개회사 '베스트'의 홍
보, 즉 '스타만들기' 내지는 '신화만들기'가 큰 역할을 하고 있다.
이는 전선극장에서 나치의 선전에 참여했던 베브라의 배후조정을
연상시키는 대목이다.

---

268) Vgl. Bt. 681: "meine Kunst schrie nach Brot."

연주여행이 시작되기 일주일 전에 그 비열한 효과를
내는 포스터들이 처음으로 모습을 나타냈다. 그것들
은 나의 성공을 준비하여 나의 등장을 마법사, 기도
치료사, 메시아의 등장과도 같이 예고하고 있었다.

Eine Woche vor dem Beginn der Tournee tauchten
jene ersten, schändlich wirksamen Plakate auf, die
meinen Erfolg vorbereiteten, meinen Auftritt wie
den Auftritt eines Zauberers, Gesundbeters, eines
Messias ankündigten. (Bt. 687)

그리고 콘서트 중개회사 '베스트'의 후원에 힘입어 그는 곧 예술
가로서의 명성을 떨친다. 돈과 명성을 한꺼번에 얻은 것이다. 그러
나 이 성공은 부조리한 사회와의 타협을 통해서 얻어진 것이었다.
그의 연주여행은 "하나의 사업 ein Geschäft"[269]이었으며 그의 양
철북은 "금광 Goldgrube"[270]과도 같았다. 언론은 "오스카니즘"이라
는 말을 언급하며 그의 성공을 확인시켜준다.

내게 있어서 신문기자들의 평판은 차라리 고통스러
웠다. 그들은 나를 숭배하고, 나와 내 북에 치료효
과가 있다고 공인하고, 내 북이 기억력 감퇴를 치
료할 수 있다고 했으며, "오스카니즘"이라는 말이
처음으로 등장하여, 곧 바로 유행어가 될 것이라고
들 했다.

---

269) Bt. 688
270) Ebd.

Mir war das Gerede der Zeitungsleute eher peinlich.
Die trieben einen Kult mit mir, sprachen mir und
meiner Trommel Heilerfolge zu. Gedächtnisschwund
könne sie beseitigen, hieß es, das Wörtchen
"Oskarnismus" tauchte zum erstenmal auf und sollte
bald zum Schlagwort werden. (Bt. 689)

전후 서독사회의 또 다른 광기가 표출되고 있는 것이다. 오스카는
이러한 광기에 힘입어 마침내 부자가 된다. 그가 가진 자본의 힘은 마
리아가 애인 슈텐첼(Stenzel)과 헤어지게 만들고, 그녀에게 고급 식품
점을 낼 수 있게도 해준다. 고슴도치라 불리는 차이틀러도 그에게 경의
를 표하기도 한다. 그러나 그는 행복해지지 못했다. 권태로움과 고독이
그를 괴롭혔으며, 이를 벗어나기 위해서 그는 자신을 고의적으로 "무명
지 재판 Ringfingerprozeß"271)에 연루시킨다. 그는 친구이자 이 재판
의 증인인 비틀라(Gottfried von vittlar)에게 다음과 같이 말한다.

"친애하는 고트프리트, 성공이라고? 나는 내 생애
동안 많은 성공을 거두었지. 한 번이라도 좋으니
성공하지 않았으면 좋겠어. 그것은 매우 어렵고 많
은 노력을 요구하지."

„Erfolg, lieber Gottfried? Ich habe viel Erfolg in
meinem Leben gehabt. Ich möchte einmal keinen
Erfolg haben. Aber das ist sehr schwer und
erfordert viel Arbeit." (Bt. 714)

---

271) Bt. 718

경제부흥의 서독사회에서 성공하고서도 그의 심리적 절망은 더욱
커져간다. 성공이 그에게 만족을 줄 수는 없었다. 복지사회의 허울
은 권태와 고독만을 제공할 뿐이다. 이러한 그에게 과거의 그림자
가 점점 짙어진다. "검은 마녀 **schwarze Köchin**"가 출몰하여 그를
괴롭힌다. 이는 아직 청산되어어야할 오스카의 죄가 여전히 존재한다
는 사실을 일깨우고 있는 것이다. 그는 도피를 결심한다. 그러나 그
의 영원한 피난처인 할머니의 네겹치마도 더 이상 존재하지 않는
황량한 서독사회에서 그의 도피처는 정신병원뿐이다. 여기서 북을
두드리며 과거를 회상하기 위해서이다. 북을 통해서 그가 성공을
거두었지만, 이 북은 결코 타협을 모르는 존재이다. 인간사회와 결
코 타협하지 않는 절대 예술의 매체인 이 북은 오스카의 그릇된 시
도에 저항하기도 했었다.

> 시립병원에서 퇴원한 직후 나는 나의 간호사들과 헤
> 어진 것을 슬퍼하며, 격렬하게 북을 휘몰아치면서 작
> 업하고, 작업을 하면서 북을 휘몰아치기 시작했다.
> 자스페 묘지에서 비 때문에 망친 오후가 나의 손놀
> 림을 멈추도록 놓아두지 않았다. 반대로 오스카는 긴
> 장을 배가시켜서 방위대원들 앞에서 자신의 수치를
> 목격한 마지막 증인인 그 북을 망가뜨리기 위한 과
> 업에 그의 전력을 기울였다. 그러나 북은 끈질기게
> 견뎠고, 나에게 대꾸하고, 내가 두들기면 비난하듯
> 되받아 쳤다.

> Gleich nach der Entlassung aus den Städtischen
> Krankenanstalten begann ich, den Verlust meiner

Krankenschwestern beklagend, heftig wirbelnd zu
arbeiten und arbeitend zu wirbeln. Der verregnete
Nachmittag auf dem Friedhof Saspe ließ mein
Handewerk nicht etwa zur Ruhe kommen, im
Gegenteil, Oskar verdoppelte seine Anstrengungen
und setzte all seinen Fleiß in die Aufgabe, den
letzten Zeugen seiner Schmach angesichts der
Heimwehrleute, die Trommel, zu vernichten. Aber
die hielt stand, gab mir Antwort, schlug, wenn ich
draufschlug, anklagend zurück. (Bt. 313)

폴란드 우체국 방어가 끝난 다음 부끄러운 자신의 과거를 지워버
리기 위해서 북을 두들기는 오스카에게 북은 저항한다. 자신의 과
거를 지워버리고 역사와 타협하려는 오스카에게 예술의 도구인 북
이 저항하는 것이다. 전후에 오스카가 성공한 뒤에도 북은 타협을
모르는 예술의 매체로서 현실 앞에서의 어떤 타협도 용인하지 않는
다. 그라스는 예술의 '비타협성 Kompromißlosigkeit'에 대해서 "시
는 타협을 모른다. 그러나 우리는 타협으로 살아간다. Das Gedicht
kennt keine Kompromisse; wir aber leben von Kompromissen
."272)라고 말한 바 있다. 삶은 타협일 수밖에 없지만 예술은 타협을
모른다는 의미이다. 오스카의 내면에서도 이러한 예술과 삶의 긴장
관계가 지속되면서, 북의 절대적 미학의 세계와 '빵을 갈망하는 예
술'이 서로 충돌하고 있다. 이러한 오스카의 내면적 대결상태에서
그를 더욱더 도피의 길로 향하도록 만들고 있는 것은 서독사회에
만연한 복고적 분위기이다.

---

272) WA. IX, S. 158 (Vom mangelnden Selbstvertrauen der schreibenden
Hofnarren unter Berücksichtigung nicht vorhandener Höfe).

4) 네오비더마이어적 경향

1950년대부터 서독의 경제부흥은 서독사회를 전후의 궁핍상태로 부터 복지와 번영의 수준으로 인도해갔으나, 이와 더불어 보수적 분위기가 사회 전반에 걸쳐서 확대되어갔다. 아데나우어 정부는 서 방연합국의 점령정책을 계승하여 반공주의, 재무장, 자본주의적 사 회체제의 공고화를 위한 정책들을 실행해 나갔으며 이에 따른 정 치, 경제, 군사적 복고주의가 다시 고개를 들게 되었다. 과거 나치 에 협력했던 기업들이 다시 경제성장의 주축이 되어 되살아나고 독 일의 과거문제는 마치 잊혀진 듯 보였다. 나치에 협력했던 개인과 기업들이 여전히 살아남아 정치를 부패시키고 민주주의의 이름을 더럽히고 있는 서독의 현실에서 소시민들 또한 열악한 정치의식으 로 현재의 경제적 번영에 그저 만족하며 시대의 변혁에 대한 거부 적 태도를 여전히 지니고 있는 것이다. 그라스는 한 연설에서 다음 과 같이 말하고 있다.

> 우리가 수치를 모르고 형제자매라고 부르는 우리의
> 동포들이 죄값을 치러야 하는 동안, 우리는 이 평
> 화가 정신이 결여된 복지 속에서 질식되어 가는 것
> 을 용인했습니다. 이 복지는 부패의 냄새를 풍깁니
> 다. 이러한 정치가 올바른 정치일까 하는 모든 회
> 의는 냉장고가 가득 차 있다는 말로써 잠재워졌던
> 것입니다.

> Wir haben es geduldet, daß dieser Frieden in
> geistlosem Wohlstand erstickt wurde, während

unsere Landsleute, die wir schamlos Brüder und
Schwestern nennen, die Zeche bezahlen mußten.
Dieser Wohlstand riecht nach Bestechung! Jeder
Zweifel an der Richtigkeit dieser Politik wurde mit
dem Hinweis auf den vollen Eisschrank
beschwichtigt.[273]

그라스는 서독사회를 "열심히 일하는 근면성과 정치적 무기력증
사이에서 평온과 질서와 안정을 도모하는 네오비더마이어 사회"[274]
라고 규정한다. 비더마이어(Biedermeier)는 로만주의와 사실주의 사
이(1815-48)의 보수적 문학경향을 가리키는 문학사적 시대개념이다.
본래의 의미에서 볼 때 비더마이어적 경향이란 삶의 안위(安慰)를
통한 체념, 권태, 열정의 상실, 천진성, 보수성과 고루함 등으로 대
표된다. 그라스는 이 용어를 시대비판적으로 차용하여 종교, 국가,
향토, 가족과 같은 총체성에 기꺼이 순응하고 그 속에서 평화와 질
서를 찾으며 결국은 은둔적 행복에 취하는 서독인들의 도피주의적
태도를 비판하고 있다. 그들은 구시대적인 가치관, 즉 가부장적인
가정과 권위주의적인 국가질서에 기꺼이 순응하며 과거의 삶을 존
중한다. 그라스는 이러한 서독사회를 '네오비더마이어'의 사회라고
단정지으며 서독사회의 복고적, 보수적 경향과 더불어서 서독인들
의 정치적 무기력증과 도피적 자세를 비판하고 있는 것이다.

『양철북』의 제1부와 제2부에서 잠재된 야만성이 소시민 세계의

---

273) WA. IX, S. 134 (Ich klage an).
274) Günter Grass: Über das Selbstverständliche. Politische Schriften,
München 1969, S. 167: "neo-biedermeierliche Gesellschaft, die
zwischen emsigem Fleiß und politischer Lethargie, Ruhe, Ordnung und
Sicherheit pflegte."

답답한 분위기와 목가적 정경으로 묘사되었듯이 제3부에서는 독일의 유예된 과거청산의 문제와 서독사회의 복고주의적 경향이 소시민들의 문화, 즉 네오비더마이어적인 목가성으로 표현된다. 서술자는 화폐개혁이 이러한 네오비더마이어의 전제조건이 되었다고 진술하고 있다.

> 화폐개혁 후의 시대는—우리들이 오늘날 알고 있는
> 바와 같이—잠시 전성기를 누리고 있는 비더마이어
> 를 위한 모든 전제조건을 갖추고 있었으므로 오스
> 카의 비더마이어적 특성도 또한 촉진시킬 수 있었
> 을 것이다.

> Die Zeit nach der Währungsreform, die-wie wir
> heute sehen-alle Voraussetzungen fürs momentan
> in Blüte stehende Bierdermeier hatte, hätte auch
> Oskars biedermeierliche Züge fördern können. (Bt.
> 566)

그라스는 뒤셀도르프의 소시민 사회를 '네오비더마이어'의 복마전(伏魔殿)으로 묘사하고 있다. "통화개혁 이후 뒤셀도르프에서 상당히 빠른 속도로 발전한 저 사교계"275)의 사람들이 모이는 "양파주점"은 바로 네오비더마이어의 특징을 보여주고 있다. 그곳의 재즈음악과 "유별난 실내장식 extravagante Innenausstattung"(Bt. 643), 예를 들면 갱

---

275) Bt. 644: "jene Gesellschaft, die sich nach der Währungsreform in Düsseldorf ziemlich schnell […] entwickelte."

도의 분위기를 연출하는 "카바이드 램프 Karbidlampen"(Bt. 645)와 "평
화스러운 농부의 방 friedliche Bauernstube"(Bt. 645)이 이런 분위기
를 만들고 있다. 뿐만 아니라 그곳에 오는 손님들의 취향에서도 체념
과 우수, 권태 등의 비더마이어적 생활감정이 엿보인다. 이들 소시민
들은 물질적 번영을 토대 위에서 평화와 안일을 추구한다. 그들은 현
실의 삶을 역사적·정치적 영역으로부터 차단시키고 "가득 찬 냉장
고"에 만족하며 삶의 미학에 안주하여 자신의 작은 영역에 유토피아
를 건설하는 것이다.

한편 이와는 대조적으로 산업화된 서독의 사회적 환경은 효율성의
원리 하에 인공적으로 구축된, 철저히 기능화되고 통제된 매커니즘이
지배하고 있다. 서독사회는 경제기적에 힘입어 복지사회로의 꿈을 실
현해 나가지만, 획일적이고 인공적이며 숨막히게 하는 건물들이 도시
를 점령하고 사람들은 점차 물질만능주의에 빠진다. 오스카가 신축건
물 9층에 있는 콘서트 중개 회사인 '베스트'를 방문했을 때의 다음과
같은 묘사는 복지사회의 숨막히는 일면을 제시하고 있다.

> 반듯한 카펫, 많은 철제 장식, 간접 조명, 모두 방음장
> 치가 되어있고, 문과 문이 한결같이 이어지고, 자기
> 상관들의 담배 냄새를 풍기는 긴 다리의 여비서들이
> 옷 스치는 소리를 내며 내 앞을 지나갔다. 나는 자칫
> 중개회사 '베스트'의 사무실에서 달아날 뻔했다.

> **Spannteppich, viel Messing, indirekte Beleuchtung,**
> **alles schalldicht, Tür an Tür Eintracht, Sekretärinnen,**
> **die langbeinig und knisternd den Zigarrengeruch ihrer**

Chefs an mir vorbeitrugen; fast lief ich den
Büroräumen der Agentur "West" davon. (Bt. 683)

인간의 개성이 결여된 획일화된 공간과 그 속에서 관료적이고 사무
적으로 일하고 있는 여비서들의 모습을 통해서 현대인의 상황이 묘사
된다. 이러한 현대 사회의 분위기 속에서 인간은 원자화되어 거대한
사회를 움직이는 하나의 부품으로 전락하고 소외되고 마는 것이다.

때때로 나는 이 고층건물을 방문하여 기자들과 만
나고 그들에 의해 사진을 찍히기도 했다. 한 번은
그 상자 같은 건물 안에서 길을 잃었는데, 그 건물
은 어느 곳에서나 같은 냄새가 나고, 똑같이 보여
서, 마치 끝없이 늘어나면서 모든 것을 차단시키는
콘돔으로 덮여있는 극히 불결한 것과도 같은 느낌
이 들었다.

Dann und wann suchte ich das Bürohochhaus auf,
stellte mich Journalisten, ließ mich fotografieren,
verirrte mich einmal in dem Kasten, der überall
gleich roch, aussah und sich anfaßte wie etwas
höchst Unanständiges, das man mit einem unendlich
dehnbaren, alles isolierenden Präservativ überzogen
hatte. (Bt. 686)

"콘돔"으로 표현되는 현대인의 인위적이고 편의주의적인 사고방
식과 "어느 곳에서나 같은 냄새"가 나는 현대사회의 획일성을 그라
스는 풍자적으로 비판하고 있는 것이다.

3. 오스카의 죄의식과 도피

이 소설에서 묘사된 주인공 오스카의 인생은 북에서 출발해서 북
으로 돌아가는 여정이다. 그는 출생에서부터 약속 받은 북이 있었
기에 어머니의 자궁으로부터 떨어져 나왔고, 세 살 되던 생일에 선
물 받은 북을 두드리며 나치시대를 살아왔으며, 아버지의 죽음과
함께 그의 무덤에 북을 내던졌다가, 전후의 삶을 체험하면서 다시
북채를 잡아 북 연주자가 되어 대성공을 이룬다. 이후 무명지 재판
을 통해 정신병원으로 도피하여 역시 북을 두드리며 과거를 회고하
고 자신의 이야기를 글로 기록한다. 이렇게 오스카가 북으로 돌아
가는 과정은 하나의 원점으로 돌아가는 과정이다. 따라서 이 소설
은 내용상으로나 시간적 구조의 측면276)으로도 하나의 원을 이루는
순환적 구조를 이루고 있다.

오스카는 마체라트의 무덤에서 북을 버리고 성장을 결심한 지 2
년이 채 못 되어서 어른들의 생활이 단조롭게 느껴졌으며 "이제는
잃어버린 세살짜리 아이의 신체적 비례가 그리워졌다"277)라고 말한
다. 또한 "오스카는 북이 그리워졌다. 멀리 나간 산책길에서 어느새
시립 병원 근처에 와 있는 일이 흔히 있었다"278)라고 말하면서 잃
어버린 북의 존재에 대한 그리움에 사로잡힌다. 여기서 중요한 것

---

276) 서술자는 정신병원의 수감자로서 과거를 회고하면서 이 소설의 첫 부분
   을 시작하고 있다. 따라서 시간의 층위가 서술차원과 사건진행의 차원
   으로 분리되었다가, 그의 나이 30세가 되는 소설 종결부분에서 두 차원
   이 다시 일치되고 있는 구조이다.

277) Bt. 536f.: "[ich sehnte mich] Nach den verlorenen Proportionen des
   Dreijährigen"

278) Bt. 537: "Oskar vermißte seine Trommel. Lange Spaziergänge
   brachten ihn in die Nähe der Städtischen Krankenanstalten."

은 북이 무엇을 의미하느냐 하는 것이다. 필자의 견해로는 이 북은
예술의 매체로서 '예술을 위한 예술 l'art pour l'art'의 알레고리라
할 수 있다. 결국 북으로 돌아간다는 것은 사회적 문제를 외면하고
절대적 예술의 영역으로 도피하려는 소극적 예술가정신을 의미한다.
물론 오스카의 이런 도피가 전후 서독의 예술가들 일반의 알레고리
로 해석될 수도 있을 것이다.

오스카는 과거 자신이 저지른 죄에 대한 의식으로부터 자유로울 수
없다. 자신의 어머니와 삼촌 얀, 그리고 마체라트를 직접적인 방법은
아닐지라도 죽음으로 인도한 행위와 때로는 세살짜리 아이라는 가면
으로 교활하게 위기를 모면한 행위(먼지털이단의 사건, 폴란드 우체국
방위사건)에 대한 죄의식이 지속적으로 그의 기억에서 '정신적 외상'
으로 작용한다. 이 '정신적 외상'은 '검은 마녀'라는 실체로 나타나서
그를 위협한다. 먼저 오스카가 폴란드 우체국 사건에서 교활하게 "유
다의 연기 Judasschauspiel"279)를 하면서 위기를 빠져 나온 것에 대한
죄책감을 살펴보자.

> 그러나 무엇으로도 병실에서 쫓아낼 수 없는 고약한
> 죄책감이 나를 환자용 침대의 배게 속으로 짓누르고
> 있던 날 동안, 나는 여느 사람처럼 내 무지를 적당히
> 용서해버렸다. 당시에는 무지라는 것이 유행했고, 요
> 즈음에도 많은 사람들의 얼굴에 마치 멋진 장식용
> 모자처럼 여전히 붙어 다니고 있는 것이다.

> **Doch wie jedermann halte ich mir an Tagen, da mich**
> **ein unhöfliches und durch nichts aus dem Zimmer zu**

---

279) Bt. 298.

weisendes Schuldgefühl in die Kissen meines
Anstaltbettes drückt, meine Unwissenheit zugute,
die damals in Mode kam und noch heute manchem
als flottes Hütchen zu Gesicht steht. (Bt. 300)

그리고 오스카는 현장을 목격했던 도망자 빅토르 베룬280)이 유다
와 같은 자신의 배신행위를 알아차리고 도주해서 자신의 치욕을 온
세상에 전하고 있는 것은 아닌지 불안해한다.281)

오스카의 죄를 누구보다도 잘 알고 있는 사람은 그의 스승 베브
라이다. 그는 미래에 대한 통찰력을 가지고 오스카에게 난쟁이로서
의 운신에 대해서 충고해왔다. 전후 그는 콘서트 중개회사 '베스트'
의 사장으로서 불구자가 되어 전동 휠체어에 앉은 채로 오스카 앞
에 다시 나타난다. 마치 최후의 심판 때에 보좌(寶座)에 앉은 신처
럼 베브라는 과거 오스카의 죄를 상기시키면서 "심판관 Richter"282)

---

280) 전후에도 이러한 베룬의 형상은 오스카를 그림자처럼 따라 다닌다. '마
지막 전차 혹은 보존병 숭배 Die letzte Straßenbahn oder Anbetung
eines Weckglases' 장에서 그는 녹색모자를 쓴 과거 나치의 추적자들에
게 여전히 쫓기고 있다. 이들 추적자들은 1939년에 발행되었지만 여전
히 유효하다고 주장하는 "사살명령서 Erschießungsbefehl"를 가지고 베
룬을 뒤쫓다가 그를 붙잡아 처형하려는 것이었다. 그러나 오스카가 북
으로 폴란드 기병대를 불러내어서 베룬을 구해낸다는 환상적인 장면이
묘사되고 있다. 이 에피소드를 통해서 작가는 서독의 극복되지 못한 과
거의 문제를 제시하고 있는 한편, 오스카로 하여금 죄책의 문제에 대한
일종의 카타르시스를 경험하게 한다.

281) Vgl. Bt. 313f.: "Verhielt es sich etwa so, daß die Kurtsichtigen mehr
sehen, daß Wehluhn, den ich meistens den armen viktor nenne,
meine Gesten wie einen schwarzweißen Schattenriß abgelesen, meine
Judastat erkannt hatte und Oskars Geheimnis und Schande nun auf der
Flucht mit sich und in alle Welt trug?"

의 역할을 한다. 먼저 그는 로스비타의 죽음의 원인을 지적하면서
오스카의 죄의식을 일깨우고, 어머니 아그네스의 죽음과 얀, 마체라
트의 죽음에 대해서 심문한다.

> "[…] 그는 자신의 불쌍한 어머니를 북을 쳐서 무
> 덤 속으로 인도하지 않았던가?" […] "그리고 세살
> 짜리 아이 오스카가 자신의 추정상의 아버지라고
> 부르기를 좋아한 그 우체국 직원 얀 브론스키의 경
> 우는 어떠하였던가?–오스카가 그를 저들의 앞잡이
> 들에게 넘겨서, 그들이 그의 가슴에 총을 쏘게 했
> 는지, 모습을 바꾸고 감히 등장하신 오스카 마체라
> 트 씨, 당신은 그 세살짜리 양철북 고수의 두 번째
> 아버지, 추정상의 아버지가 어떻게 되었는지, 그리
> 고 또한 식료품상 마체라트도 어떻게 되었는지 내
> 게 가르쳐 줄 수 있겠소?"

> "[…] War es nicht so, daß er seine arme Mama ins
> Grab trommelte?" […] "Und wie verhielt es sich mit
> jenem Postbeamten Jan Bronski, den der dreijährige
> Oskar seinen mutmaßlichen Vater zu nennen
> beliebte?-Er überantwortete ihn den Schergen. Die
> schossen ihm in die Brust. vilelleicht können Sie,
> Herr Oskar Matzerath, der Sie in neuer Gestalt
> aufzutreten wagen, mir darüber Auskunft geben, was
> aus des dreijährigen Blechtrom- mlers zweitem
> mutmaßlichen Vater, aus dem Kolonialwarenhändler
> Matzerath wurde?" (Bt. 684f.)

---

282) Bt. 685

이에 오스카는 자신의 죄를 고백한다.

> 그때 나는 이 살인 행위도 고백하고, 그 당시 내가
> 마체라트로부터 자신을 해방시킨 사실을 인정했으
> 며, 나로 인해서 초래된 그의 질식사를 설명하고,
> 더 이상 저 러시아제 자동소총 뒤로 몸을 숨기지
> 않고서 말했다. "저였습니다, 베브라 선생님. 제가
> 한 일입니다. 그 일 또한 제가 저질렀고, 제가 그
> 살인의 원인이었습니다. 그 죽음에 대해서도 저는
> 결코 결백하지 않습니다 - 자비를 베푸소서!"

> Da gestand ich auch diesen Mord ein, gab zu, mich
> vom Matzerath befreit zu haben, schilderte seinen
> von mir herbeigeführten Erstickungstod, versteckte
> mich nicht mehr hinter jener russischen
> Maschinenpostole, sondern sagte: "Ich war es,
> Meister Bebra. Das tat ich, und das tat ich auch,
> diesen Tod verursachte ich, selbst an jenem Tod
> bin ich nicht unschuldig-Erbarmen!" (Bt. 685)

이러한 죄의 고백은 곧 '베스트'와의 "고용계약 Arbeitsvertrag"으
로 연결된다. 서명을 함으로써 베브라의 자비를 얻을 필요가 있었던
것이다.283) 계약은 오스카의 참회와 회개를 담보로 문서화되고, 이를
근거로 오스카의 콘서트 활동이 시작되었던 것이다. 이 부분은 과거

---

283) Vgl. Bt. 685: "Es galt, Bebras Erbarmen mit einer Unterschrift zu
erkaufen."

나치에 가담하거나 동조했던 예술가, 지식인, 의사, 과학자들이 소위 "결백증명서"라는 형식적인 사면과정을 거친 뒤 다시 서독사회에 등장하여 활동을 재개하고 있는 현실에 대한 희화이다.

또한 오스카를 끝없이 괴롭히는 과거의 그림자는 루치에 렌반트 (Luzie Rennwand)의 형상이다. 그녀는 먼지털이단의 일원으로 그들이 재판에 회부되었을 때 증인으로서 모든 먼지털이단원들이 처형당하게 했던 소녀이다. 오스카는 그녀가 먼지털이단원들을 다이빙대에서 뛰어내리도록 강요했다고 생각한다.

> "뛰어요, 귀여운 예수, 뛰어요"라고 조숙한 증인 루치에 렌반트가 속삭였다. 그녀는 악마의 무릎 위에 앉아 있었다. 이 사실로 인하여 그녀의 처녀성이 더욱 강조되었다.

"Spring, süßer Jesus, spring", flüsterte die frühreife Zeugin Luzie Rennwand. Sie saß auf Satans Schoß, was ihre Jungfräulichkeit noch betonte. (Bt. 473)

오스카에게 그녀는 공포의 대상이며, 그는 군중 속에서도 그녀의 얼굴을 찾는 습관을 전후시대에도 가지고 있으며, 자신을 언제 죽일지 모른다는 위협을 느끼고 있다.

> 오늘날까지도 나는 노상이나 광장에서 야위고 아름답지도 밉지도 않으나 미동도 없이 남자들을 죽이는 애송이 처녀를 두리번거리면서 찾는 버릇을 고칠 수가 없다. 정신병원 침대 속에서까지도, 브루노

가 나에게 모르는 사람의 방문을 알리면 나는 깜짝
놀란다. 내가 놀란다는 의미는 이때 루치에 렌반트
가 찾아와서 아이들을 무섭게 하는 괴물과 검은 마
녀로서 너에게 마지막으로 뛰어내릴 것을 요구할까
봐 겁이 난다는 것이다.

Bis zum heutigen Tage habe ich es mir nicht
abgewöhnen können, auf den Straßen und Plätzen nach
einem mageren, weder hübschen noch häßlichen,
dennoch unentwegt Männer mordenden Backfisch
Umschau zu halten. Selbst im Bett meiner Heil-und
Pflegeanstalt erschrecke ich, wenn Bruno mir
unbekannten Besuch meldet. Mein Entsetzen heißt
dann: Jetzt kommt Luzie Rennwand und fordert
dich als Kinderschreck und Schwarze Köchin
letztmals zum Sprung auf. (Bt. 475)

루치에의 형상은 오스카에게 두려움의 대상인 "아이들을 무섭게 하
는 괴물과 검은 마녀"가 되어 과거의 죄를 캐물으며 그를 죽음으로
유혹한다. 또한 루치에의 형상은 서쪽으로 향한 피난민 수송열차 안
에서도 레기나(Regina)라는 소녀의 얼굴에 투영되어 오스카를 위협하
고 괴롭히기도 한다. 또한 서독으로 피난한 후에도 그는 지속적으로
루치에의 환영에 시달린다. 어느 날 오스카가 꿈속에서 본 단치히의
불꽃놀이 광경에서 루치에의 환상은 섬뜩한 공포를 느끼게 하며, 오
스카는 "이곳에 오스카 잠들다 Hier ruht Oskar"[284]라고 기록된 작은

---

284) Vgl. Bt. 548: "Vom Seesteg Zoppot her Violinenmusik und die
    schüchternen Anfänge eincs Feuerwekes zugunsten der

묘석의 환상을 본다. 오스카의 죄의식과 결부된 루치에의 형상은 무
해한 "아이들의 놀이 Kinderspiel"(Bt. 69) 속에서 존재하던 '검은 마
녀'285)에게로 옮겨져서 "점점 더 검은색을 더해 가는 아이들을 무섭
게 하는 괴물의 그림자 Schatten eines immer schwärzer werdenden
Kinderschreck"(Bt. 728)로 되어간다. 오스카는 무명지 사건이후 파리
로 도주하던 중에 이 '검은 마녀'의 실체를 느끼고 또 인정하면서,
"검은 마녀가 있어? 있다있다있다! Ist die Schwarze Köchin da?
Jajaja!"(Bt. 721)라고 말한다. 오스카의 정신세계에 이미 '검은 마녀'
가 엄습했다. 지금까지 오스카의 의식 속에서 이 정체불명의 불가해
한 존재적 불안과 공포를 불러일으켜 온 '검은 마녀'는 오스카가 도주
의 길에 올랐을 때에야 비로소 그 실체를 드러낸 것이다.

Kriegsblinden. Ich beuge mich als Oskar und dreijährig über das
Strandgut, hoffe, daß Maria ist, Schwester Gertrud womöglich, die
ich endlich mal einladen sollte. Aber es ist schön Luzie, bleich
Luzie, wie mir jenes seinem Höhepunkt entgegeneilende Feuerwerk
sagt und bestätigt. [...] Und ganz zum Schluß, da auch das Feuerwerk
sich verausgabt hat und nur noch die violinen, da finde ich unter
Wolle auf Wolle in Wolle, in ein BDM Turnhemd gewickelt ihr
Herz, Luzies Herz, einen kühlen winzigen Grabstein, drauf steht
geschrieben: Hier ruht Oskar-Hier ruht Oskar-Hier ruht Oskar …"

285) '검은 마녀'는 이 소설 전체에서 반복되고 있는 모티프이다. 제1부에서
는 맨 처음 아이들의 노래로 등장하였고(Bt. 71), '성금요일의 식사' 장
에서는 검은 마녀가 와서 오스카를 놀라게 하기도 했다(Bt. 186). 제2부
에서는 그레프가 자살한 뒤 그의 지하실에서 공포를 내쫓기 위해서 "검
은 마녀가 있어? 있다있다있다!"의 노래를 북으로 친다(Bt. 386). 또 먼
지털이단의 재판을 묘사하면서 루치에 렌반트를 검은 마녀로서 묘사하
고 있다(Bt. 469/475). 제3부에서는 도로테아의 옷장에서 검은 마녀를
언급하고(Bt. 609), 양파주점과 루르지방 연주여행에서 오스카가 '검은
마녀'를 연주하자 사람들이 공포에 떨었다고 묘사한다(Bt. 660/688). 이
후 마지막 장인 '30세'에서도 집중적으로 묘사되고 있다.

나는 내 생애동안 검은 마녀를 두려워하지 않았다.
도주 길에 올라서야 비로소 두려워하기를 원했기
때문에, 그녀가 나의 살갗 밑에 기어 들어와서, 대
개는 잠을 자고 있지만, 내가 30회 생일을 축하하
고 있는 오늘에 이르기까지 그곳에 계속 머무르며
여러 가지 형상을 취하고 있다.

**Ich habe mich mein Lebtag nicht vor der
Schwarzen Köchin gefürchtet. Erst auf der Flucht,
da ich mich fürchten wollte, kroch sie mir unter
die Haut, verblieb dort, wenn auch zumeist
schlafend, bis zum heutigen Tage, da ich meinen
dreißigsten Geburtstag feiere, und nimmt
verschiedene Gestalt an. (Bt. 721)**

오스카는 도피의 길에 올라서야 '검은 마녀'를 피하지 않고 "두려
워하기를 원했"고 그 실체를 인정하고 있다. 여기에서 중요한 것은 이
'검은 마녀'에 대한 해석이다. 김누리는 '검은 마녀' 모티프가 이 소설
의 해석에 있어서 하나의 입각점(archimedischer Punkt)이라고 본다.
그는 유스트(G. Just)와 리히터(F. Richter)의 실존주의적 해석과 체플
-카우프만(G. Cepl-Kaufmann)의 허무주의적 의미연관에서의 해석을
비판하면서, 이들이 '검은 마녀' 모티프의 역사적, 사회적 함의를 간
과하고 있다고 본다.286) 그가 주장하는 바 '검은 마녀' 모티프에 대한
해석의 테제는 다음과 같다.

---

286) Vgl. N. Kim: a. a. O., S. 95f.

[검은 마녀]는 한편으로는 그라스가 전후 서독사회
에서 복고주의의 번성과 과거극복의 결여를 몸소 체
험한 후에 자신의 머리 속에 갖게 된 사회상의 구체
적 현현이며, 다른 한편으로는 역사적 대재앙에 대
한 개인적 책임을 거부함으로써 독일인들의 내면에
서 생겨난 심리적 외상의 체현(體現)을 의미한다.

Sie [Schwarze Köchin] steht einerseits für die
Verkö‑rperung jenes Gesellschaftsbildes, das Grass
in   sich   bewegte,   nachdem   er   in   der
bundesrepublikaischen Nachkriegsgesellschaft die
florierende   Restauration   und   die   mangelnde
Vergangenheitsbewältigung   am   eigenen   Leibe
gespürt hatte. Andererseits steht sie für die
Inkarnation jenes psychischen Traumas stehen, das
wegen   der   Verweigerung   der   individuellen
Verantwortung für die historische Katastrophe im
Inneren der Deutschen entstanden ist.[287]

또한 '검은 마녀'는 나치즘의 생성과 발전을 조장했던 사회사적,
정신사적 전제조건이 아직도 여전히 존재하고 있는 현실에 대한 알
레고리라는 것이 김누리의 테제이다.[288] 이를 바탕으로 해서 필자는

---

287) N. Kim: a. a. O., S. 97.
288) Vgl. N. Kim: a. a. O., S. 98: "Die immer bedrohender erscheinende
     Schwarze Köchin ist Allegorie auf das Weiterbestehen jener
     sozialgeschichtlichen und geistesgeschichtlichen Voraussetz‑ ungen,
     die die Entstehung und Entwicklung des Nation‑ alsozialismus
     ermöglicht und befördert hatte."

여기에서 '검은 마녀'에 대한 해석을 좀 더 구체화시켜 보고자 한다.

먼저 오스카의 심리적 차원에서 보자면, '검은 마녀'는 오스카의
죄 문제로 인한 존재적 불안이 투사된 형태로서 이해할 수 있다.
'검은 마녀'라는 공포의 그림자는 오스카에게 죄의 고백을 요구하
며,[289] 그 죄값을 치를 것을 요구한다. 이는 죄책의 문제에 대한 갈
등이 오스카의 내면에서 해결되지 못한 채 끊임없이 지속되고 있으
며, 결국 이를 해결하기 위해서는 명예와 부의 기반이 된 현실로부
터 도피할 수밖에 없는 오스카의 심리적 상황을 대변하고 있는 일
종의 암호(Chiffre)라 할 수 있다.

다른 한편, 색채의 상징 차원에서 '검은색'은 흰색의 이미지와 대조
를 이루고 있다. 오스카가 늘 동경하는 간호사 제복과 마지막 장 '30
세'에 등장하는 '메종 블랑쉬 Maison Blanche'[290] 정류장의 흰색 이
미지는 아늑함과 평온함을 상징한다. 반면, 검은색은 '죽음의 색
깔'(Todesfarbe)로서 '죽음의 그림자 Todesschatten'를 드리우고 있는
종말의 이미지를 지니고 있다. 또한, 검은색은 이태리 파시즘의 시작
을 알렸던 "검은 셔츠단 Camicia Nera, Blackshirts"[291]과 나치친위대
(SS, Schutzstaffel)[292]의 검은색 제복을 연상시켜서 파시즘의 야만성

---

289) Vgl. Bt. 730: "Du bist schuld und du bist schuld und du am
   allermeisten."
290) '하얀 집'(weißes Haus)이란 뜻의 불어로서 파리의 한 메트로정류장이
   다. 도주의 길에 올라 파리 북부역에서 이곳에 도착한 오스카는 이 '메
   종 블랑쉬'에서 아늑하고 편한 느낌을 받는다. Vgl. Bt. 728.
291) 베니토 무솔리니가 이끈 이탈리아의 파시스트 무장부대로서 검은 셔츠
   의 제복을 입었다. 이들은 1922년 로마 진군을 감행하여 무솔리니를 권
   좌에 앉혔고 1923년 공공 조직인 파시스트 민병대로 탈바꿈했다.
292) 독일의 나치당이 편성한 검은 제복을 입은 정예부대로서 하인리히 히믈
   러가 그 책임자였다. 이들은 윤기나는 검은 제복을 입고 독특한 휘장을

을 상징하기도 한다. 죽음과 파시즘의 야만적 이미지가 결합된 검은색의 이러한 상징성은 첼란의 시 「죽음의 푸가」의 "검은 우유 schwarze Milch"라는 표현을 연상시키기도 한다. 검은색의 이러한 이미지가 동화의 검은 옷을 입은 마녀(Hexe)와 결합함으로써 공포감을 불러일으키고 과거사의 야만성을 연상시키는 것이다. 따라서 '검은 마녀'는 현대 서독사회에서도 여전히 소시민들의 의식과 사회구조 속에 숨은 채 참된 사회적 성숙을 위협하고 있는 '극복되지 못한 과거'의 현현체라 할 수 있다. 서술자는 그에게 다가오는 '검은 마녀'의 존재를 확인하면서 이 소설을 다음과 같이 종결짓고 있다.

> 시커멓게 그 마녀는 늘 내 뒤에 있었다.
> 지금도 그녀는 나에게 다가온다, 시커멓게.
> 말과 외투를 뒤집도록 강요하면서, 시커멓게.
> 검은 화폐를 지불한다, 시커멓게.
> 아이들이 왜 더 이상 노래하지 않지?
> 그 동안에 검은 마녀가 왔나? 그래 왔네-왔다-왔어!

> Schwarz war die Köchin hinter mir immer schon.
> Daß sie mir nun auch entgegenkommt, schwarz.
> Wort, Mantel wenden ließ, schwarz.
> Mit schwarzer Währung zahlt, schwarz.
> Während die Kinder, wenn singen, nicht mehr singen:
> Ist die schwarze Köchin da? Ja-Ja-Ja! (Bt. 731)

부착하여 갈색 셔츠의 돌격대(SA) 대원들에 대해서도 우월감을 느꼈다.

예전에는 "뒤에" 존재하던 것이 이제는 "마주보고" 다가온다는 것은, 종전직후 '영의 시점'으로 표현되는 새로운 출발점에서 잠시 잠재되어 있던 과거의 망령이 이제는 떳떳하게 전면에 나서서 나치 시대와 다를 바 없이 활개치고 있다는 의미로 해석할 수 있다. "말과 외투를 뒤집도록 강요하면서"에서 "말"은 정치를 의미하고 "외투"는 경제를 의미하여 정계와 경제계에서 여전히 청산되지 못한 과거의 그림자를 말하는 것이며, "검은 돈"을 통해서 정경유착과 매수가 관행이 된 사회에 대한 비판이 읽혀진다. 위의 인용은 언뜻 보기에 '검은 마녀'에 대한 공포의 표현이지만 사실은 서독사회에 여전히 존재하는 파시즘 친화성에 대한 경고의 메시지인 것이다.

오스카가 예술가로서의 모든 성공도 뒤로한 채 현실로부터 등을 돌리고 도피의 길에 오른 것은 위에서 언급했듯이 죄의식 때문이었다. 죄책의 문제로부터 자유로울 수 있는 방법은 도피밖에 없었다. 도피의 계기를 제공한 것은 무명지 사건이다. 오스카가 어느 날 룩스(Lux)라는 개를 데리고 게레스하임(Gerresheim)의 들판을 산책하고 있을 때, 룩스가 호밀밭에서 반지를 낀 여자 손가락을 물어온다. 오스카가 이를 손수건에 싸서 돌아 가려할 때, 이를 지켜보고 있던 비틀라와 만난다. 비틀라는 이후 오스카의 간청에 의해 무명지 사건의 고소인이 된다. 이 손가락은 오스카가 흠모해왔던 도로테아의 것으로서, 그녀는 동료인 베아테에 의해서 살해된 것임이 차후에 밝혀진다. 오스카는 이 손가락을 석고 주형으로 떠서 석고 손가락으로 만들뿐만 아니라 보존병 속에 알코올을 채워 넣고 이 손가락을 숭배한다. 그가 "이 손가락의 합법적 소유자 rechtmäßiger Besitzer des Fingers"293)로서 이미 자신의 북채와 트루친스키의 상처자국과 자스페 묘지에서 발견한

---

293) Bt. 704

탄피가 이 무명지를 암시하고 예언했다는 것이다.[294] 북채-상흔-탄
피-무명지의 이미지들의 연결고리는 제1부 '헤르버트 트루친스키의
등' 장에서 '성애의 상징 Sexualsymbol'으로 묘사된 바 있다.

> 마찬가지로 헤르버트의 등의 표상들은 일찌감치 나
> 에게 이 무명지를 약속했으며, 또한 헤르버트의 상
> 흔이 나에게 약속하기 이전에 나의 북채가 있었다.
> 그 북채는 나의 세 번째 생일부터 나에게 상흔과
> 생식기와 그리고 마지막으로 무명지에 대해 약속했
> 던 것이다.

> Gleichfalls versprachen mir die Zeichen auf Herberts
> Rücken zu jenem frühen Zeitpunkt schon den
> Ringfinger, und bevor mir Herberts Narben
> Versprechungen machten, waren es die
> Trommelstöcke, die mir vom dritten Geburtstag an
> die Narben, Fortpflanzungsorgane und endlich den
> Ringfinger versprachen. (Bt. 213)

---

294) Vgl. Bt. 704: "er betrachte sich als rechtmäßiger Besitzer des Fingers,
da man ihm schon anläßlich seiner Geburt, wenn auch verschlüsselt
durch das Wort Trommelstock, solch einen Finger versprochen habe;
auch könne er die Narben seines Freundes Herbert Truczinski nennen,
die fingerlang auf dem Rücken des Freundes den Ringfinger
prophezeit hätten; dann gebe es noch jene Patronenhülse, die sich auf
dem Friedhof Saspe fand, auch die habe die Maße und die Bedeutung
eines zukünftigen Ringfingers gehabt."

따라서 오스카는 무명지의 숭배를 통해서 야자섬유 카펫 위에서
이루지 못한 사랑의 합일을 시도하고 있는 것이다.

한편 오스카는 비틀라의 고소에 의해 도로테아 살인사건의 피의자
로 지목을 받게 되고, 도주의 길에 오른다. 이 도주는 친구이자 고소
인인 비틀라에게 "고발의 가치를 높여주기"295) 위한 것이었고 이후
열린 재판은 "권태와 고독을 물리치고 또 유지시키기 위한 수단"296)
이었다. 오스카는 도주를 이렇게 하나의 유희처럼 즐기고 있는 것이
다. 결국 그는 국제경찰에 의해 체포되고 광인으로 취급되어 정신병
원(Heil-und Pflegeanstalt)에 구금된다. 이 정신병원이 오스카가 최종
목표로 삼고 있는 영원한 도피처인 것이다. 따라서 30세가 되는 생일
에 무명지 재판이 재개되고 진범이 밝혀져 자신이 이곳을 떠나야 되
는 상황이 올까봐 두려워한다.

> 내가 몇 년 전부터 두려워했던 일, 도주이래 두려
> 워했던 일이 나의 30세 생일인 오늘 통지되었다.
> 즉 진범을 찾아내어 재판을 재개하고, 나의 무죄를
> 선고하고 나를 정신병원에서 퇴원시키며, 나의 달
> 콤한 침대를 빼앗고, 비바람을 맞아야 할 차가운
> 거리에 나를 내세우고 30세의 오스카로 하여금 자
> 신과 자신의 북 주위에 제자들을 모으도록 강요하
> 고 있는 것이다.

---

295) Vgl. Bt. 719: "ich wollte durch meine Flucht den Wert jener Anzeige,
   die mein Freund Gottfried machte, erheblich steigern."
296) Vgl. Bt. 702: "ein Mittelchen […], unsere Langweile und Einsamkeit
   zu zerstreuen und zu ernähren"

Was ich seit Jahren befürchte, seit meiner Flucht
befürchte, kündigt sich heute an meinem
dreißigsten Geburtstag an: Man findet den wahren
Schuldigen, rollt den Prozeß wieder auf, spricht mich
frei, entläßt mich aus der Heil-und Pflegeanstalt,
nimmt mir mein süßes Bett, stellt mich auf die kalte,
allen Wettern ausgesetzte Straße und zwingt einen
dreißigjährigen Oskar, um sich und seine Trommel
Jünger zu sammeln. (Bt. 718)

그렇다면 이 정신병원이 의미하는 것은 무엇인가? 태어날 때부터
"태아의 머리 위치 embryonale Kopflage"297)로 되돌아가고자 하는
역행적 소망을 지녔던 오스카에게 할머니의 네겹치마 밑은 "궁극적
열반 das endliche Nirwana"298)과도 같은 곳이었다. 그러나 종전 후
서독으로의 피난은 고향도, 할머니의 네겹치마도 잃게 만들었다. 즉,
오스카는 심리적 도피처를 상실한 것이다. 또한 마리아와 결혼하여
시민이 되겠다는 희망도, 도로테아에 대한 동경과 사랑도 좌절되었
다. 서독사회의 소시민 세계는 끝없이 속물근성을 강요하고, 예술마
저도 타락하여 하나의 '사업'이 되고, 세상은 과거의 그림자가 뒤덮
고 있어서, 언제 또 다시 과거의 재앙이 불어 닥칠지 모른다. 오스카
는 이러한 현실로부터 도피하기로 결심한다. 그곳은 정신병원이라는
공간이며, 그곳은 북을 치며 과거를 회상하는 데 어떠한 방해도 받지
않는 순수한 예술적 삶을 영위할 수 있는 공간이다. 즉, 전후 서독에
서 할머니의 네겹치마를 대신해 줄 수 있는 유일한 장소인 것이다.

---

297) Bt. 49
298) Bt. 147

오스카는 이렇게 현실의 문제에 대한 해법을 도피에서 찾은 것이다.

그러나 오스카의 도피는 마체라트나 마인이라는 인물로 대표되는 나치시대 소시민들의 도피와는 다르다. 그들의 도피는 자신의 개성적 존재를 포기하고 강한 권력에 맹종하여, 질서 속으로의 편입이라는 형태로 외부세계와 자신을 재결합시키지만, 오스카의 도피는 한편으로는 외부세계와 격리된 곳으로의 도피, 즉 현실로부터 자기유폐로의 성격을 지닌 도피이기도 하지만, 또 다른 한편으로는 전후 서독사회의 산적한 사회문제들을 외면하고 절대적 예술영역으로 도피해 버리는 전후 서독예술가들 일반의 태도에 대한 알레고리이다. 작가는 이 도피의 모티프를 통해서 사회적 현실을 회피하려는 예술가의 참여정신의 부재와 현실로부터 거리를 취하고 스스로를 고립시키려는 전후 지식인들의 미학적 도피주의를 알레고리적으로 비판하고 있는 것이다.

결 론

권터 그라스의 『양철북』에서는 제2차세계대전을 전후한 독일의 시대상이 미시적 관찰과 세부묘사를 통해서 그 거대한 윤곽을 드러내고 있다. 그라스는 폴란드인을 영웅화하지도 않고 나치즘을 악마화하지도 않지만, 독자로 하여금 시대에 대한 비판적인 거리를 유지하면서 독자적인 성찰에 도달할 수 있도록 돕고 있다.

무릇 한 작가의 글쓰기는 그가 속한 시대와 사회로부터 완전히 자유로울 수 없다. 그라스 역시 나치의 이데올로기와 프로파간다의 구호들로부터 결코 자유로울 수 없었던 시대에 청소년기를 보내었다. 종전과 함께 그는 독일 민족이 저지른 죄의 실상을 알아가면서 차츰 자신의 세대와 이후의 세대가 짊어지게 될 책임이 무엇인가를 생각하게 되었다고 고백한 바 있다.[299] 그리고 이 과거극복의 문제를 문학이라는 형식에 담아서 보존하고자 했다. 이때 과거사는 "가치중립적인 원료 wertneutraler Roh-stoff"[300]이며, 그의 과업은 이 원료에 충실한 작품을 만드는 것이다. "과거는 현재와 미래라는 지형 위에 자신의 그림자를 투사한다"[301]라는 그라스의 역사관은 한 시대를 경험한 증인

---

299) Vgl. WA. IX, S. 163: "Als Neunzehnjähriger begann ich zu ahnen, welch eine Schuld unser Volk wissend und unwissend angehäuft hatte, welche Last und Verantwortung meine und die folgende Generation zu tragen haben würden."

300) Franz Schonauer: Günter Grass. Ein literarischer Bürgerschreck von gestern?, in: Hans Wagener (Hrsg.): Zeitkritische Romane des 20. Jahrhundert, Stuttgart 1990, S. 342-361, hier: S. 349.

301) Günter Grass: Schreiben nach Auschwitz, in: Daniela Hermes (Hrsg.): Der Autor als fragwürdiger Zeuge, Göttingen 1997, S. 195-222, hier: S. 215: "Die Vergangenheit wirft ihren Schlagschatten auf

으로서의 책임감에서 그의 글쓰기가 시작되었음을 시사해주고 있다.
그라스는 과거문제를 다루는 작가로서의 책임을 다음과 같이 말한다.

> 나는 과거에 몰두한다. 이는 또한 대부분 나 자신
> 의 과거로의 몰두이기도 하다. 집필하는 한 나는
> 언제나 문체상의 가능성을 추구한다. 작가라는 나
> 의 직업으로부터 이러한 과거를 생생하게 보존하여
> 과거가 역사적으로 처리되어 버리지 않도록 하기
> 위해서이다.

> Ich beschäftige mich mit der Vergangenheit, das
> heißt zum Großteil auch mit meiner Vergangenheit.
> Ich suche dauernd, so lange ich schreibe, nach
> stilistischen Möglichkeiten, um von meinem Beruf
> als Schriftsteller her diese Vergangenheit lebendig
> zu erhalten, damit sie nicht historisch abgelegt
> wird.[302)]

그라스는 과거가 역사 속에 박제화되는 것을 결코 원치 않는다.
'과거를 생생하게 살아있게 하는 것'이 그라스의 문학적 강령인 것
이다. 왜냐하면 "작가란 사라져 가는 시대에 거슬러서 글을 쓰는
사람"[303)]이기 때문이다. 그에게는 동시대인(Zeitgenosse)으로서 작
가의 책임이 중요한 것이다.

---

gegenwärtiges und zukünftiges Gelände."

302) WA. X, S. 13f (Gespräch. Ein Reduzieren der Sprache auf die
Dinglichkeit hin).

303) Günter Grass: Gegen die verstreichende Zeit. Reden, Aufsätze und
Gespräche. 1989-1991. Hamburg 1991, S. 67: "Schriftsteller ist
jemand, der gegen die verstreichende Zeit schreibt."

당대 문학을 통한 시대사의 반영은 자신을 동시대
인으로서 파악하고 있는 작가들을 전제로 한다. 그
들에게는 극히 사소한 정치적 사건들이라도 결코
미학외적 방해요인이 아니고, 오히려 현실적인 저
항인 것이다. 이런 작가들은 쓰여진 모든 글과 함
께 시대의 초월성에 편입되는 것을 원치 않으며,
목전의 사건들에 대한 부족한 거리를 서술자다운
아이디어를 통해서 보충할 수 있어야 한다.

Die Spiegelung von Zeitgeschichte durch jeweils
gegenwärtige Literatur setzt Autoren voraus, die sich
als Zeitgenossen begreifen, denen selbst die trivialsten
politischen Vorgänge kein außerästhetischer Störfaktor,
vielmehr realer Widerstand sind, die nicht mit jedem
geschriebenen Wort der Zeitlosigkeit einverleibt sein
möchten und mangelnde Distanz zum augenblicklichen
Geschehen durch erzählerische Einfälle auszugleichen
vermögen.[304]

그라스에게 있어서 문학은 "격렬한 전쟁이며 정치며 세계사적 사건
들을 거쳐 왔는데도 여전히 그 감자 빛깔을 잃지 않는"[305] 할머니 안
나 브론스키의 치마와도 같이 구석진 소시민의 일상을 담아내는 그릇
인 것이다. 말하자면 그의 문학에서는 거시적인 정치사나 경제사적

---

304) WA. IX, S. 921 (Als Schriftsteller immer auch Zeitgenosse).
305) Vgl. Bt. 513: "[…] unter jenen vier Röcken, die trotz heftigster
    militärischer, politischer und weltgeschichtlicher Ereignisse nicht von
    ihrer Kartoffelfarbe gelassen hatten."

관점이 아니라 개인들의 실제적 경험들이 중시되는 것이다.

> 대부분 사회학자들로부터 유래되는 학설들은 개체
> 의 존재를 더 이상 신뢰하려 하지 않고, 아주 황량
> 한 대중주의로 취급한다. 나는 이 학설들을 타당하
> 다고 보지 않는다. 나는 만원 전차 속에서도 대중
> 을 보는 것이 아니라 고유한 개인들, 즉 개체들만
> 을 볼뿐이다.

> Die Lehren, die meist von den Soziologen
> herkommen, die an die Existenz des Individuums
> nicht mehr glauben wollen, ziemlich triste
> Gleichmacherei betreiben, die sehe ich nicht
> bewiesen. Ich sehe selbst in einer Straßenbahn, die
> voll besetzt ist, keine Masse, sondern lauter
> Originale, Individuen.[306]

이러한 그의 역사관은 '연대책임'이라는 테두리 안에 개인들의
범죄들이 은닉되어 버리는 그릇된 과거청산에 대한 거부적 자세에
서 나온 것이다. 개인들의 책임의식의 결여와 무관심 내지는 방조
가 역사적 비극의 원인으로 지적되어야 한다는 것이다.

역사를 이끌어가고 그 의미를 채우는 것은 개인들의 미시적 행위
라고 볼 수 있다. 그라스는 개인을 희생시키는 어떠한 총체성도 거부
한다. 그의 역사개념은 역사를 추상적이고 총체적으로 파악하는 관념

---

306) Zitier nach R. Tank: Günter Grass, S. 51.

론적 역사관이 안고 있는 문제점에 대한 비판의식에서 비롯된다. 심
지어 그는 "우리의 근본적 불행은 관념론이다"307)라고까지 말한다.

우리 '조국'의 근본적 불행은 […] 그 무엇을 통해
서도 중단되지 않는 독일 관념론의 이행인 것처럼
내게는 보인다. 좌파에서 설명되건 혹은 우파에서
설명되건 간에 총체적 요구는 예나 지금이나 독일
관념론에 의해서 각인되었고, 초인간적 척도 역시
관념론 덕분이다.

Das Gründel unseres 'Vaterlandes' […] scheint mir
die durch nichts zu unterbrechende Fortsetzung des
deutschen Idealismus zu sein. Totale Ansprüche, ob
von links oder rechts vorgetragen, sind nach wie vor
vom deutschen Idealismus geprägt, verdanken ihm
seine übermenschlichen Maße.308)

비록 청소년기이기는 하지만 나치시대를 경험하였던 "불에 덴 경험
이 있는 아이 gebranntes Kind"309)로서, 또한 시대의 증인으로서 그
라스는 "이데올로기 적대적 태도 Ideologiefeindlichkeit"를 견지하며
기존의 역사를 다루는 방식과는 달리 어떤 이론이나 이데올로기적 편
견에도 흔들림 없이 세부적이고 개별적인 것을 충실히 그려냄으로써
시대사를 기술하고 있다.

---

307) WA. Ⅸ, S. 392: "Unser Grundübel ist der Idealismus."
308) WA. Ⅸ, S. 393 (Unser Grundübel ist der Idealismus).
309) WA. Ⅸ, S. 127 (Ich klage an).

작가 그라스는 이 작품을 통해 파시즘의 토양이 된 독일 소시민계급과 그 사회를 분석하고 비판한다. 이들은 전쟁전이나 전후에도 여전히 변하지 않는 속물근성과 편협함을 지닌 채 살아가며 과거의 책임을 회피하고 있다. 또한 작가 그라스는 그들 속에 다시 자라고 있는 과거 파시즘의 그림자를 경계하고 있다. 주인공 오스카는 하나의 '가공인물'로서 난쟁이 시점으로 나치시대를 배경으로 한 소시민 사회의 부조리성과 폭력의 잠재적 징후들을 보여주고 있으며, 전후 서독사회의 부조리와 복고주의를 스스로에게 구현해서 보여주면서 독자로 하여금 성찰과 비판을 가능하게 하는 그런 알레고리적 인물이다. 그는 "소시민계급 안에서, 소시민계급의 일원으로서, 또 소시민계급의 메가폰으로서 발언하는 인물"310)이다. 또한 예술가로서 그의 유미주의적 행동과 예술지상주의로의 도피는 독일문학의 보수적 전통과 예술가들의 미학적 도피주의에 대한 알레고리적 비판으로 해석될 수 있다. 이런 의미에서 『양철북』은 20세기 전반기의 독일역사를 형상화한 일종의 '허구적 자서전'으로서, 나치즘의 온상이 된 독일 소시민계급의 기회주의적 태도에 대한, 그리고 과거극복을 하지 못하고 역사를 망각 속에 묻어 버리려는 전후 독일사회의 복고적 태도에 대한 작가 권터 그라스의 '비탄의 노래'라고 할 수 있을 것이다.

---

310) Vgl. H. L. Arnold (Hrsg.): Gespräch mit Günter Grass, S. 5: "Das war für mich Voraussetzung für dieses Darstellen, auch für diese Figur Oskar Matzerath, die inmitten dieser Kleinbürgerschicht, als Teil dieser Kleinbürgerschicht und als ihr Sprachrohr, sich zu Wort meldet."

참고문헌 일람

I. 1차 문헌(Primärliteratur)

Grass, Günter: Die Blechtrommel, in: Werkausgabe in zehn Bänden, hrsg. von Volker Neuhaus, Darmstadt: Luchterhand 1987, Band Ⅱ.

Ders.: Hundejahre, in WA Ⅲ.

Ders.: Katz und Maus, in: WA Ⅲ.

Ders.: Essays. Reden. Briefe. Kommentare, in: WA Ⅸ.

Ders.: Gespräche, in: WA Ⅹ.

Ders.: Der Autor als fragwürdiger Zeuge, hrsg. von Daniela Hermes, Göttingen: Steidl 1997.

Ders.: Die Deutschen und ihre Dichter, hrsg. von Daniela Hermes, Göttingen: Steidl 1995.

Ders.: Ein Werkstattbericht, Göttingen: Steidl 1992.

Ders.: Für-und Widerworte, Göttingen: Steidl 1999.

Ders.: Im Krebsgang, Göttingen: Steidl 2002.

Ders.: Mein Jahrhundert: Göttingen: Steidl 1999.

Ders.: Ohne Stimme. Reden zugunsten des Volkes der Roma und Sinti, Göttingen: Steidl 2000.

Ders.: Über das Selbst verständliche. Aufsätze. Reden. Kommentare. Offene Briefe, Frankfurt am Main: Gutenberg 1969.

Ders./ Höppner, Reinhard/ Tschiche, Hans-Jochen: Rotgrüne. Reden, Göttingen: Steidl 1998.

Ders./ Milosz, Czeslaw. Szymborska, Wislawa. Venclova, Tomas. Die Zukunft der Erinnerung, hrsg. von Wälde, Martin, Göttingen: Steidl 1997.

Ders./ Oe, Kenzaburo: Gestern vor 50 Jahren. Ein deutsch-japanischer Briefwechsel, Göttingen: Steidl 1995.

Ders./ Zimmermann, Harro: Vom Abenteuer der Aufklärung. Werkstattgespräche, Göttingen: Steidl 1999.

II. 2차 문헌(Sekundärliteratur)

1. 국외 문헌

Adler, Hans/Hermand, Jost (Hrsg.): Günter Grass. Ästhetik des Engagements, New York: Peter Lang 1996.

Angenendt, Thomas: "Wenn Wörter Schatten werfen." Untersuchungen zum Prosastil von Günter Grass, Köln, Univ., Diss., Frankfurt am Main: Peter Lang 1995.

Arker, Dieter: Nichts ist vorbei, alles kommt wieder. Untersuchungen zu Günter Grass' Blechtrommel, Berlin, Freie Univ., Diss., Heidelberg: Carl Winter 1989.

Arnold, Heinz Ludwig (Hrsg.): Blech getrommelt. Günter Grass in der Kritik, Göttingen: Steidl 1997.

Ders. (Hrsg.): Text + Kritik (Heft 1/1a). Gxnter Grass, Göttingen: Text+Kritik 1978.

Ders. (Hrsg.): Text + Kritik (Siebte, revidierte Auflage). Günter Grass, Göttingen: Text+Kritik 1997.

Auffenberg, Christian: Vom Erzählen des Erzählens bei Günter Grass. Studien zur immanenten Poetik der Romane Die Blechtrommel und Die Rättin, Münster: Westf., Univ., Diss., Münster(LIT) 1992.

Bastiansen, Bjørn: Vom Roman zum Film. Eine Analyse von Volker Schlöndorffs Blechtrommel-Verfilmung, Bergen 1990.

Beutin, Wolfgang (Mitverf.): Deutsche Literaturgeschichte von Anfängen bis zur Gegenwart, Stuttgart: Metzler 1989.

Bissinger, Manfred/ Hermes, Daniela (Hrsg.): Zeit, sich einzumischen. Die Kontroverse um Günter Grass und die Laudatio auf Yasar Kemal in der Paulskirche, Göttingen: Steidl 1998.

Braese, Stephan/ Gehle, Holger/ Kiesel, Doron/ Loewy, Hanno (Hrsg.): Deutsche Nachkriegsliteratur und der Holocaust, Frankfurt am Main/ New York: Campus 1998.

Brode, Hanspeter : Günter Grass, München: C.H.Beck 1979.

Broszat, Martin/ Frei, Norbert (Hrsg.): Das Dritte Reich im Überblick. Chronik · Ereignisse · Zusammenhänge, München: Piper 1989.

Broszat, Martin: Der Staat Hitlers, 15. Auflage, München: Deutscher Taschenbuch Verlag 2000.

Buchheim, Hans/ Broszat, Martin/ Jacobsen, Hans-Adolf/ Krausnick, Helmut: Anatomie des SS-Staates, 7. Auflage, München: Deutscher Taschenbuch Verlag 1999.

Burleigh, Michael: Die Zeit des Nationalsozialismus. Eine Gesamtdarstellung, Frankfurt am Main: Fischer 2000.

Cepl-Kaufmann, Gertrude: Günter Grass. Eine Analyse des Gesamtwerkes unter dem Aspekt von Literatur und Politik, Kronberg: Scriptor 1975.

Durzak, Manfred (Hrsg.): Zu Günter Grass. Geschichte auf dem poetischen Prüfstand, Stuttgart: Klett 1985.

Ders.: Fiktion und Gesellschaftanalyse. Die Romane von Günter Grass, in: Ders.: Der deutsche Roman der Gegenwart, Stuttgart: Kohlhammer 1971, S. 107-173.

Epp, Peter: Die Darstellung des Nationalsozialismus in der Literatur. Eine vergleichende Untersuchung am Beispiel von Texten Brechts, Th. Manns, Seghers' und Hochhuths, Frankfurt am Main: Peter Lang 1985.

Fischer, André: Inszenierte Naivität. Zur ästhetischen Simulation von Geschichte bei Günter Grass, Albert Drach und Walter Kempowski, Konstanz, Univ., Diss., München: Fink 1992.

Fromm, Erich: Die Frucht vor der Freiheit, München: Deutscher Taschenbuch Verlag 1997 (Originalausgabe: New York 1941).

Fullbrook, Mary: German National Identity after the Holocaust,

Cambridge: Polity 1999.

Futterknecht, Franz: Das Dritte Reich im deutschen Roman der Nachkriegszeit. Untersuchungen zur Faschismustheorie und Faschismusbewähltigung, Bonn: Bouvier 1980.

Geißler, Rolf (Hrsg.): Günter Grass. Materialienbuch, Darmstadt und Neuwied: Luchterhand 1976.

Gerstenberg, Renate: Zur Erzähltechnik von Günter Grass, Heidelberg: Carl Winter 1980.

Gockel, Heinz: Meisterwerke kurz und bündig. Grass' *Blechtrommel*, München: Piper 2001.

Görtz, Franz Josef (Hrsg.): *Die Blechtrommel*. Attraktion und Ärgernis, Darmstadt und Neuwied: Luchterhand 1984.

Ders. (Hrsg.): Günter Grass: Auskunft für Leser, Darmstadt und Neuwied: Luchterhand 1984.

Görtz, Franz Josef/Jones, Randall L./Keele, Alan F. (Hrsg.): Wortindex zur *Blechtrommel* von Günter Grass, Frankfurt am Main(Luchterhand) 1990.

Görtz, Franz Josef: Günter Grass. Zur Pathogenese eines Markenbilds, Maisenheim am Glan: Anton Hain 1978.

Hauser, Arnold: Kunst und Gesellschaft, München: C.H.Beck 1973.

Hennig, Eike: Bürgerliche Gesellschaft und Faschismus in Deutschland. Ein Foschungsbericht, Frankfurt am Main: Suhrkamp 1982.

Herf, Jeffrey: Divided Memory. The Nazi Past in the Two

Germanys, Massachusetts: Harvard 1997.

Hille-Sandvoss, Angelika: Überlegungen zur Bildlichkeit im Werk von Günter Grass, Stuttgart: Hans-Dieter Heinz 1987.

Hillmann, Heinz: Günter Grass' *Blechtrommel*. Beispiel und Überlegungen zum Verfahren der Konfrontation von Literatur und Sozialwissenschaften, In: Manfred Brauneck (Hrsg.), Der deutsche Roman im 20. Jahrhundert Band II, Bamberg 1976, S. 7-30.

Jahnke, Walter/Lindemann, Klaus: Günter Grass: Die Blechtrommel. Acht Kapitel zur Erschließung des Romans, Paderborn (Ferdinand Schöningh) 1993.

James, Harold: A German Identity 1770-1990, London: Weidenfeld and Nicolson 1989.

Jaspers, Karl: Die Schuldfrage, Heidelberg: Carl Winter 1946.

Jendrowiak, Silke: Günter Grass und die Hybris des Kleinbürgers. Die Blechtrommel-Bruch mit der Tradition einer irrationalistischen Kunst-und Wirklichkeitsinterpretation, Heidelberg: Carl Winter 1979.

Jurgensen, Manfred (Hrsg.): Grass. Kritik · Thesen · Analysen, Bern: Francke 1973.

Jüngs, Michael: Bürger Grass. Biografie eines deutschen Dichters, München: Bertelsmann 2002.

Just, Georg: Darstellung und Appell in der *Blechtrommel* von Günter Grass, Frankfurt am Main: Athenäum 1972.

Kim, Nury: Allegorie oder Authentizität. Zwei ästhetische Modelle der Aufarbeitung der Vergangenheit: Günter Grass' Die Blechtrommel und Christa Wolfs Kindheitsmuster, Bremen, Univ., Diss., Frankfurt am Main: Peter Lang 1995.

Kruse, Volker: Historische-soziologische Zeitdiagnosen in Westdeutschland nach 1945, Frankfurt am Main: Suhrkamp 1994.

Kühnl, Reinhard (Hrsg.): Faschismustheorien. Texte zur Faschismusdiskussion 2. Ein Leitfaden, Hamburg: Rowohlt 1979.

Ders. (Hrsg.): Texte zur Faschismusdiskussion 1. Positionen und Kontroversen, Hamburg: Rowohlt 1974.

Liewerscheidt, Ute: Günter Grass. Die Blechtrommel, Hollfeld 1996.

Loschütz, Gert: Von Buch zu Buch—Günter Grass in der Kritik. Eine Dokumentation, Neuwied und Berlin: Luchterhand 1968.

Maier, Charles S.: The Unmasterable Past. History, Holocaust, and German National Identity, Massachusetts: Harvard 1988.

Mayer, Hans: Das Geschehen und das Schweigen. Aspekte der Literatur, Frankfurt am Main: Suhrkamp 1970.

Martens, Michael: Ich werde die Wunde offen halten. Ein Gespräch zur Person und über die Zeit mit Günter Grass, Weimar: Hans Boldt 1999.

Mayer-Iswandy, Claudia: Günter Grass, München: Deutscher Taschenbuch Verlag 2002.

Mazzari, Marcus Vinicius: Die Danziger Trilogie von Günter Grass. Erzählen gegen die Dämonisierung deutscher Geschichte, Berlin,

Freie Univ., Diss., Sao Carlos 1994.

Mitscherlich, Alexander und Margarete: Die Unfähigkeit zu trauern. Grundlagen kollektiven Verhaltens, München: R. Piper & Co. 1967.

Moser, Sabine: Günter Grass. Romane und Erzählungen, Berlin: Erich Schmidt 2000.

Neuhaus, Volker/Hermes, Daniela: Die Danziger Trilogie von Günter Grass. Texte, Daten und Bilder, Frankfurt am Main: Luchterhand 1991.

Neuhaus, Volker: Erläuterungen und Dokumente. Günter Grass. Die Blechtrommel, Stuttgart: Reclam 1997.

Ders.: Günter Grass, Stuttgart: Metzler 1993.

Ders.: Günter Grass. Die Blechtrommel. Interpretation, München: Oldenboug 1982.

Nolte, Ernst (Hrsg.): Theorien über den Faschismus, Köln: Kiepenheuer & Witsch 1976.

Ders.: Der Faschismus in seiner Epoche, München: Piper 1984.

Pelster, Theodor: Literaturwissen für Schule und Studium. Günter Grass, Stuttgart: Reclam 1999.

Pflanz, Elisabeth: Sexualität und Sexualideologie des Ich- Erzählers in Günter Grass' Roman Die Blechtrommel, München, Univ., Diss., Münche- n: UNI-Druck 1975.

Reich-Ranicki, Marcel: Günter Grass. Aufsätze, Frankfurt am Main: Fischer 1999.

Richter, Frank-Raymund: Günter Grass. Die Vergangenheitsbe-wältigung in der Danzig-Trilogie, Bonn: Bouvier 1979.

Richter, Frank: Die zerschlagene Wirklichkeit. Untersuchungen zur Form der Danzig-Trilogie von Günter Grass, Bonn: Bouvier 1977.

Rothenberg, Jürgen: Günter Grass. Das Chaos in verbesserter Ausführung, Heidelberg: Carl Winter 1976.

Scherf, Rainer: Das Herz der Blechtrommel, Marburg: Tectum 2000.

Schneider, Irmela: Kritische Rezeption Die Blechtrommel als Modell, Frankfurt am Main: Peter Lang 1975.

Schnell Ralf: Geschichte der deutschsprachigen Literatur seit 1945, Stuttgart: Metzler 1993.

Schwarz, Wilhelm Johannes: Der Erzähler Günter Grass, München: Francke 1975.

Stallbaum, Klaus: Kunst und Künstlerexistenz im Frühwerk von Günter Grass, Köln, Univ., Diss., Köln: Lingen 1989.

Stanzel, Franz K.: Typische Formen des Romans, Göttingen: Vandenhoeck & Ruprecht 1981.

Steidl, Gerhard und Grass, Günter: Stockholm. Der Literaturnobelpreis für Günter Grass. Ein Tagebuch mit Fotos von Gerhard Steidl, Göttingen: Steidl 2000.

Stolz, Dieter: Günter Grass. zur Einführung, Hamburg: Junius 1999.

Stolz, Dieter: Vom privaten Motivkomplex zum poetischen

Weltentwurf. Konstanten und Entwicklungen im literarischen Werk von Günter Grass(1956- 1986), Berlin, Techn., Univ., Diss., Würzburg: Königshausen & Neumann 1994.

Tank, Kurt Lothar: Günter Grass, Berlin: Colloquium 1974.

Thomas, Noel: The narrative works of Günter Grass. A critical interpretation, Amterdam/Philadelphia: John Benjamin 1982.

Vormweg, Heinrich: Günter Grass, Hamburg: Rowohlt 1986.

Vogt, Martin (Hrsg.): Deutsche Geschichte von den Anfängen bis zur Wiedervereinigung, Stuttgart: Metzler 1991.

Wagener, Hans (Hrsg.): Gegenwartsliteratur und Drittes Reich. Deutsche Autoren in der Auseinander- setzung mit der Vergangenheit, Stuttgart: Reclam 1977.

Yang, Taekyu: Von Auschwitz nach Calcutta: Nationale Identität und die Begegnung mit der dritten Welt in Texten von Günter Grass, The University of Utah, Diss., 2000.

2. 국내 문헌

강준만 외: 부드러운 파시즘, 인물과 사상 2000.

구승회: 논쟁. 나치즘의 역사화? 온누리 1993.

권진숙: 권터 그라스의 소설에서 사물이 갖는 역할과 기능, 실린 곳: 「독일문학」, 58 (1995), 91-112쪽.

권진숙: 양철북. 난쟁이 그리고 그 희화적 세계, 자연사랑 2000.

김누리: 동서독 문학의 통일성에 대하여―귄터 그라스와 크리스타 볼
    프를 중심으로, 실린 곳: 「독일학연구」, 5 (1996), 207-237쪽.

김누리: 알레고리와 역사. 『양철북』의 오스카르 마체라트의 시대사적
    함의에 대하여, 실린 곳: 「독일문학」, 65 (1998), 185-207쪽.

김병옥 외(엮음): 도이치문학 용어사전, 서울대출판부 2001.

김수용 외: 유럽의 파시즘. 이데올로기와 문화, 서울대출판부 2001

김철 외: 문학 속의 파시즘, 삼인 2001.

박병덕: 귄터 그라스의 문학세계, 다섯수레 2001.

박상화: 포스트 모더니즘과 귄터 그라스의 『넙치』, 온누리 1994.

박환덕: 독일문학의 이해, 서울대출판부 1994.

안병직: 오늘의 역사학, 한겨레신문사 1998.

윤인섭: 귄터 그라스의 『양철북』에 나타난 악한소설 요소 연구, 박사
    학위논문, 서울대 대학원 1996.

이민호: 근대독일사회와 소시민층, 일조각 1992.

정항균: 서사문학의 유형론에 관한 고찰, 실린 곳: 「독일문학」, 73
    (2000), 203-228쪽.

● **저자** ●

● 조영준 (趙暎俊) 약력

　　공군사관학교 졸업 (문학사, 외국어학)
　　서울대학교 인문대학 독어독문학과 졸업
　　서울대학교 대학원 독어독문학 석사
　　서울대학교 대학원 독어독문학 박사
　　공군사관학교 교수부 독어독문학 교수

　　주요 논저
　　* 체험의 관점에서 본 J. W. von Goethe의 교양소설
　　　<빌헬름 마이스터의 수업시대> 연구
　　* 권터 그라스의 <양철북 Die Blechtrommel> 연구
　　　- 파시즘의 온상으로서의 독일 소시민 계급 비판
　　* Günter Grass und die deutsche Wiedervereinigung
　　외 다수

권터 그라스의 「양철북」
- 독일 소시민사회의 해부 -

• 초판 인쇄	2004년 10월 4일
• 초판 발행	2004년 10월 5일
• 지 은 이	조영준
• 펴 낸 이	채종준
• 펴 낸 곳	한국학술정보㈜

　　　　　　　경기도 파주시 교하읍 문발리
　　　　　　　파주출판문화정보산업단지 526-2
　　　　　　　전화　031) 908-3181(대표) · 팩스　031) 908-3189
　　　　　　　홈페이지　http://www.kstudy.com
　　　　　　　e-mail(e-Book사업부)　ebook@kstudy.com

• 등　　록	제일산-115호(2000. 6. 19)
• 가　　격	14,000원

ISBN　　89-534-2102-0　93850　(paper book)
　　　　　89-534-2103-9　98850　(e-book)